人質王女は居残り希望

登場人物紹介
ティグ
ブランシュの愛猫。
リカルド
大国イスパニラの国王。
優しく穏やかだが
戦上手で知られ、
「赤い悪鬼」の名で
近隣諸国から恐れられている。
ブランシュ
シャノワール国の第八王女。
明るく前向きな性格。
人質としてイスパニラで
暮らしていたものの
ある日、解放されることになり――

バスコ
ブランシュの教師。
高い見識を
備えた人物。
マルタ
ブランシュの侍女。
愛情を持って
ブランシュを
育ててくれた。
エルミラ
ブランシュの
同僚の女官。
プライドが高く、
意地が悪い。
セシリオ
リカルドの弟。
兄と違い、
女性に愛想が良いが
女官には厳しい。
ルナ
ブランシュの親友。
要領が良く、
とても頼りになる。

プロローグ

——陛下を、激怒、させて、しまった!!


強大な国、イスパニラの国王・リカルドを前に、ブランシュは顔から血の気が引くのを感じた。

ブランシュ——ブランシュ・ロゼス・シャノワールは小国の王女だ。

ただし、祖国シャノワールにいたのは僅(わず)か一歳まで。それからはずっと人質として、ここイスパニラの王宮で暮らしている。

だからブランシュは、幼い頃からリカルドを知っていた。その彼にこんな鋭い視線を向けられたのは初めてだ。

窓から差し込む強い陽光の中、いつも優しい光を湛(たた)えていた瞳が、明らかな激しい怒りを込めてこちらを睨(にら)んでいる。

三十路(みそじ)を少し過ぎたリカルドは、目鼻立ちのくっきりと整った偉丈夫(いじょうふ)だ。髪を短く整え、鍛(きた)え抜かれた身体に飾り気のない衣服を身につけている。

大陸の覇者(はしゃ)と呼ばれる大国の王としては、随分と質素な装(よそお)いだった。彼は少年時代から、王宮にいるよりも戦場で兵を率いていた時間の方がずっと長かったために、華美な服を好まない。

もっとも、豪奢（ごうしゃ）な宮廷服や勇（いさ）ましい鎧兜（よろいかぶと）をつけていなくとも、彼は自身だけで、周囲を圧倒する存在感を有している。

そんな彼に睨（にら）みつけられ、ブランシュは怖いというよりも悲しくなった。

本来リカルドは威圧的な人物ではない。常日頃の彼は、王宮で働く者や国民を気遣う、誠実で優しい王だ。

強い力を持つ人は傲慢（ごうまん）になりがちだというが、リカルドは違った。

強大な国の王であると同時に、武人としてもずば抜けた才覚を持っていながら、決して不用意にそれを使わない。力に自惚（うぬぼ）れず、欲望に呑み込まれない強い自制心を誇（ほこ）っている。

そんな彼にブランシュは、どうしようもないほど惹（ひ）かれてしまっているのだ。

幼い頃はまだ良かった。当時は王太子だった彼を見て素敵な王子様だと憧（あこが）れ、時折話せるだけで十分に満足できた。

ずっと、そうして憧（あこが）れていればいいのに……愚（おろ）かにも、彼へ抱く気持ちを恋心に変えてしまった。

ブランシュは貧しい小国の末（すえ）王女だ。リカルドとは釣り合うはずがない。それをよく承知しているから、彼女はこの想いを隠している。

ただ、せめて少しでもリカルドの役に立ちたいと思い、人質の身から解放されたあと、女官として働いていた。そして、酷（ひど）く胸を抉（えぐ）られる仕事――彼の妃として最もふさわしい令嬢を見定め、その資料をリカルドに見せたのだ。

なのに先ほどブランシュの作った書類を読んだリカルドは、見る見るうちに表情を険しくし、凄まじい勢いでその書類を引き裂いてしまった。

彼の青い瞳に、目を大きく見開いて震えている自分が映っている。ブランシュはそれを茫然と眺めた――

1　人質の王女

イスパニラはかつて、殆どの民が農牧と狩猟で暮らす平和な国だった。

だが、日照りによる飢饉に耐え兼ね、他国に攻め込んだのをきっかけにその進路を変える。

結果、イスパニラは驚くほど簡単に他国に勝ち、その財を奪う。そうして、イスパニラ国民達は剣で奪い取ることに味をしめ、周辺諸国に戦を仕掛けては、着々と領土を拡大していった。

葡萄酒の赤を表していた国旗の赤は、いつしか血の色へと意味を変え、鍬と牛の図柄は鋭い剣と獰猛なドラゴンに変更された。

こうしてイスパニラは軍事国家となる。

特に数十年前に即位した現王のディエゴは、三度の飯より戦が好きと言われるほどの凶暴な王だ。

彼は実の兄を殺して王座を奪い取ると、自分の息子すらも戦の道具とした。

勇猛果敢な長男リカルドを常に過酷な戦場に立たせ、知略に長けた次男セシリオには諸外国の情報をもとに謀略をめぐらさせている。

暴虐なドラゴンのごとき強国イスパニラに、武力に乏しい周辺の小国は震え上がる。中には戦いもせずに全面降伏し、属国に下る国もあった。シャノワール国もその一つだ。

シャノワール国は小高い山に囲まれた小さな国で、国民は牧羊と湖の漁業で慎ましく暮らしている。

交通の便が悪い、そんな貧しい国をわざわざ大国が相手にすまいと思っていたある日、シャノワール王のもとを突然、イスパニラ国王ディエゴの使者が訪れた。

使者が携えた文は表向き同盟関係を申し込む親書であったものの、事実上、属国になれという内容だ。断れば即座に攻め入られて、たちまち負けるのは目に見えていた。

そうなった場合、シャノワール王家の血縁者は全員斬首。民の財産は没収され、イスパニラ国で奴隷扱いを受ける。逆に大人しく属国に下り、税の徴収や人夫の提供などの要求を呑みさえすれば、国民は隷属させられることなく財産が保障される。シャノワール王家の名もそのまま残せるのだ。

どう考えても、属国に下るのが最善の策だった。

しかし、シャノワール国王は突き付けられた要求の最後に記された項目を見て苦悩する。

それは、王家の人間を誰か一人、行儀見習いとしてイスパニラ王宮へ遣わせよというものだった。

当然ながら行儀見習いは名目で、つまりは人質だ。

イスパニラ王宮の一角には、こうして集められた属国の王族達が人質として暮らしている離宮があると有名だった。

仲むつまじいシャノワール国王夫妻は、姫ばかりでも八人の子宝に恵まれている。

娘は全員、分け隔てなく可愛い。誰一人として人質になど出したくない。だが、国民を守るのは王家の義務だ。

シャノワール国王は何日も苦悩し、とうとうじき一歳になる末娘のブランシュをイスパニラ国へ渡すと決めた。

言葉も慣習も違う異国で長く過ごすなら、まだ何もわからぬ赤子の方が良いと判断してのことだ。

こうして王女ブランシュ・ロゼス・シャノワールは、遠いイスパニラ国の王宮に預けられた。

故郷から付き添った乳母は人質用の離宮に王女を渡すとすぐに帰され、ブランシュにはマルタというイスパニラ人の侍女がつけられる。

彼女は夫を戦で亡くしたばかりで、長年望んでいた子を身籠ったものの死産してしまった。

そこで、離宮に囚われる幼い人質王女と一緒に住む侍女兼乳母として選ばれたのだ。

マルタは美人ではないが、よく気のつく優しい女性で、幼くして両親と離されたブランシュを不憫に思い、亡くした我が子の分まで愛情を注いだ。

元々、よく笑う元気な子だったブランシュはすぐにマルタへ懐き、与えられた小さな離宮を快適な我が家と認識するようになったのだ。

人質の王族が住む平屋の離宮が立ち並ぶそこは、俗に『囚われの庭』と呼ばれている。

個々の建物にはささやかな庭がつき、それを高い常緑樹の垣根がぐるりと囲む。

人質王族は与えられた建物と庭より出られず、会えるのは王宮に仕えるイスパニラ人のみだ。とはいえ、祖国がイスパニラに反旗を翻さない限りは王族として不自由のない生活が保障される。

閉塞感や祖国から切り捨てられないかという不安から気鬱になる人もいたが、ブランシュは狭い離宮の世界を当たり前のものとして受け入れ、マルタの愛情のもとすくすくと健康に育った。

贅沢を言えば、友人というものが欲しい。離宮には使用人の子どもだって連れてくることができないのだ。

そんなある日マルタがせめてもの友人代わりにと、猫を飼う許可を貰ってきてくれた。

六歳の誕生日に渡されたバスケットから、しっぽのすんなりした白い子猫が飛び出した時、ブランシュがどんなに大喜びしたことか！

やんちゃで元気の良い雄の子猫はティグと命名され、ブランシュ王女の初めての友という栄誉を賜（たまわ）ることになったのだ。

言葉は通じなくともブランシュはティグが大好きになり、白猫の方も彼女によく懐いた。

さらに時が経ち、ブランシュが八歳になったある夏の日。彼女は庭でティグを呼んでいた。

＊　＊　＊

「ティグ～！　帰っていらっしゃい！　大好きなお魚よ～！」

強い夏の陽射しが降り注ぐ中、餌皿（えさざら）を手にしたブランシュは愛猫を何度も呼びながら、植え込みで区切られた狭い庭をうろうろする。

この建物と庭から出てはいけないという規則は、どんなにブランシュが言い聞かせても、猫のティグには理解できないようだった。賢い彼は前足を器用に使って戸を開けては、ブランシュの目を盗んで庭に出る。連れ戻そうと追いかければ、垣根の下を素早く潜（くぐ）り抜け庭から出てしまうのだ。

それでもご飯の時間になればちゃっかり戻るのに、今日はちっとも帰ってこない。

探しに出てくれたマルタも戻らないし、一秒ごとに不安が迫り上がってきた。

（どうしよう……今日の見回り衛兵は、あの意地悪なおじさんだったのに……）

マルタが出ていった直後に離宮へ顔を見せた衛兵の赤ら顔を思い出して、餌皿を持つブランシュの手に汗がじっとり滲んだ。

人質の脱走を防ぐために、囚われの庭には毎日、不定期な時刻に衛兵が見回りにくる。

衛兵が小窓についた呼び鈴を鳴らしたら、人質の王族は顔を見せなくてはいけないのだ。

親切な人なら見回りのついでにご用聞きをしてくれたりするが、そんな親切な衛兵ばかりではない。今日の当番は中でも一番嫌な衛兵だった。

あの衛兵はマルタにも威張った態度を取るが、小窓から見えるのがブランシュだけでマルタがいないとわかると、いっそう意地が悪くなる。

ティグに向かって『薄汚い猫なんか番犬に食わせてやれば良いのだ』と罵り、ブランシュに『王女といっても、お前さんは親に捨てられた惨めな子だ』なんて酷い嘘をつくのだ。

両親や姉達の顔は覚えていないが、季節の挨拶の手紙や誕生日の贈り物は欠かさず届く。

それに、ブランシュが無事に暮らせるようにお父様達は祖国で頑張っているのだから寂しくても恨んではいけない、とマルタが教えてくれていた。

意地悪な衛兵より、マルタの言葉を信じるに決まっている。

だから今までは、衛兵が帰ったらすぐに小窓をピシャンと閉め、あの嫌な顔と酷い言葉を忘れることにしていたのだ。

でも、今日はそうできなかった。

もしも、あの衛兵が外をうろついているティグを見つけ捕まえてしまったらと思うと、心臓がバクバクして胸が苦しい。暑いのに汗がやけに冷たくて、苦い唾が湧いてくる。

(マルタが早く見つけてくれれば……ううん、私も外に行って探せれば良いのに!)

たった一人の大事な友を探しにいくことすらできない。初めて心の底から、囚われの身が忌々しいと思った。

「ティグ! 帰ってきて!」

涙混じりの声で叫んだ時、背後で垣根がガサガサと揺れた。

振り返ると、垣根の向こうに見知らぬ青年がいて、片手でティグの首を掴み上げている。

「ティグ!?」

「この猫が捜索しているティグだろうか?」

そう尋ねた青年は、鷹のように鋭い青い瞳をしていた。垣根越しに肩まで見えるということは、相当に背が高いはずだ。短く刈られた黒髪は、強い陽に透けると褐色に見える。

襟もとに刺繍が入った濃い色の上着が、強面でも品の良さを感じさせる青年によく似合っていた。

囚われの庭へ入れるのは人質の教育係か見張りの衛兵だけなのに、彼はどちらにも見えない。

自分の知る範囲外の人物を前に、ブランシュは黙って頷くのが精一杯だった。

青年は気を悪くした様子もなく、垣根の向こうから腕を伸ばしてティグを慎重に下ろしてくれる。

白猫はひょいと地面へ飛び下りると、何にも悪いことなんてしていません、という顔でブラン

シュの足に身体をこすりつけ、餌皿(えさざら)を見上げてニャアニャアと強請(ねだ)り始めた。

「首輪に名前が書いてあって良かった」

青年が笑うと、ちょっと怖そうな顔がとても優しげに見える。

「あの、あの……ありがとう、ございました……」

しどろもどろの小声で、ブランシュはようやく礼を言えた。

「いや。そなたの声が聞こえた後、ちょうど迷い猫を保護したのでな」

片手を振って何でもないことのように青年は言ったけれど、よく見れば彼の髪や肩に小枝が引っかかっているし、鼻先は土で汚れている。

もしかしたら、素早いティグを捕まえるために結構苦労してくれたのではないだろうか？

そんな考えが頭に浮かぶと、警戒がいっそう解けて、見知らぬ青年がより素敵に見えてきた。

「ところで、そなたはシャノワール国の姫だな？」

もっときちんとお礼を言わなくてはとドキドキしていると、向こうから先に素性を確認された。

ブランシュは思わず飛び上がりそうになる。

「はい！　シャノワール国第八王女ブランシュ・ロゼス・シャノワールにございます！」

緊張しつつ、習った通りにドレスの裾を摘(つま)んでお辞儀をする。

（確か、これで良かったと思うのだけど……）

心配になり、チラッと青年を見上げたら、彼の微笑がいっそう優しくなっていた。

「そなたがここに来た時に一目会ったが、大きくなったたな」

「え……？」

失礼にならないよう彼が誰なのか尋ねる言葉を考えていると、また青年が先に口を開いた。

「ここの暮らしに不便はないか？」

「あ、ありません。とても良くしていただいております。――あ、今日はティグを探しにいけなくて困りましたが、親切な貴方がいらっしゃって良かったです！」

正直に答えると、彼はなぜか少し悲しそうに苦笑した。

「私が親切、か……ありがとう。可愛い、色鮮やかなお姫様」

「色鮮やか？」

可愛いと言われたのは素直に嬉しい。けれど、その後に続く不思議な表現に、ブランシュは思わず首を傾げた。

すると、悲しげだった青年の笑みが、僅かに柔らかなものに変わる。

「そなたの祖国の言葉でブランシュは白、ロゼは薔薇色、ノワールは黒だ。初めて聞いた時にも、とても綺麗な名前だと思った」

それを聞き、ブランシュは恥ずかしさで自分の顔に血が上るのを感じた。

自分の名前に素敵な言葉が隠れていたことも、それをこの青年に褒めてもらえたのも嬉しいけれど、王女のくせに自分の国の言葉に無知だということがバレてしまった。

「お、教えてくださって、ありがとうございます」

もじもじとお礼を言うと、青年はブランシュの気まずい思いを読みとったみたいだ。

「ブランシュ姫はずっとここで育ったのだから、祖国の言葉はこれから学ぶのだろうな」

励ますように言われ、ブランシュは懸命にコクコクと頷（うなず）いた。

「はい！　先月から教えていただいておりますので、頑張ります！」

人質の身とはいえ、行儀作法を含めて、王族の姫らしい教育は受けさせてもらっている。イスパニラ語の読み書きの他に、裁縫や算術、歴史、祖国の言葉を学んでいた。

けれども、シャノワール国を含む山間部の小国群で使われる言葉は、イスパニラ語とは文法も文字も発音も全く違う。祖国の言葉といっても、ずっとここで暮らしていたブランシュには耳に馴染（なじ）まず、なかなか覚えられなかった。

「そなたの国の言葉をよく学んでおくと良い。いつかきっと必要になるはずだ。では、失礼する。ブランシュ姫」

青年は軽く礼をすると、さっと踵（きびす）を返して立ち去っていった。

名残（なごり）り惜（お）しくて、ブランシュは行儀が悪いのを承知で背伸びしたりピョンピョンと飛び跳ねたりする。それでも、高い垣根に阻（はば）まれてすぐにその姿は見えなくなってしまった。

青年が去った直後入れ違いに帰ってきたマルタへ、ブランシュは興奮したままティグを届けてくれた彼の話をした。

あの素敵な青年は誰なのかと聞くと、マルタはブランシュを落ち着かせるためにお茶を淹（い）れながら教えてくれる。

「多分、そのお方は、王太子のリカルド殿下ですよ」

「まぁ、そうだったのね！」

彼の口調からイスパニラの王族かもしれないとは思っていたが、驚きについ声を上げる。

現イスパニラ国王ディエゴの長男で筆頭将軍を務めているリカルドは、確かブランシュより十五歳年上と聞いていた。

人質王族はイスパニラ国に着くと、囚われの庭へ入る前に国王と王太子に謁見することになっている。だからブランシュも彼と対面したはずだが、何しろ赤子だったので全く覚えていない。

それに、見回りの衛兵や侍女達がディエゴを怖がっているし、その王の手足となって働く王太子だから、ブランシュはもっと怖い人を想像していた。

「とっても優しい方だったわ。ティグを見つけてくださったのよ」

ブランシュはお茶に添えられたチョコレート菓子を眺め、リカルドの陽に透けた髪の色をうっとり思い出す。笑うと優しい雰囲気になる鋭い瞳が、とても素敵だった。

いくらでも思い出に浸っていられそうだったが、一つ気になることがあったのでブランシュはチョコレートから目を離し、マルタに尋ねた。

「本当に親切な方だったのに、私が『親切な貴方がいらっしゃって良かった』と言ったら、リカルド様は悲しそうなお顔になってしまったの……私、失礼なことを言ってしまったのかしら？」

あの悲しそうな苦笑を思い出すと、何だか胸が痛くなる。

長く王宮に仕えているマルタは、ブランシュの疑問に顔を曇らせた。

「そのようなことはありませんよ。リカルド様は下々の者にまで気を配り、皆の生活を良くするために心を砕いてくださる優しい方です。ただ……」

絶対に内緒ですよと、彼女は声を潜（ひそ）める。

「ディエゴ陛下のご命令とはいえ、他国を攻めることにリカルド様は大変な罪悪感を抱いておられるみたいです。祖国を離れてこの離宮に住まわれている方々に対しても」

囚われの庭に住む者の中には、人質の身を嘆（なげ）いてイスパニラ国王を恨み、王太子であるリカルドをも憎む者がいる。

リカルドは彼らが少しでも快適に暮らせるよう密（ひそ）かに使用人達へ指示を出したりしているのに。

その事実を人質達に明かして弁解しようとしない、とマルタは言う。

異国で軟禁状態に置かれている彼らが、己を人質に選んだ祖国の家族を憎むようになってほしくない。それより、元凶であるイスパニラの武力――筆頭将軍の自分に怒りを向ける方がいい、とリカルドは言っているそうだ。

「リカルド様は、不快な思いをさせないためにと、特別な用がなければここにはいらっしゃいません。ですからブランシュ様にも名乗らなかったのだろうと思います」

痛ましそうに締めくくられたマルタの話に、ブランシュは驚き憤慨（ふんがい）した。

「私も囚われの身だけれど、ここに来たのはディエゴ陛下のご命令で、リカルド様のせいだなんて思わないわ。だって、誰も陛下のご命令には逆らえないのでしょう？　そんなことをしたら、リカルド様の周りの人まで罰せられてしまうもの」

ディエゴがどれほど残虐な国王かは、離宮から出られないブランシュの耳にすら入るほどだ。

いや、あえて知らせるようにしているに違いない。人質達が逆らう気など起こさないように。

年を追うごとに疑い深くなるディエゴは、自分に反逆する者を日夜探し回っている。

密告が奨励(しょうれい)され、少しでも謀反を疑われた廷臣は、一族郎党からその家の使用人までが残酷な拷問の末に処刑されてしまうらしい。

敵となるなら我が子であれど容赦(ようしゃ)しない、と暴君は公言している。

もしリカルドが父王へ刃向かう素振りなど見せたら、彼自身だけでなく直属の部下や召使達も全員、巻き添えになってしまうはずだ。

「……ブランシュ様のおっしゃる通りです。けれど、滅ぼされた国や属国の方達の多くは、筆頭将軍のリカルド様を強く憎んでおられます。王に媚(こ)びへつらい他国を滅ぼし回っている悪鬼(あっき)だなどと、酷(ひど)い言われようです」

溜め息混じりに、マルタはリカルドに対する世間の評価を教えてくれた。

「世の中って厳しいのね」

ブランシュは大人ぶって無難な意見を口にしたものの、自分の正直な気持ちも付け加える。

「でも私は、リカルド様が大好きになったわ。ねぇ、ティグもそうよね？」

テーブルの足もとでミルクを貰っていたティグに同意を求めると、白猫はパタンと尾を一振りし、賛成の意を示してくれた。

その晩。ブランシュは床(とこ)に入ってからもリカルドのことが頭から離れず、なかなか寝つけなかった。

それでもいつしか瞼(まぶた)が重くなり、いつの間にか眠りに落ちていたらしい。

ブランシュは、夢の中ですっかり大人になった自分がとても綺麗な広間にいるのだと気がついた。

壁は白と金で、天井には数え切れないほどのキラキラした不思議な光が灯(とも)り、大きな窓には真紅(しんく)のカーテン。まるで話に聞く、イスパニラ王宮の大広間そのものだ。

人質で、しかも子どものブランシュは勿論(もちろん)そんな場所にいけるはずもなかったが、マルタから話は聞いていた。

周囲には大勢の大人がいて、誰もが立派な礼服や豪華なドレスを着ている。

嬉しいことにブランシュも、ちゃんと菫色(すみれいろ)の美しいドレスを着ていた。

つけていた白い光沢のある手袋をとって、おそるおそるスカートを撫(な)でてみれば、しっとりと重い生地は信じられないほど滑(なめ)らかな手触りだ。もしやこれが極上の絹というものかと、ブランシュはその手触りを大いに楽しんだ。

周りを見るとどうやら舞踏会の真っ最中らしく、あちこちで男の人と女の人が手を取り合い楽しそうに踊っている。

でも不思議なことに音は全く聞こえなかった。

楽器を演奏している人達がいても一つの音も届かず、周りの人々も笑顔で語り合っているようなのに口をパクパクさせているだけだ。

不思議に思いながらもブランシュが太い柱の陰から顔を出し大広間を見渡すと、大勢の姫君が集まっている華やかな一角があった。髪を結い上げて宝石で飾り、うっとりするほど豪華で綺麗なドレスを着たそのお姫様達は、一人の男の人を取り囲んでいる。

（リカルド様だわ！）

真紅の礼服を着て姫君達へ丁寧にお辞儀をしている彼は、まだ青年のはずのリカルドより、ちょっと年をとっているように見えた。それでも一目で彼だとわかる。

この夢ではブランシュが大人なのだから、彼もそれなりの年になっていたっておかしくない。

（おじ様になったリカルド様も素敵！）

渋みを増した雰囲気の彼に、ブランシュは目を輝かせる。

夢の中のリカルドはせいぜい三十代の前半といったところだが、子どもの感覚では『おじさん』に分類された。

（綺麗なお姫様達があんなに大勢、リカルド様を夢中で囲んで……お伽噺みたい！）

ブランシュは惚れ惚れとリカルドを眺める。

彼はきっと一番美しいお姫様の手を取って踊るだろう。そして、そのお姫様を花嫁にするかもしれない。

（……あら？）

自分は何かを選ばなくてはいけないような気がする。

何を選ぶのかと首を傾げた瞬間に目が覚め、ブランシュはいつもの朝を迎えた。

「――リカルド様は、おじ様になっても素敵だったの。きっと、おじい様になっても素敵だと思うわ」

ブランシュは朝ごはんを急いで食べ終えると、マルタに昨夜の夢をすっかり話した。

「まぁ、それは楽しい夢をご覧になりましたね」

マルタはニコニコと笑顔で相槌を打ってくれる。

「ええ。まるで本当に舞踏会へ行ったようだったの。もしかしたらあれは、『先視の夢』だったのかもしれないわ」

「そうかもしれませんね。ブランシュ様も『先視の王』の末裔にあらせられるのですもの」

熱心に言うブランシュへ、マルタが朗らかに笑った。

伝説によると、シャノワール王家の祖先には未来の出来事を夢で視る王がいたそうだ。

ただ、その夢は幸せなものばかりではなく、不幸なものもあった。そして王は未来を視ることができても、決して変えられはしなかったらしい。

どんなに悲しい未来も知るだけしかできない己の力を、先視の王は嘆いていたという。

その後、シャノワール王家に先視の能力を持つ者は現れず、ブランシュも視たことはなかった。

家族から手紙が届く夢を見た数日後、本当に手紙が届いたりしたことはあったけれど、そういうのは先視とは言わないだろう。

「どうせなら、リカルド様がどの姫君をお選びになるかまで見たかったわ。リカルド様の花嫁になるお方って、幸せでしょうね」

まだ瞼（まぶた）の裏に残る素晴らしい夢の余韻に浸（ひた）りながら、ブランシュはうっとり呟（つぶや）いた。

「……いつかブランシュ様も、必ずや立派な殿方と結ばれますよ。さ、急いでくださいませ。語学の先生はいつも早めにお見えになるのですから」

マルタはなぜかやけにきっぱりと断言してから、急にブランシュをせっつき始めた。

「ええ……。ティグ、今日は良い子にしているのよ」

ブランシュは立ち上がり、暖炉の上で寝そべっているティグに声をかける。

白猫はチラリとブランシュへ顔を向け、眠そうに小さな欠伸（あくび）をして応（こた）えた。どうやら昨夜は、暗い室内で遅くまで遊んでいたようだ。

一日中、好きに遊んで好きな時に寝ていい猫の生活は、ちょっと羨（うらや）ましい。苦手な分野のお勉強時間には特にそう思う。

（でも、頑張るとリカルド様に約束したのだから！）

ブランシュは心の中で声を上げ、語学の教本と小さな黒板、白墨入れを棚から取り出す。

たった一度、短い会話をしただけなのに、リカルドはすっかりブランシュの憧（あこが）れとなってしまった。

いつかまた、リカルドと会えるかもしれないのだ。その時には、シャノワールの言葉を流暢（りゅうちょう）に操（あやつ）れるようになっていたい。

楽しい想像を膨らませながら、ブランシュは上機嫌で勉強机に向かった。

頭の中で何度も空想のリカルドに励ましてもらったせいか、午前中の授業は驚くほどすんなりと覚えられた。教師が帰るとブランシュは勉強道具を片付け、いつものように昼食を待つ間、ティグと遊ぶ。

先に毛皮の切れ端を結びつけたリボンを揺らしてやると、真っ白い愛猫は大興奮で飛びついてきた。いつもは細い尻尾がふわふわに膨らんでいて、凄く可愛い。

彼を高くジャンプさせようとブラシュが背伸びした時、昼食をとりにいっていたマルタが戻ってきた。

「ブランシュ様……」

彼女はなぜか昼食の盆を持っていなかった。その上、今にも泣き出しそうな顔をしている。

「マルタ、どうしたの？」

不安になって尋ねると、マルタはブランシュの前に膝をついて震えた声を発した。

「昨日、ブランシュ様のおっしゃっていた衛兵が投獄されたのですが……」

「え!?」

驚いたブランシュは、思わずティグの玩具を手から取り落とした。

投獄とは確か、牢屋に入れられたという意味だったはず。

（まさか、私のせいで牢屋に入れられてしまったの!?）

ブランシュは昨日の夜、もうティグが逃げ出しても不安にならずに済むようにと、あの意地悪な衛兵が以前からティグに酷い言葉をかけていたのをマルタに言いつけたのだ。

マルタはそれを聞いて、とても衛兵に腹を立てていた。

ティグの脱走は勿論良くないけれど、ブランシュを脅して良い理由にはならない。明日になったら衛兵の上司へ抗議してくると約束してくれた。

ティグは床に落ちた玩具を前足で軽く突っついていたが、不穏な気配が気になるのか玩具を離し、ブランシュとマルタを交互に見上げ始めた。

「あのね、私は牢屋に入れてほしかったのではなくて……ただ、ちょっとあの衛兵さんが叱られて意地悪をやめてくれれば良いと……」

おろおろと狼狽えるブランシュの片手を、マルタがぎゅっと両手で包み込むように握りしめた。

「ご安心ください。あの者は、ここに住む他の方々にも無礼な真似をしていたので投獄されたのです。そんなことより、ティグのこと以外にブランシュ様自身にも何度も暴言を浴びせたと、尋問で白状したと聞きました……ブランシュ様の、ご家族のことで……」

とても言い辛そうに言葉尻を濁され、ブランシュは軽く目を見開いた。

「もしかして、私がお父様達に捨てられたなんていう嘘のことかしら？」

ブランシュがそう言うと、今度はマルタが涙の溜まった目を大きく見開く。

「ブランシュ様！　ずっとお一人でお辛い思いをしていらしたのですか!?　私に何でもお話ししてくださってるものと……不甲斐ない世話係で申し訳ございません！」

「違うわ！　マルタが大好きで、大切なことは何でも話しているわ。本当よ！」

エプロンを顔に押し当てて泣き始めてしまったマルタを、ブランシュは必死で慰めようとした。

「だって、あの衛兵さんが嫌な嘘をついても私は騙されたりしないもの！　あんなつまらないことをわざわざ言わなきゃいけないなんて思っていなかった、それだけなのよ」

「そ、そうでしたか……」

ブランシュの説明でマルタは少し落ち着いたらしく、件の衛兵が投獄された経緯を話してくれた。

衛兵や侍女の中には、人質の王族へ嫌がらせをして楽しむ輩がいる。仮にも王家の者へ、ここでは平民の自分の方が強く出られるのだと、歪んだ優越感に浸るのだ。

そのような真似は厳罰に処すとリカルドがたびたび通告しているのに、懲りない者は出た。

衛兵の一人が幼い者や気弱な人質を狙い、侍女がいない隙を狙っては罵倒して楽しんでいると噂になっていたそうだ。それを聞きつけたリカルドが、昨日の昼に現場を押さえて捕らえたらしい。

「――じゃあ、リカルド様が昨日いらしたのは、そのためだったのね」

聞き終わったブランシュは、しばし黙って驚きを呑み込んでから言った。

「申し訳ございません……取り乱してしまいまして……」

涙を拭うマルタに、ブランシュは後悔を込めて抱きつく。

「私もごめんなさい。変なことを言う人が来たら、今度はちゃんと言うわ」

いつもちょっと嫌な気分になるだけで、大したことないと思っていたけど……

考えてみれば、衛兵がマルタに隠れてコソコソしていたのは、それが悪いことだとわかっていたからなのだ。もっと早く相談するべきだった。

そうすれば、昨日だってティグがすぐ戻らなくても、あんなに焦らなかったはずだ。

「はぁ……何にせよ、ご無事で良うございました」

マルタはホッとしたように息を吐いて立ち上がり、廊下へ続く扉を開いた。その向こうから現れたリカルドに、ブランシュは息を呑む。

「ブランシュ姫。突然お邪魔して、失礼した」

一瞬、また夢を見ているのかと思ったが、そうではない。その証拠にリカルドはまだ若々しい青年で、ブランシュに丁寧なお辞儀をする。

「い……いらっしゃいませ、リカルド殿下……」

ブランシュもコチコチに緊張して礼をすると、リカルドが気まずそうに咳払いをした。

「こちらが押しかけたのだから、そう硬くならなくていい」

そして彼は焦った様子で、マルタへ小声でボソボソと囁く。

「私はやはり怯えられてしまうみたいだ。これで失礼するから、詳しい報告は後ほど他の者に……」

リカルドの悲しげで困り切ったような横顔に、ブランシュの胸がズキリと痛む。

父王が怖い人だからといって、なぜこの方までが恐れられなくてはならないのだろう。

「怖くなんかありません！」

思わずブランシュは叫び、リカルドに抱きついていた。彼はとても大きくてブランシュは小さいから、おなかの辺りに顔がボスンとぶつかる。

「リカルド様が凄く凄く大好きです！　もう一度お会いできるなんて夢みたいで……いつだって、いらしてくれれば嬉しいです！」

「ま、まぁ！　ブランシュ様！」

マルタの慌てた声と同時に、快活な笑い声が部屋に響いた。

「これほど可愛らしい告白をされたのは初めてだ。光栄だな」

鋭く青い両目を細めたリカルドがブランシュの両脇に手を添える。そのまま、ふわりと持ち上げられた。

「ひゃっ!?」

一気に視界が高くなり、はるか頭上だったリカルドの顔が真正面になる。

マルタに抱き上げてもらったのはもっと小さな頃だった。久しぶりの行為に戸惑ったけれど、良い気分だ。

「衛兵に罵倒されていたのに、そなたが私に何も不満を訴えなかったのは、無理をしていたのではないかと気になってな。すまないが、先ほどの話を立ち聞きさせてもらった」

すぐ間近にある瞳にまっすぐ見つめられて、ブランシュの胸がドキドキと大きく鼓動する。

「そなたは小さくても、心に鋼の剣を持った姫だな」

「え……？」

「イスパニラの古い言い回しで、強く気高い心を持っているという意味だ」

リカルドは丁寧にブランシュを床に下ろし、片手を取ってその甲へ優雅に口づけてくれた。

それから長身を伸ばし、穏やかな笑みを湛えたままブランシュを見る。

「しかしこれからは、大したことはないと思っても、妙な相手のことはきちんと侍女に報告するように。何かあってからでは遅いのだぞ」

「はいっ！」

両手を握りしめて力一杯頷くと、リカルドの笑みがいっそう深まった。

「ブランシュ姫……先ほどのお言葉に甘えて、またこちらを訪ねても良いだろうか？」

思いがけない言葉に、一瞬ブランシュはキョトンと彼を見上げたが、その言葉を理解すると共に、たちまち全身に嬉しさが込み上げた。

「嬉しいです！　お待ちしています！」

礼儀作法の授業では、上品に口を閉じて静かに微笑まなくてはならないと教わったのに、顔中が笑顔になってしまう。でも、リカルドは咎めたりせず、一緒にニコニコしてくれた。


その後、リカルドは約束通り、何度かブランシュを訪ねてくれた。

とはいえ戦場と城を始終行き来している彼はとても多忙だし、イスパニラの王太子が私的に人質の一人を訪ねるなど、あまり良くないことらしい。椅子に腰かけることすらせず、ほんの少し立ち話をするだけですぐに帰ってしまうが、それでもブランシュは嬉しくてたまらなかった。

リカルドと過ごす短い一時は何にも代えがたい宝物で、外に出られないという点を差し引いたって、囚われの庭で暮らす価値を十分に与えてくれたのだった。

2　解放された王女

——時は経ち、ブランシュは十七歳となった。

背は小柄のままだったが、身体つきはすっかり娘らしい丸みを帯びた。腰の下まで長くなったまっすぐな黒髪は編み込み、菫色のリボンで飾っている。

「書けたわ。監査官の方にお見せしてちょうだい」

ブランシュは書き物机から顔を上げると、書き上げた手紙を封をしないままマルタに渡した。

「はい。お預かりいたします」

丁重に手紙を預かった彼女の髪には最近白いものが増えてきた。

「申し訳ないけれど、お姉様の式に間に合うよう急いでほしいとお伝えしてね。ようやくお支度が整ってのご結婚ですもの。私の祝辞まで遅れてはあんまりでしょう？」

ブランシュは念押しをする。

今日の手紙は、祖国の七番姫である姉が来月に隣国へ嫁ぐという知らせを受け、急いで書いた祝いの手紙だ。

離宮で暮らす人質達は、誰に宛てるどんな内容の手紙でも、王宮監査官を通さなければ出せない決まりだった。良からぬことを企む暗号などが隠れていないか、そういう分野に詳しい役人が何人かで確認するらしい。

勿論、外から届く手紙や贈り物も全て、一度開封して中身を厳重に調べられてから届けられる。

あまり気分が良くないけれど、他人に読まれて困る手紙など最初から書くつもりがないので、ブランシュは特に憤慨はしない。

ただ、監査官達は仕事熱心ではないみたいで、催促しないと彼らの手もとで半月も手紙が滞ることがあるのには困った。

「かしこまりました。大至急と他の方々にも聞こえるよう、しっかりお伝えしてきますわ。あの方達は、居眠りの時間をたまには減らすべきですもの」

マルタが深く頷く。真面目で働き者の彼女は、日頃から監査官の怠惰が気に入らないのだ。

張り切った調子で彼女が出かけると、ブランシュは窓際に行き、秋の陽光が降り注ぐ小さな中庭へ目を向けた。

大陸西南方に位置するイスパニラ王都は、冬でも霜の降りぬ温暖な気候だ。そのため、秋に入ってもまだかなり気温が高く、ブランシュは亜麻布の涼しいドレスを着ていた。

常緑樹の垣根は年間を通してその色を変えないが、小さな花壇にマルタと一緒に種をまいた秋の花が咲き始めている。

明るい陽射しの中、すんなりとした長い尻尾を揺らした白い猫が花壇を優雅にすり抜ける姿が、今にも見えるような気がした。

ティグは、もういないのに。

素敵な尻尾が自慢の親友は、二ヶ月前にブランシュの膝で眠ったまま安らかにその生涯を終えた。

『猫にしては長生きした方ですし、こんなに幸せそうな顔で眠りについたのだから、ティグは満足して旅立ったのですよ』

マルタがそう言って慰めてくれたものの、かけがえのない存在を亡くした喪失感は大きく、ブランシュはしばらく食事も喉を通らなかったものだ。

また他の子猫を迎えるか、いっそ今度は小鳥をつがいで飼ってみたらどうかとマルタに提案されたが、今はティグと幸せに暮らした思い出だけで十分だから断った。

母親同然の侍女に心配をかけまいと気持ちを切り替えるように努めてはいるものの、ふとした折に寂しさが込み上げる。

(リカルド様とお話しできるようになったのも、ティグがいてくれたからだったわね……)

髪に小枝と葉っぱをくっつけて、垣根越しに白猫を返してくれたリカルドの姿は、今も鮮やかに記憶へ焼きついている。

懐かしさと寂しさの入り混じった感情に、ブランシュは小さく口もとを引き結んだ。

最近では、リカルドがここを訪れることもなくなっている。

(昔は数ヶ月に一度くらいお顔を見せてくれたのに、二年もリカルド様にお会いしていない)

ブランシュはもう幼い少女ではないので、リカルドが私的に訪問するのは好ましくなくなったのだ、とマルタが言いにくそうに教えてくれた。

『リカルド様はブランシュ様の将来を考えて、たとえ根も葉もない噂でも立たないようにとご配慮くださったのです』

マルタは噂の内容までは詳しく教えてくれなかったが、とにかく結婚する予定のない大人の男女が二人で会うのが良くないことはわかった。

マルタを困らせたくはなかったブランシュは素直に頷いたのだ。

でも、悲しかった。

大国の王太子であるリカルドの妃になりたいだなんて、大それたことを願うわけではない。ただ、ほんの少しお顔を見て、僅かな会話をするだけで幸せだったのだ。

それもいけないと言われてしまうのなら、大人になどなりたくない。リカルドに会うために、ずっと子どものままでいたかった。

（それでももう、私は大人になってしまったのだから我慢しなくてはね）

ブランシュは自分に言い聞かせる。

最後にリカルドがここを訪れた日に、いつもは別れ際に笑顔で手を振る彼が、とても真剣な様子でブランシュの両手を握りしめたのを思い出す。

『私がこのようなことを言えた義理ではないが……そなたが一日も早くご両親と再会して、幸せに暮らせることを祈っている』

そしてリカルドはブランシュの手を離すと、一人前の貴婦人にするように恭しく礼をして、離宮を出ていった。

多分、彼はブランシュに諭したつもりだったのだ。小国の王女を娶るつもりはないから、これからは会わないと。

言いようのない寂しさを堪えたくて、ブランシュはもっと現実的な問題に思考を逸らす。

ここに来て随分、時が流れた。

今、シャノワールの王室にいるのは、ブランシュの父母である国王夫妻と、来月に隣国へ嫁ぐ七番目の姉姫。それから次期女王となるべく婿をとった第一王女の長姉夫妻と、その間に生まれた四人の姫……つまり、ブランシュの姪達だ。他の姉達は近隣国の王家や家臣に嫁いでいる。

マルタは、そろそろ誰かが人質役を交代してくれるかもしれないと言う。

一歳は流石に幼すぎるが、僅か四、五歳で人質に来た者は、ブランシュの他にもいる。

そうした場合、年頃になると人質を交代してもらう人が多いのだ。特に姫の場合は、政略結婚をするにも跡継ぎを産むにも若い方が有利なため、殆どが十代半ばで他の者と交代して祖国へ帰る。

リカルドが昔、祖国の言葉を覚えておくようにと教えたのも、こういう意味だったのだろう。

しかし、シャノワール国の状況を考えるに、ブランシュはまだ当分ここにいる方が良いのではないかと思うのだ。

シャノワール国は裕福ではない。特にここ数年は羊の間で悪い病気が流行り、国の財政は困難を極めているみたいなのだ。はっきり言われたわけではないが、マルタが仕入れてきてくれる祖国の情勢や両親の手紙に記された細かな事柄から、そうした経済事情を察することができた。

さっき結婚祝いの手紙を宛てた七番目の姉だってブランシュの五つ年上で、この辺りの国の王家では嫁き遅れと言われるギリギリの年齢だ。

そもそも姉と隣国の第三王子の結婚は、幼少期から決まっていた。

手紙では婚礼道具の準備が整わなくて……などと濁されていたが、おそらくは持参金をなかなか用意できずに、輿入れが三年も遅れたに違いない。

シャノワール及びその周辺国では、女性の輿入れには身分に合わせた持参金を持たせるのが常識だそうで、王家の姫ならば相当額を用意する必要がある。

両親――特に母は、ブランシュの結婚についても随分と気にしてくれているようで、王妃の公務を長姉に任せ、自分が人質を交代しようかと手紙に記してくれた。

娘が辛い人質生活の中でさぞ祖国を恋しがっているだろうと思い込んでいる母は、ブランシュをシャノワール国内の自分の認めた相手に嫁がせたいと熱望しているのだ。

だから、ブランシュが嫁き遅れにならないうちに国へ帰りたいと手紙を出せば、母はそうしてくれるかもしれない。ただ、多額の持参金はそうすぐに用意できないはずだ。

持参金は後妻に入るならば不要……つまり、ブランシュが今すぐ帰国してどこかに嫁ぐなら、誰かの後妻にならなければいけない。

母はその辺りのことも考えていて、もしもブランシュが帰国して縁談を望むならと、フォンテーヌ侯というシャノワール国の貴族を紹介してくれていた。

母によると、愛妾もおらず、少し年が離れているけれど非常に好人物だそうだ。

ブランシュは、多少の年齢差や後妻になることについて文句をつける気はない。

――しかし、多少どころか、フォンテーヌ侯とは祖父と孫ほどの年齢差で、しかも彼の一人息子はブランシュの二番目の姉と結婚しているのだ。流石にこれには待ってと言いたい。

細かいことを気にする性質ではないが、できれば実姉の義母になるような、ややこしい状況は避けたいものだ。姉やその夫だって複雑な気分になるだろう。

そこまで無理のある結婚をし、母を代わりの人質にしてまでここから出たいかと言えば、答えは否だ。

決して優しさだけではなく打算的な思いからも、ブランシュは母の申し出を辞退していた。

（……やっぱり、私は結婚なんか望まずに、ここにいる方が良いわね）

ブランシュは胸中で頷く。

もしも自分が絶世の美姫や何かとてつもない才能の持ち主だったなら、持参金なしでも妻に望んでくれる人がいるかもしれないが、窓に映る姿を見れば現実がわかる。

肌の色こそ白いものの、いくつになっても子どもっぽさが抜けない丸い顔立ちに、小柄で胸だけ大きいバランスの悪い体格。

中身の方は、リカルドの言葉を励みに苦手だった語学も含めて勉強を頑張ったので、今では数ヶ国語を自在に話せるし、算術や刺繍、楽器演奏なども一通りはこなせる。

でも……一国の王女としては、それくらいはできて当然らしい。

イスパニラ貴族の子女を教えてきたという数人の教師達は、ブランシュの見た目も能力も落第ではない程度だと評価する。

身分は王女とはいえ、所詮は小さな属国。大国イスパニラの中堅貴族と大差はないので、くれぐれも自惚れないようにと、口を揃えて言うのだ。

マルタは、教師達は属国の王女が自国の貴族より優れているのが気に入らないだけで、公平な者ならばブランシュをもっと高く評価するはずだ、と我がことのように憤慨している。

教師だけではなく、イスパニラ国民の多くが無抵抗で属国化を選んだ国の王族を蔑む傾向があった。よって、不当に評価を下げていると言うのだ。

マルタの気持ちは嬉しかったが、彼女の場合は逆に甘すぎる傾向があるだろう。だから、ブランシュは差し引き中間くらいと思うことにした。つまり、中の上くらいだ。

飛び抜けた魅力も持参金も生家の力もない。そんな姫を引き取ってくれる物好きがいるとは考えられない。

だからずっと自分が人質になっていても構わないとさえ、最近では思っている。

別に、自己憐憫に浸っての犠牲精神ではない。

自分が外の世界を知らないせいかもしれないが、ここの生活がそう悪くないと感じているからだ。

ここには大好きなティグと暮らし、リカルドを迎えた楽しい思い出が詰まっている。

もうブランシュの傍に来てくれることはなくたって、ティグの墓は庭の隅にあり、リカルドは広い王宮のどこかに暮らしていた。

直接には会えなくても良い。大好きな相手の傍で、独り身のまま静かに人生を過ごすのも悪くないと、本当にそう考えているのだ。

(……リカルド様は、そろそろお妃を迎えられるのかしら?)

リカルドは相変わらず戦場と城を往復していると聞く。未だに王太子妃を迎えていないが、好きで独身を貫く(つらぬ)というより、単に忙しくて結婚どころではないようだ。

いずれ王位を継ぐ彼は、ブランシュのように独り身でも良いなどとは言えない。いつかは花嫁を娶って(めと)世継ぎを設ける義務がある。

だが、彼が結婚相手に焦る(あせ)ことはないだろうと、ブランシュは思った。

「リカルド様のように素敵な男性なら、どんな姫君だって断るはずがないわ」

少しひんやりするガラス窓に額(ひたい)を押し当て、目を閉じて呟く(つぶや)。

幼い頃に夢で見た舞踏会で多くの美姫に囲まれているリカルドの姿が、瞼(まぶた)の裏に鮮(あざ)やかに浮かんだ。


その日の深夜。ブランシュはふと、遠くから聞こえる犬の咆哮(ほうこう)に目を覚まし、寝台から起き出した。

イスパニラ王都では、とても沢山の犬が飼われ、野良犬も多いと聞いている。

イスパニラが農牧で生計を立てていた頃は牧羊犬が重宝されたし、軍事国家となってからは軍用犬として活躍するようになったからだ。

侵入者や脱走を阻む(はば)目的で、囚われの庭でも夜中には大きな番犬が放たれている。

しかし、吠え声はこの近辺ではなく、イスパニラ国王達の住む本殿の方から聞こえてくるようだ。

(何か、あったのかしら……？)

ぞくりと背筋が寒くなり、ブランシュは急いで寝台へ戻る。

そして気にしたってどうにもならないのだと、自分に言い聞かせた。

本殿で何かが起こっても、わざわざ囚われの庭へ告知されることなど殆どない。

ブランシュはここから出られず、リカルドが今王宮にいるのか、それともどこかへ出ているのかも知らないのだ。

ここで眠って起きて、変わらぬ一日を大人しく過ごしている。明日も、明後日も、次の日も、その次の日も……

頭までかけ布を被り、目を強く瞑る。

しまいに痛くなってきた瞼を薄く開くと――ブランシュはいつの間にかちゃんと着替えて、応接間と勉強部屋を兼任している部屋で椅子に腰かけていた。

マルタはテーブルの脇に控え、ブランシュの向かいには見たことのない白髪の老人が座っている。

(……あら?)

これは、いつか見た舞踏会と同じような、音のしない現実味のあふれる夢だ。

ブランシュは自分が眠っているのだとはっきりわかった。

(どなたなのかしら?)

目の前にいる全く知らない老人を戸惑いながら見つめる。

ゆったりした長衣を着込んだ老人は髪も髭も真っ白く、服装からして学問に携わる者のようだ。

今までブランシュに用意されたイスパニラ人の教師は、いずれも高圧的でこちらを見下した態度を隠さない人ばかりだったのに、彼の雰囲気はまるで違う。

柔和な顔立ちに穏やかな笑みを湛えた老人は何か喋っているみたいで、ゆっくりと口を動かした。

――やっぱり、ご相談して良かったわ！

不意に、頭の中にそんな歓喜の声が浮かんで、ブランシュは驚いた。

やっぱりも何も相手が誰か知らないし、自分はこの人に何を相談したのだろうか？

とても重要な気がするのにそれが何なのかわからず、尋ねようにもブランシュの喉から声が全く出ない。

焦ってパクパクと口を動かしていたブランシュは、ふと老人のゆったりした袖口に視線を留めた。

左右の広い袖口からは、そこにあるべきものが見えない。

（この方は、手が……）

驚くブランシュの前で、両の手首から先を失っている老人が、慣れた仕草で口にペンを咥えた。

その瞬間、グニャリと景色が歪んで消え、代わりに激しい音が耳に飛び込み――

ブランシュは目を開いた。

「ブランシュ様！　ブランシュ様！」

しばらくぼんやりしていたブランシュは、夢を終わらせたのが寝室の扉を叩く音といつになく慌てふためいたマルタの声だと、数秒経ってから気がついた。

「あふ……どうしたの？」

寝惚け声で返事をすると、血相を変えたマルタが部屋へ飛び込んできた。

「大変です。今しがた、衛兵に知らされたのですが……」

告げられた言葉はブランシュを心底から驚かせ、夢のことなどすっかり吹き飛ばしてしまった。

——昨晩、ディエゴが突然倒れてリカルドに政権を譲り、事実上、王位が交代した。


イスパニラ史上、最強にして最悪の暴君と密かに呼ばれていたディエゴは、齢六十を超えても猛獣のような頑強な身体と気迫に衰えを見せず、少なくともあと二十年は権勢を振るうだろうと囁かれていた。だが、倒れたきり回復することなく、翌月には前王となる。

そして、彼の葬儀と同時に、リカルドの戴冠式が行われたのだ。

勿論ブランシュが式典を目にすることはできず、いつも通りに離宮で過ごしただけだったが、遠くから新王リカルドを祝う声が風に乗って聞こえてきた。

リカルドが王となったのを多くの民が喜んだ。

嘆いているのは前王に取り入って私腹を肥やしていた者だけだと、マルタが教えてくれた。

戴冠後リカルドが一番先にやったのは、そうした汚職者達に予め調べ上げていた証拠を突き付け、王宮から追い出すことだったらしい。

それから、属国を管理するという名目で派遣され、各地で横暴な振る舞いをしていたイスパニラ軍の規律を徹底的に叩き直し始めているという。

そんなリカルドの片腕となって補佐しているのは、王弟のセシリオだ。

幼い頃の落馬で片足を少し悪くしてしまったセシリオは戦地に出たことこそないが、学者も舌を巻くほどの頭脳の持ち主だと有名だった。

妾腹でリカルドとは母親が違うせいか、以前の彼らはすれ違っても視線すら合わせないくらい険悪だったそうだ。

だが、父王が亡くなると、今までのことが嘘だったように仲良く宮廷の改革を始める。

前王は兄を弑逆して王位を奪い、家族や兄弟の愛情は王家に不必要だと公言していた。どちらも十分な実力を持つ二人の息子が仲良くしていれば、結託して王位を奪わないか心配となり、難癖をつけて処刑していたかもしれない。

リカルドとセシリオは、父の目を欺くために今まで仲の悪いふりをしていたのだろうと、人々は噂しているようだ。

それが真実なのか嘘なのか、ブランシュにはわからない。

セシリオに会ったことはなく、リカルドの口から弟の話を聞いたこともないからだ。

でも、彼が弟と仲良くできているのなら純粋に嬉しい。そう思った。

リカルドが即位してから、あっと言う間に一ヶ月が経つ。

各地では新国王による大きな改革のせいでせわしない日々が続いているそうだが、ブランシュの単調な生活に影響はなかった。

強いて言えば、つけられていた教師が先週突然、辞めてしまったくらいだ。

その教師は属国の王家を特に蔑んでおり、『恥をかなぐり捨てて王冠へしがみついた痴れがましい一族の者へ、イスパニラの高等な教育を施すなど厚遇すぎる』と常々ぼやいていた。だから、ブランシュの教師を辞めたのは王宮の事情とは関係なく、嫌気が頂点に達しただけかもしれない。

教師の教えることに逆らってはいけないというのが囚われの庭の規則だったから、ブランシュは自国の王家を含めた属国を侮辱されても、黙って大人しく聞いていた。

だが本当は、彼らの考えは所詮、強い国力に守られた者の甘い考えだと思っている。

実際に大切な仲間を大勢抱えた状態で圧倒的に巨大な敵と対峙してみたら、彼らの意見も変わるだろうに。粗末な剣一本に等しい小国の力で、強大なドラゴンのようなイスパニラ国に歯向かうのが、勇気ではなく愚行だと思い知るはずだ。

無謀な戦いで全員が散るよりも、一人を生贄に差し出して他の者を見逃してもらう道を選んだだけ。その生贄となったのが、囚われの庭の住人達だ。

シャノワール国の王妃である母だって、ブランシュが望むならいつでも人質を代わると言ってくれている。臆病風に吹かれ、王冠にしがみついているわけではない。

今まで教わった教師はそうしたことをわかってくれない人ばかりだったから、マルタから来週に新しい教師が来ると聞いても、ブランシュは喜べなかった。

バスコ卿というその老教師は、かつては王立学院で教鞭をとったこともある高名な学者らしい。それを聞いて、いっそうげんなりした。

そんなにお偉い人ならとびきり嫌味な、鼻もちならない頑固な老人で、属国の王家は恥知らずだとまくしたてるだけだと思ったのだ。

そして週明けの午後。

「――お目にかかれて光栄です、ブランシュ王女」

バスコを迎えたブランシュは、丁重に挨拶を述べる白髪の老人を前に、キョトンと目を丸くしてしまった。

どんなに嫌な教師が来るかと身構えていたのに、彼は想像と全然違う柔和で礼儀正しい人だったのだ。

しかし、ブランシュを驚かせたのは、卿の感じの良さだけではなかった。

「こちらこそ、光栄にございます。未熟者ではありますが、宜（よろ）しくご指導願います」

ブランシュも挨拶を返しながら、気づかれないように老人のゆったりした袖口に目を向ける。そこには左右、どちらも手がなかった。

(あれは、ただの夢だったはずなのに……)

前王が倒れた夜、ブランシュはまだバスコの存在を知らなかったのに、夢の中でテーブルの向かいに座る彼を見たのだ。

ブランシュが戸惑（とまど）っていると、バスコはそれを別の原因だと解釈したらしい。手の出ていない袖をひょいと上げてみせ、ニコリと微笑んだ。

「昔、ちょっとしたことで両手首から先を失ってしまったのです。驚かせてしまいましたかな？　なに、授業に支障は出しませんのでご安心ください」

「あっ！　いえ……そ、それに、バスコ卿はお口でペンを使うのに慣れていらっしゃ……っ！」

不躾な態度を取ってしまったと、焦るあまりブランシュは夢で見た光景を口走ってしまい、慌てて口を押さえる。見ると、バスコはにこやかに頷いてくれた。

「私の経歴と一緒に、それも聞いておられましたか」

「え、ええ……はい……」

王宮から渡されたバスコの経歴に両手については全く書かれていなかったが、まさか以前に夢の中で見ましたとは言えない。

あいまいに答えると、傍にいたマルタが一瞬だけ不思議そうな目をこちらに向けた。けれど特に突っ込まないまま退室してくれ、ブランシュは感謝する。

現実に対面したバスコは、夢で思った通りに感じの良い人で、尊敬できる人物だった。

教える歴史や現在の各国の情勢は、イスパニラにとって都合の良いだけの前任の者の教えとは随分と違う。

「——私もイスパニラ人ゆえ、自国を贔屓したい気持ちはあります。けれど、この国の悪いところをきちんと教えなくては、国の良い部分を話しても信用してもらえんでしょう」

穏やかに言うバスコに、ブランシュも素直に胸にあったことを話せた。

「ええ……失礼ながら私、以前の先生は全く信用できませんでしたの。けれど、こちらの国の本当に良い部分も信用できなくなっていたら悲しいと思っていました。ですから、信頼できる先生にお会いできて嬉しいですわ」

するとバスコは、いっそう嬉しそうに目を細めた。

「私が王都へ戻ってこられたのはリカルド陛下のおかげです。それればかりか、こうしてまだ命があるのさえ……」

「まぁ、それは一体……？」

何やらいわくありそうな彼の言葉にブランシュが首を傾げると、老学者は両手首の覗いていない己の袖口へチラリと視線を落とした。

彼は口でペンを巧みに操るだけでなく、足先を器用に使い、必要なことは全部できる。両手を失ってから、そのように訓練したそうだ。

「私はかつて、貴族のご子息が寄宿する王立学院で教師をしておりましたが、頭の固い頑固者ゆえ、自国だけを贔屓して事実を歪めるような教えはしたくなかったのです。その結果、前国王陛下のご不興を買ってしまいましてな。当時、王太子だったリカルド様に命を救われました。それで、教職を辞めて実家のある辺境へ帰っていたのですが、このたび陛下に呼び戻していただいたというわけです」

リカルドがどのような手段で彼を救ったのかバスコは教えてくれなかったが、ブランシュは胸の奥が温かくなるのを感じた。

長らく会っていない彼は今やこの強大な国の王で、生贄達を手中に収めるドラゴンになった。けれど、バスコを教師に寄越し、属国の王女にも優しく誠実なままだと証明してくれたのだ。

国同士の駆け引きや争いは、きっと綺麗事だけでは済まないだろう。

離宮から出たことがなく、教えられた情報や書物から得た知識しかないブランシュには想像のつかない部分があるに違いない。

そんな生贄（いけにえ）達に間違った教えを吹き込むのを良しとしない彼は、やっぱり今もブランシュの憧（あこが）れで大好きな人だった。


やがて秋が過ぎて肌寒い冬を越し、次第に陽が暖かくなっていった。そして花壇に春の花が咲き始めた頃、属国の王達との会見をまとめたリカルドは、囚われの庭にいる者全員の解放を宣言した。

「え……？」

部屋に駆け込んできたマルタからその知らせを聞いたブランシュは、驚きのあまり読んでいた本を床に取り落とした。

「これでようやくブランシュ様は本当のご家族と暮らせるのですね……寂しゅうございますが……お、おめでとう、ございます……」

ブランシュにとって本当の家族も同然となっているマルタは、ハンカチを顔に当てて号泣する。

「そう……私、本当の家に帰れるのよね……」

ブランシュは頷（うなず）き、自分で口に出して言ってみた。

半ば諦めていたとはいえ、家族に会いたい気持ちはある。父や母に抱きしめてもらったら、きっと幸せだろう。

しかしなぜか、嬉しさとか感激とか、そういったものがちっとも湧き上がってこない。

故郷の記憶がまるでないうえに、唐突すぎて実感が湧かないからだろうか？

（お父様もお母様もお姉様達も、私が帰ったらきっと喜んでくださるわ）

心を故郷に向けようと、ブランシュは胸の中で自分に言い聞かせる。

皆、心の籠った手紙をあんなに沢山くれたのだ。歓迎してくれるに違いない。必ずこう言うはずだ。

『ブランシュが帰ってこられて本当に良かった。辛い人質生活をさせてすまなかったね』

自然とそんな言葉が浮かび、ズキンとブランシュの胸が痛んだ。

父も母も、ブランシュを人質にしていることを、いつも手紙で謝っていた。

ブランシュが民を守るのは王女の義務として受け止めているので気に病まないようにと返事しても、国王と王妃以前に親として割り切れぬ想いがあるらしい。

リカルドのことは書けないにしても、侍女のマルタが親切で辛い目になど遭っていないと正直に書いているのに、監視付きの手紙は本音と違うと思っているようだった。きっと両親の想像の中では、ブランシュは辛く悲しい環境でイスパニラ王族に苛められながら、毎日泣き暮らしていることになっているのだろう。

そうした手紙の文は監査官に塗りつぶされてしまうけれど、前後の文面からだいたい予想がつく。

（そうではないのに……）

たとえ他の人質王族にここの生活が不満な者がいたとしても、ブランシュは違う。

少し退屈で窮屈だけれど、マルタから大切に世話をされ、ティグと楽しく遊び、素敵なリカルドと出会えたのだ。

気がつけばブランシュは、とんでもないことを口にしていた。

「マルタ……もしも、だけれど……お城で働かせてもらうなどして……私……もう少しここに残ってはいけないかしら？」

「ブ、ブランシュ様？」

あんぐりと口を開けたマルタへ、ブランシュは慌てて告げた。

「勿論、リカルド陛下のお心遣いには感謝しているわ！　本当よ！」

この人質解放は、リカルドの努力の結晶だ。それはバスコから聞いている。

すっかりブランシュと親しくなったバスコは、リカルドが離宮に住まう人質の大半から酷く憎まれ畏怖されていることを嘆いていた。

前王ディエゴの所業や、リカルドが王太子として父の片腕となり筆頭将軍を務めていたのを念頭に置けば、彼らの気持ちもわからなくはないとバスコは言う。

人質達とて前王の残虐さは承知しているし、リカルドが自身の周辺人物を護るために父王へ従わざるを得なかった、と理屈ではわかっている者もいる。

けれどリカルドが必死に軍を率いて戦い抜いた結果、多くの国が滅んだ。それに伴い、多数の王族が処刑され、また数え切れぬほどの民が生活と自由、家族、財産を奪われた。

勿論、リカルドの剣一本が全てを奪ったわけではなく、国同士の戦の結果だ。

けれど、その責任と恨みの一切を負うのが軍の頂点に立つ者の義務であり、父親から押し付けられた悪鬼の役割だった。

だからリカルドは、父王が無理に集めた人質に罪悪感を抱き、全員の解放を願っていたそうだ。

しかし、彼が王になった今でも容易にはできないだろうと、バスコは予想していた。

何しろ人質を解放すれば、これまで抑え付けていた属国が結託して反撃する可能性がある。

リカルドの戦上手は有名だし、強大なイスパニラの軍事力をもってすれば小国が束になっても敵わないだろうが、それでも家臣達からは賛成されないはずだ。

最悪の事態に備えての対処案、人質解放によって得られる利点。それをきちんと家臣に説明し、納得させなければならない。属国との交渉はそれからだ――と、リカルドが父王のような暴君でないのならなぜ自分達を解放してくれないのかと問う離宮の人質に、バスコは説明していたそうだ。

――その困難な人質解放を、リカルドはたった半年で実現した。一体、どれほどの苦労をしたのだろうか。

解放されるブランシュは、彼の努力と優しさに感謝をして帰国を喜ぶべきなのに……

「祖国とはいえ、見知らぬ国も同然と、ブランシュ様が不安になるのはわかります。ですが、貴女様のような賢く可愛らしい姫君でしたら、どこでも上手くやっていけますわ。祖国の言葉も熱心に学ばれたのですから不自由もしないでしょう」

マルタはブランシュの言葉を不安に駆られたせいだと解釈したらしく、優しく励ましてくれた。

「違うの。ただ、シャノワール国に帰ったら二度とリカルド様にお会いできないと……」

首を横に振ってブランシュが告げると、マルタに今度は沈痛な視線を向けられた。

「ブランシュ様が昔から陛下をどれほどお慕いしているか存じております。陛下も貴女を大層可愛がっておられました。しかし、もしご寵愛を受けられたとしましても……」

言い辛そうに言葉を濁すマルタへ、ブランシュは目を見開いた。

「まさか！　そんなことは考えてないわ。勿論、リカルド様の花嫁になれたら幸せでしょうけれど、私ではとても釣り合わないのは承知よ。もうそんな夢を見る子どもではないの」

ブランシュはきっぱりと言い切る。

何しろ自分は持参金すら用意できない貧しい小国の王女だ。イスパニラ国では、花嫁に持参金の風習はないが、属国の王女というだけで十分に蔑まれる。

祖国を恥じる気はないけれど、自分の気持ちと世間一般の評価は別だし、何よりも結婚相手を選ぶのはリカルド自身だ。

そう考えても、たいして胸が痛まないのだから、リカルドに抱く『好き』という想いは恋というよりも憧れの部類かもしれない。

「……私はリカルド様にお会いできてとても嬉しかったわ。マルタも大好きだし、ティグもいて、ここで幸せに暮らせたの。私達、囚われの庭の者が快適に暮らせるように、リカルド様は大変気を遣ってくださっていたのでしょう？」

マルタは頷いた。

「はい。それだけでなく、夫と子を亡くして気落ちしていた私に、ブランシュ様付きにならないかと勧めてくださったのもリカルド様です」

「そうだったの……」

初めて知った事実にブランシュは驚いたが、肝心な話を続けた。

「でも、私が幸せだと手紙で知らせても、お父様もお母様も信用していないようなのよ。私がリカルド様に苛められているのに嘘を書かされていると思い込んでいるみたい」

「ええ。検閲済みの手紙では、そう感じられるのも当然かと思います」

監査官達の、言いがかりとしか思えないようなくだらない書き直しの命じ方を思い出したのか、マルタは顔をしかめて同意した。

ブランシュが幼い頃は家族からの手紙を彼女が読み聞かせてくれていたのだ。文字が読めるようになって以降もブランシュが望んで一緒に読んでもらっている。

シャノワール国王夫妻がブランシュの境遇を心配しているのをマルタは承知していた。

「そうよね!? だから、もしもリカルド陛下のお許しがいただければだけれど」

ブランシュは両手を打ち合わせ、ここぞとばかりに畳みかけた。

「せめてあと一年か二年ほど、自分の希望でここに残ってみたいの」

ブランシュはその考えを酷く緊張しながら口にした。

今まで自分の意思で居場所を決めたことが一度もなかったからか、全身が強張って冷や汗が滲む。

「ブランシュ様の希望で？」

「ええ！ リカルド様のおかげで私は小さい頃からここの生活を楽しめたし、せっかく離宮から自由に出られるようになったのだから、しばらく王宮勤めをしてみたいと、監査官を通さないで家に知らせたいの！」

「はいぃっ⁉」

身を仰け反らせたマルタは、眼玉が飛び出してしまわないか心配になるほど目を見開く。

「そうすれば、私が本当に辛い生活に耐えていたのではないとお母様達にもわかるでしょう？　解放されたからといって急いで帰るより、満足したから帰るという方が私に対する変な後ろめたさを感じないでくださるかと……リカルド陛下が本当にお優しいこともわかっていただけるはずだわ」

懸命に説明しながら、最後の方は知らずに声が震えてしまった。

自分の家族にはリカルドが酷い人ではなかったと知っていてほしい。

その手が離れた途端、一目散に逃げ去りたくなるような人ではなく、自分からもう一度手を繋ぎたくなる人なのだと証明したいのだ。

「お願いよ、マルタ！　どんな仕事でも頑張るから、こちらの王宮で働けるように協力してくれないかしら？」

胸もとで手を握り合わせて迫ると、マルタは困り切った顔で視線を宙に彷徨わせた。

「お気持ちはわかりますが、しかし……」

もう一押しだと、ブランシュは別の理由を持ち出す。

「それにこのまますぐ帰ったら、お母様が大急ぎで私をフォンテーヌ侯に輿入れさせると思うの」

ピクッと、マルタの頬が小さく動いた。

彼女は王妃が身代わりの交代を決意していることやブランシュの結婚相手に推す人物を知っている。いくら事情があるとはいえ、その婚姻は如何なものかと眉をひそめていたのだ。

「ええ……そう、かもしれませんね……」

丸め込まれそうな気配を察知したのか、同意しつつもマルタは言葉を濁す。そんな彼女を横目で見ながら、ブランシュはちょっとわざとらしい溜め息をついた。

「フォンテーヌ候はとても尊敬できる方だというし、名目上は結婚したとしてもお母様達のいる王宮に住んでいいと言ってくれているわ。お母様の気持ちもわかるの。帰国した翌日に結婚式となっても不思議ではないわね」

母がフォンテーヌ候を薦める最大の要因はそれだと、ブランシュは思う。

母は、たとえ小国の内部でもブランシュを離れた場所へ嫁に行かせたくはないらしい。

フォンテーヌ候は息子に家督を譲って、王の相談係として王宮の敷地内に住まいを設けている。ブランシュは孫のように可愛がってもらえるだろうし、嫁いでも家族と離れずに済むという算段だ。

人格者として尊敬を集めている彼ならば、年の離れた王女を後妻に娶ったとしても、王家の縁戚を賜ったと解釈するだけで妙なことにはなるまいと母は主張する。

自分が身代わりとなってイスパニラに行く必要がなくなったなら、それこそブランシュと暮らすために、大喜びで婚姻を推し進めるはずだ。

フォンテーヌ候も、もし姫が宜しければ爺の気楽な隠居生活に付き合っていただければありがたい、と好感の持てる手紙をくれた。

だからブランシュは、結婚自体には腹をくくっている。

「ねぇ、マルタ。私は帰国したらフォンテーヌ候へ嫁ぐつもりよ。候の息子さんやお姉様に義母と扱わないでと頼めば上手くやっていけると思う。でもせめて少しの間だけでも、私は自分の意思でここに残りたいの！」

「ブランシュ様……」

マルタは眉間に手を当てて長く息を吐くと、決心したようにこちらへ向き直った。

「近いうちに、帰国の件で陛下に謁見することになっております。その前にバスコ卿へこの件をお話しして、陛下からご許可をいただけそうな頼み方を考えましょう」

年老いた侍女の毅然とした声には、ブランシュを昔からずっと安心させてくれてきた頼もしさが込められていた。

翌週の昼過ぎ。

ブランシュは薔薇色の正装に身を包み、離宮の部屋の外に出た。物心ついてから、初めてのことだ。

青空の下、庭の芝生を歩き、小さな門をくぐる。

白い小石を敷き詰めた道へ一歩踏み出した瞬間、思わず深い息が漏れた。一瞬、膝が震えてグラリとよろめく。

「ブランシュ様、大丈夫ですか？」

慌てたマルタに身体を支えられ、ブランシュはすぐに気を取り直し、しっかりと自分の足で敷石を踏みしめた。

「ええ。庭に出るのと変わらないと思っていたのに、意外と緊張していたみたい。もう平気よ」

ブランシュは振り返り、自分の出てきた黒い鉄の門と常緑樹の垣根に囲われた小さな家屋を眺める。

十七年近くを過ごした場所を初めて外から見ると、少し奇妙な気分になった。

周囲には背の高い垣根で囲われた同じような建物がいくつもあり、垣根が迷路みたいだ。

その緑の迷路のはるか向こうに、巨大な灰色の城が見えた。華麗さよりも機能を追求した、堅牢で重々しい建物がイスパニラ王宮の本殿だ。

城は大きいので、ブランシュはこれまでも庭から眺めることができた。

何だか怖そうな王宮よりも、白い壁にオレンジ色の瓦ぶきをした自分の住まう家屋の方が可愛くて住み心地が良さそうだと、密かに思ったものだ。

今からブランシュは住み慣れた家を出て、その本殿に行かなくてはならない。

灰色の巨大な本殿は近づけば近づくほど重々しさを増したが、ブランシュはもう足をふらつかせたりはしなかった。

リカルドに会えるのだと思えば、城の入り口がドラゴンの口の形をしていたって、飛び込んでいけるような気がしたのだ。

いくつもの扉と長い通路を通り抜け、ブランシュはようやく謁見の間に辿り着いた。

「ブランシュ・ロゼス・シャノワール王女でございます」

重そうな観音開きの扉を開けた衛兵が、広い謁見の間の奥に告げる。

イスパニラ王宮は無骨な雰囲気が漂っているが、謁見の間は流石に大国の玉座を置くのに相応しく、重厚ながら見事に洗練されていた。

高い天井には巨大なクリスタルのシャンデリアが飾られ、大理石の床に敷かれた真紅のカーペットの両脇に近衛兵と文官らしき男性が数人並んでいる。

だが、ブランシュは煌びやかな内装も居並ぶ文官と近衛兵の冷ややかな視線も気にならなかった。

カーペットの先の一段高い位置に置かれた玉座に、ブランシュの視線は固定される。

彼が最後に離宮を訪れてくれたのは、もう二年……いや、三年近くも前だ。

それから今まで一日たりとも忘れたことのなかったリカルドが、そこにいた。

歓喜のあまり、ブランシュは僅かに身を震わせてしまったが、幸いにも周囲には気づかれなかったようだ。高鳴る鼓動と湧き立つ嬉しさを必死に抑え込み、粛々と玉座に近づいて礼をする。

「顔を上げよ」

穏やかな声に伏せていた顔を上げると、近づいた分だけリカルドの表情がはっきりと見えた。

国王の証である細い金細工の王冠をつけているせいか、それとも年齢のせいか、彼は最後に見た時よりもいっそう精悍さと威厳を増したみたいな気がする。

けれど、鋭いのに優しい光を湛えた青い両目は、遠い日にブランシュが見惚れた素敵な王太子のままだ。

「――ブランシュ王女。すでにバスコ卿から聞かされているかと思うが、そなたを今春より女官として登用したい。任期は就任日より数えて丸二年間。こちらの要望は、そなたの帰国を延期させるものになるが異存はないか？」

型にはまった挨拶を一通り交わした後リカルドにそう問われ、ブランシュは深々とお辞儀をした。

「不肖の身に余る光栄。謹んで受けさせていただきます」

形式通りの返礼をすると、リカルドが頷いた。

「結構。この件は新任の女官に急な欠員が出たというこちらの都合だ。よって任期の途中でもそなた自身の希望で退任および帰国を認めることとする」

大国の王に相応しい重々しい口調だけれど、そこに籠る変わらぬ優しさに、ブランシュの胸がじわりと温かくなる。

バスコによって、ブランシュの希望はリカルドと王弟のセシリオに伝えられていた。

ブランシュから、祖国の両親にリカルドを悪く思われたくないと聞き、大喜びで居残りに同意したバスコは、それをそのまま謁見で言うのは良くないと判断した。どのような動機であれ、帰国を断るとイスパニラ王の厚意を属国の王女が蹴るという形になってしまう。

リカルドが怒ることはなくとも大臣や官吏達の心証は最悪となり、ブランシュが王宮に残った時に非常に居心地の悪い思いをするに違いない。

なので、バスコは密かにリカルドへ事情を話し、自分がブランシュを女官に推薦するという体裁をとってくれたのだ。

また運の良いことに、今年の春に女官となるはずだった若い貴族の娘が一人、急に体調不良で辞退していた。偶然その欠員の話を聞いたバスコが教え子のブランシュを推薦したことになっている。

これならリカルドの面目は潰れない。人質は本来、行儀見習いという名目でここに来たのだから、シャノワール王女が女官になること自体は何も問題はないのだ。

むしろ、ブランシュが見事に女官勤めができれば、イスパニラ国は人質達を丁重に扱い立派な教育を施していた証明になり、今後の宮廷生活で官吏達を味方につけられる――そう提案された。

見識深いバスコに相談したのはやはり大正解だった。そう思った時、ブランシュは以前に見た、彼に何か重要な相談事を持ちかけるという夢が現実になったと気づく。

あの無音の夢は、やはり未来を示す先視の夢だったのだととても嬉しくなった。

なぜなら昔に見た舞踏会の夢も未来に起こるということだ。自分は無事にリカルドのもとに残って、あんなに素敵な光景を見られるということではないか。

リカルドはブランシュの居残り計画をバスコから聞いて驚いたそうだが、同意した。その上、任期の途中でもブランシュが望めば祖国へ帰れるようにと、謁見で公言してくれたのだ。

そうして、ブランシュは無事に謁見を終えて退室した。

住み慣れた離宮に戻った途端、気が抜けて床にへたり込んでしまう。初めての外出は、思っていた以上に精神へ負荷をかけていたらしい。

特に謁見の間の張り詰めた空気には、リカルドがいなかったら到底、耐えられなかっただろう。息苦しさと目眩がひどくて立ち上がれない。

「ブランシュ様！」

「ごめんなさい……謁見は、何とか無難にこなせたと思うのだけれど……」

「誰も文句がつけようもないほど、ご立派でございましたわ！」

マルタに支えられ、ブランシュはよろよろと寝台に辿り着く。重いドレスときつく締めたコルセットを外してもらい楽な寝衣に着替えると、ようやく息が楽になり目眩が治まった。

「少しの外出でこの有様では、本当にこの先やっていけるのか、心配になってきたわ……」

溜め息混じりに言うと、微笑んだマルタがそっと手を伸ばしてきた。きつく編んでいたブランシュの髪をほどき、子どもの頃のように頭を撫でてくれる。

「珍しく弱気なことをおっしゃるのは、お疲れなのでしょうね……」

髪を撫でる温かな手の平に、まだ強張っていた身体の芯がゆるゆるとほぐれていった。

「ブランシュ様が正式に本殿へ移られるのは二週間後です。それまではご自由に過ごせるのですし、少しずつ外出して慣れれば、大丈夫でございますよ」

「……ええ。ちょっと疲れたけれど、外は素晴らしかったわ」

ブランシュが頷くと、マルタの笑みがいっそう深まった。

「それはようございました。私は隣室におりますので、しばらくお眠りください」

マルタが部屋を出ていき、静かになった部屋でブランシュは目を閉じた。

（ねえ、お父様にお母様。本当にここの生活は悪くなかったの。意地悪な人もいたし窮屈なこともあったけれど、私を宝物みたいに大切にしてくれる人がいつも傍にいたのよ）

胸の内で遠い地にいる両親へ呟き、それから、もういない白猫を思い浮かべる。

（……ティグ。貴方の見ていた外の世界を私も見たわ。あんなに広くて綺麗なら、何度止めても貴方が抜け出したのは当然ね）

緑色の迷路のような垣根もまっすぐな長い道も、本当に素晴らしかった。

（それにね、ティグ！　私は女官になって、リカルド様のもとで働くのよ！）

毛布を頭まで引っ被り、ブランシュは小さくフフフ、と笑う。

疲れ切っていたはずなのに、リカルドと再会した時の喜びが再燃して、身体中がうずうずしてくる。羽根枕を抱きしめ、足先をバタつかせてしまった。

三年ぶりにあった彼は前にも増して素敵で、思い出すと心臓がドキドキと大きく鼓動する。

それは緊張や恐怖ではなく、とても幸せなドキドキだった。

3　働く王女

謁見から二週間後の朝。ブランシュは住み慣れた離宮を出て、本殿へ移った。

女官になるのは貴族階級以上の女性なので、侍女とは違い、自分専用の部屋を貰える。

趣味の良い調度品が置かれた素敵な部屋に、ブランシュはティグの首輪など離宮から大切に持ってきた品物を片付け、濃い紫の女官用ドレスに着替えた。

この二週間で何度も本殿を訪れて随分と慣れたし、マルタと馬車で市街地を見て回り、お店で買い物だってやってみた。もう外に出ただけで緊張することはなく、世界に溶け込めた気がする。

慌しい二週間のうちに、ブランシュは十八歳の誕生日を迎えていた。立派な成人として扱われる年齢だ。

満足して室内を眺め渡したブランシュは、身だしなみに乱れがないか鏡で確認してから、女官の控室に向かうべく張り切って部屋を出た。

自分が望んで女官になったというシャノワールの両親への極秘の手紙は、リカルドの了解のもと、バスコ卿が届けてくれている。

卿は両手を失っている上に決して若いとは言えないが、穏やかな人柄からは想像もつかないほど行動力のある人だ。昔から一度山間部の国を訪れてみたかったのだと言い、元気に旅立っていった。

ずっとブランシュに仕えてくれたマルタも、昨日づけで王宮を辞めている。

本来なら彼女は二年も前に年季を終え、城下で気楽に暮らせたはずだった。

身寄りはないそうだが、先に引退した仲の良い侍女仲間が何人も城下におり、余生が十分に送れるだけの年金が国から支払われる。

だが、ブランシュを我が子のように想ってくれた彼女は、何だかんだと理由をつけて今まで仕え続けてくれたのだ。

ブランシュには、それに甘えてしまっていた自覚がある。

だからマルタが王宮本殿付きの侍女となってブランシュの傍にいようと言い出した時に断った。

マルタが傍にいたらどんなに心強いかと思うけれど、女官になることはブランシュが望んで決めたのだ。自分の都合でマルタを振り回すわけにはいかなかった。

ブランシュが他の女官に苛められやしないかと心配するマルタに、手紙をこまめに書くし休日には城下へ遊びにも行くと約束し、送り出した。

女官として働けるよう手伝ってくれた二人の顔を思い出し、ブランシュは胸を張る。

（女官長は厳しいと聞いたけれど……大丈夫！　リカルド様のお傍にいられるのなら、いくらでも頑張れるわ！）

重厚な本殿の廊下をしずしずと移動しつつ、今日から一人で歩き出すのだと、改めて決意を固めた。

女官用の控室は、十数名の女官が全員集まっても狭く感じない豪華な部屋だった。

柔らかなクッションが置かれた長椅子が複数、そして安楽椅子と象嵌細工のテーブルがある。

美しい織布のカーテンとシャンデリアや立派な書棚、壁にかかった見事な絵画に季節の花を生けた花瓶など、素晴らしい調度品の数々にブランシュは驚いた。

定められた勤務時間中、女官は私室ではなくこの部屋で控えているのだという。

「良いですか？　女官の失態は国王陛下の恥となりますので、くれぐれも気を引き締めて生活するように」

そう告げる女官長は五十絡みの老婦人で、その女官服には特別なレースの襟が付いている。

何百という女性使用人を統括するに相応しい厳格な雰囲気を、彼女はかもし出していた。

女官の仕事は、侍女のような食事の世話や入浴の支度といった雑務ではない。女性の王族の相談相手や公務の補佐が主な役割だが、現在のイスパニラ王宮には女性王族が在住していなかった。

前王の妃や愛妾は全員亡くなっており、リカルドとセシリオは独身。彼らの下に二人の異母妹がいるものの、どちらもすでに嫁いでいる。

なので、現在は女性王族がするべき公務を全て女官が行っていると聞かされた。

仕事の説明が終わると、女官長から集まっていた女官達を紹介される。ブランシュは丁寧に挨拶をした。

「ブランシュ・ロゼス・シャノワールと申します。どうぞ宜しくお願いいたします」

ここにいる女官はいずれも、イスパニラ貴族の娘や夫人だという。

ブランシュと同じくらいの年頃の娘もいれば、もう中年に差しかかっている女性もいた。

流石は王宮仕えの女官だけあり、彼女達は気品に満ちた仕草で自己紹介と挨拶を返してくれたが、属国の王女への冷ややかな蔑みの視線を隠そうともしない。

バスコ卿に女官長は出身地で人を差別するようなことはしないと聞いていた通り、老婦人だけは別だったが、他からはあまり歓迎されてなさそうだった。

もっともそれを覚悟で居残りを決めたのだから、文句を言う気はない。

「――それでは、わたくしが戻るまでここで待機しているように」

女官長は一通りの説明を終えると、数人の女官と共に控室を出ていった。

続いて何名かの女官が用事を頼まれ部屋を出て行く。室内に残ったのは同年くらいの若い女官ばかりになった。

一番背の高い金髪の少女は先ほどの自己紹介でルナと名乗った娘だ。いかにも暗い雰囲気で俯きながらボソボソと喋るため、ようやくセルベラ伯爵の妹とわかっただけで顔もあまりよく見えない。

ルナは皆から離れたテーブルで本を読み耽っていた。残りの女官は三人で、全員長椅子に座り、あからさまにブランシュを見てヒソヒソと囁き合っている。

良い感じはしないが気にしても仕方がないので本でも読もうかと、ブランシュは書棚に向かった。

ところが、書棚に並ぶ本を眺めていると、背後の三人から聞こえよがしな声が上がる。

「属国の人間を女官に登用なさるだなんて、陛下はご寛大だこと！　しかもあの方、赤子の時から離宮で何もせずに暮らしていたのですってよ。そんな人が栄えあるイスパニラ王宮の女官になって、何ができるというのかしら？　足を引っ張られては迷惑よねぇ」

嘲笑混じりに言う栗色の巻き毛の少女は、確かエルミラという名前の伯爵令嬢だ。他の二人も口もとに手を添えて笑いながら相槌を打つ。

「陛下はきっとご慈悲をかけられたのね。貧しい祖国に帰っても、王女の公務もろくにできず、羊を追いかけて遊び暮らすのでは不憫だと」

「そうね。あの方が何もしなくても済むように私達が頑張れば良いのだもの。とても迷惑だけれど、お可哀想だから許してあげましょう。惨めな属国王女は陛下の優しさに感謝すべきだわ！」

ブランシュは無言で振り向き、彼女達へつかつかと歩み寄った。

小柄なブランシュでも長椅子の前に立てば、自然と座った三人を見下ろす形になる。

「まぁ、シャノワール王女殿下。何かご用でも？」

エルミラが口の端を吊り上げ、彼女の左右にいる残り二人も薄笑いを浮かべた。

ブランシュは深く息を吸い、彼女達へにっこりと笑いかける。

「そのような悪態だと、リカルド陛下まで嫌な人だと思ってしまいますわ。陛下は本当に素敵な方なのだから、私への嫌がらせに利用しないでくださらない？」

一息に告げると、三人はポカンと間の抜けた顔になってブランシュを見上げた。しかし、すぐにエルミラが言い返してくる。

「これは失礼いたしました。属国王女殿下が身の程もわきまえずにリカルド陛下をお慕いしているなど、気づきませんでしたわ」

せせら笑う彼女に、ブランシュは首を傾げる。

「身の程？　あんなに立派で素敵な陛下ですもの、平民でも貴族でも属国民でも、お慕いするのは当然だと思うのだけれど」

彼女の言う『お慕い』と自分の『お慕い』とは、意味が少し違うのは承知だ。

でも、たとえ恋ではなく憧れでも、一番好きなのはリカルドだし、自分を蔑む言葉に彼を引き合いに出されたくない。自分への悪口なら無視できるけれど、これだけは譲れなかった。

「貴女ねぇ！　私が言ったのは、そういう意味では……っ」

エルミラが声を荒らげると、唐突にテーブルの方から声がした。

「エルミラさん。鏡を見たら？　前歯に何かくっついていてよ」

見れば、ルナが本から少しだけ視線を上げ、つまらなそうにこちらを見ていた。

「っ⁉」

狼狽えた様子でエルミラが口もとを覆う。

ブランシュはキョトンとしてしまった。

エルミラの口は嫌なことばかり言うけれど、歯は真珠みたいに真っ白で汚れなどなかった気がする。

エルミラの左右にいる二人も驚いた顔をする中、ルナが唐突にくっくと喉を鳴らして笑った。

「嘘よ。貴女の声があんまり耳障りだから、口を閉じてほしかったの」

嘲笑めいた口調で言うルナを、エルミラが顔を真っ赤にして睨んだ。

「相変わらず、陰険で気分の悪い方だこと！」

「私に腹が立った？　なら、どうしてこうなったのか、貴女の言動も含めて全部、女官長へ報告してさしあげてよ」

　ニヤニヤしながら言うルナをエルミラは猛然と睨みつけたが、分が悪いと悟ったのだろう、憤然と立ち上がり、仲間の二人をつれて部屋を出ていった。

「……あの方達、ここで控えていなくて良いのかしら？」

　閉まった扉を眺めてブランシュが呟くと、ルナが皮肉げに笑った。

「結構皆、適当な理由をつけてさぼるわよ。やりすぎれば女官長に叱られるけれどね」

　そして彼女は書棚に本を戻して長椅子の一つに移り、チラリとブランシュを見上げてから自分の隣をポンと叩いた。

「座らない？　それとも、貴女がいびられているのに最初から庇わなかったのを怒っているかしら」

「まさか。ありがとうございます、ルナさん」

　ブランシュは今度は心から笑い、ルナの隣に腰を下ろす。

「普通にお喋りする時は、ただのルナでいいわ。私もブランシュと呼んでいい？」

「ええ」

　ブランシュは頷き、ついまじまじと彼女を見つめた。

　ハキハキと快活な声で話す様は、自己紹介の時からは想像もつかない。そのうえ、はっきりと顔を上げて微笑むルナは驚くほど美しかった。鼻筋の通った細面の顔に、知的で大人びた印象を与える濃い紫色をした切れ長の瞳。淡い色の金髪は秋の夜に輝く月の光を紡いだみたいだ。

「何か、私の顔に付いている？」

尋ねられ、ブランシュは自分の無礼に赤面した。

「じろじろ見てごめんなさい。ルナの髪も顔立ちも、とても綺麗だと思って驚いたの」

「そう？　褒めてくれてありがとう」

ルナは自分の前髪を指先でつまんでそう言ったが、たいして嬉しそうではなかった。

もしかしたら、容姿を褒められるのは慣れっこなのかもしれない。そう思った時、ずいっと彼女が真顔で詰め寄ってきた。

驚いて仰け反ったブランシュの耳もとに、ルナが小声で囁く。

「ところで、新人不足なんて勝手な理由で女官にされて、本当に陛下へ腹が立たないの？　エルミラは誰に対しても感じが悪いけれど、ブランシュの立場なら他の女官達にだって歓迎されないのはわかり切ったことじゃない。貴女の女官任命はお慈悲どころか軽蔑ものだわ」

「え？　いえ、それは……」

「今までずっと自国のために人質生活を耐えていた貴女を、私はとても立派だと思うわ。誰にも言わないと誓うから、無理をしないで本音を言って良いのよ」

ルナは微かに眉を寄せ、真剣にブランシュを見つめる。その様子は、初対面のブランシュを本気で案じているようだった。

「あ、あの！　誤解しないで。女官にしていただけて、陛下には本当に感謝しているのよ」

ブランシュは慌てて両手を振って否定したが、ルナの意外な発言に冷や汗が出た。

イスパニラ貴族のルナが人質だったブランシュを認めてくれたのは喜ばしいが、まさかリカルドを批判するとは予想外だった。

イスパニラ国の者は人質が女官という花形職業に就くなら厚待遇ではないかと、それこそエルミラ達のように考えると思っていたのだ。

（困ったわ、どうしよう……）

リカルドを祖国の両親に、悪く思われたくなかったゆえの選択なのに、仕えている女官が彼を軽蔑してしまうなんて。

しかし、両親の他にはこれがブランシュの方から願い出たことだと誰にも言わないとバスコ卿と約束している。

少し悩んだ末に、ブランシュは声を潜めて囁き返した。

「これは秘密にしてほしいのだけれど……まだ子どもだった頃、飼い猫が逃げ出して困っていた時にリカルド様が助けてくださったの。それからも時々お会いしたことがあって、私はリカルド様が大好きになったから、この話を喜んでお受けしたのよ」

自分を心配してくれているらしい相手に嘘をつくのは気が引けたが、可能な限りで弁明すると、ルナがすっと表情を消した。

「そう……リカルド陛下は、そんなことをなさっていたのね……」

そう呟いた彼女は一瞬どこか遠い所を見るような目になったが、すぐにブランシュへ視線を戻し、ニコリと笑った。

「よくわかったわ」

「良かった！　勿論、故郷は大事だけれど、私はもっと陛下のお傍にいたかったから。そのためなら、少しばかり嫌なことがあっても平気よ」

ブランシュもホッとした。

陰気そうに見せかけていたかと思えばエルミラ達を鮮やかに撃退したりと、ルナは風変わりだけれど、とても好感が持てる。

思い切ってブランシュは心に抱いていた望みを口にした。

「ルナ。もし良ければ……わ、私の、友達になってもらえないかしら!?　人間で最初の！」

動揺のあまり声が上擦ったばかりか、変な言い方になってしまった。

「人間で最初？」

「え……ええ……。もう今はいないけれど、私の最初の友達は離宮で飼っていた猫のティグだったの。外に出られなかったから、人間の友達は一人もいなくて……」

目を丸くしているルナに、ブランシュはしどろもどろ説明をする。

こんな変人と関わりたくないと思われるのではと心配になってきた。けれど——

「すごく嬉しいわ。こちらこそ宜しくね」

ルナはニッコリと笑い片手を差し出す。

「要領良くやれば女官は気楽なものよ。困ったことは何でも言ってね。私だけが貴女の味方だから」

にこやかに告げられた彼女の言葉に一瞬だけ引っかかりを感じたものの、友達ができた嬉しさにブランシュはその違和感をすぐ忘れてしまった。

夢中でルナの手を握り、真っ白い毛並みの手をしていた友人に心の中で語りかける。

（ねぇ、ティグ。私に新しい友達が増えたって妬いたりはしないでしょう？　貴方がずっと私の大切な存在なのは変わらないもの！）

生まれて初めてできた友人のルナとは、驚くほど気が合った。

数日のうちに長年付き合っているような親しみを彼女に覚え、何でも話すようになっていたし、ルナもまたブランシュに色々と話してくれる。

彼女は一つ年上で、去年の春に王都の女学校を卒業し試験を経て女官になったという。

同じ日に女官となったエルミラは大臣である伯父の紹介だったそうで、いつも一緒にいる友人――というより家来のような二人もその伯父に推薦してもらったみたいだ。だから取り巻きの二人はエルミラの顔色を窺い、ルナにも仲間になるように勧めたらしい。

だが、ルナはエルミラ達とは気が合わないと断ったそうだ。

ルナはとても賢くて要領が良く、仕事の簡単な終わらせ方や気難しい古参の女官を怒らせない方法など、王宮で上手くやっていく数々のコツをブランシュに教えてくれた。

女官は個室を与えられているとはいえ、食事は皆一緒に食堂でとるのだが、ルナは女官長にかけあって、ブランシュを彼女の隣の席に移してくれたし、仕事も組んでくれた。

エルミラ達はブランシュを見れば眉をひそめ嫌味を言うけれど、初日ほどあからさまではない。さらりと無視してかわせる程度だ。

生活雑務の大半を担う侍女達もブランシュに親切にしてくれる者が多かった。

マルタが侍女仲間に、ブランシュをくれぐれも宜しくと頼んでくれたからだ。

おかげでブランシュは非常に快適な女官生活を送れている。

それでも、多数いる官吏達の顔と名前や王宮内の暗黙のルールなど、学ぶことは山積みでなかなか大変だ。

おまけに、女官になってても期待していたほどリカルドとの接点がなかった。

何しろ先代が無類の戦好きで、常勝国だったイスパニラはだだっ広くなりすぎ、各地の統治がかなりずさんになっているらしい。特に地方では役人の暴挙が酷いそうだ。また戦がなくなったことで食えなくなった傭兵達が野盗に転じ始めている。

そのため、リカルドは大臣や地方領主達と会議を重ねたり、時には盗賊団の大規模な討伐に赴いたりと、国内政治の立て直しに忙しい。結果、城を留守にすることも多かった。

リカルドが城にいる時は、公務に関する打ち合わせや簡単な書類仕事などで女官が執務室に呼ばれる時もある。だが、その指名は女官長がするし、ベテランに任されることが多いので、新参者のブランシュには回ってこない。

ごくたまにリカルドの姿を見かけるだけでも、ブランシュの気分は高揚して頑張れるのだが、やはり陛下のお手伝いができる先輩達が羨ましいと、ついルナに零してしまった。

すると彼女は少し考え込んだ後、『女官長は真面目にやれば認めてくれる人よ。皆がやりたがらない仕事を率先してやれば、新人だって陛下に推薦してくださると思うわ』と言って、まずは王弟セシリオの手伝いをするべきだと提案したのだ。

リカルドよりも五歳年下の異母弟セシリオは、国王補佐を含めたいくつかの役職を担っている。書庫のような広い執務室に何人も補佐官を置いて執務を行っているのだが、人手不足だと言っては、たびたび女官に手伝いを頼んでくるそうだ。

どちらかといえば無骨で精悍な顔立ちのリカルドと違い、セシリオは貴公子という形容が相応しい、細身の容姿端麗な青年だ。

そのうえ天性の女たらしで、貴婦人達が集まる場では必ず彼が話題に上り、廊下を歩けば侍女に頬を染められ、下働きの娘達が見惚れて手が止まるから厨房に来ないでくださいと料理長に嘆かれた……などという噂で有名だ。

そんなセシリオの手伝いなら女官達は競って行きたがりそうなものなのに、彼の手伝いがなぜ『皆がやりたがらない仕事』になるのかブランシュは不思議に思った。

ルナに質問すると、セシリオが仕事に関しては鬼だという答えが返ってくる。

手伝いに来た女官に面倒くさい書類を山ほど渡すのだそうだ。

加えて、相手が使えないと見れば凄く軽蔑した態度で追い出し、逆に使えると見れば上機嫌で馬車馬のごとくこき使う。女官がどんな美女だろうが、一切の情け容赦なしという。

蕩けそうな甘い態度で女性に愛嬌を振りまいている普段とは、まるで別人だ。

なので女官達は密かに彼を鬼殿下と呼び、要請が来ると仮病を使って必死に逃げるため、女官長も困っているというわけだった。

その仕事を率先してやれば、女官長に目をかけられてもらえるかもしれない。

――数日後の昼下がり、ブランシュはルナと王宮の回廊を歩いていた。窓からは春の陽射しが降り注ぎ、外を見ればちょうど中庭は花盛りだ。

とても気持ちの良い日だが、これから向かう先を思うと緊張する。

二人は重要な部屋の多い本殿の奥へ進み、一際立派な扉の前で立ち止まった。

ルナが覚悟はいいかと言うようにこちらへ視線を向けたので、ブランシュは無言で小さく頷く。

目の前の部屋は、王弟セシリオの執務室だ。

ブランシュは、セシリオの執務室のドアを開けた。

(――わぁ、まるで図書室のよう)

入室するなり、ブランシュは室内の様子に驚いた。

広い部屋には大量の書類や書物を収めた書棚が並び、壁には絵画の代わりに各地の大きな地図がいくつもかけられている。中央にセシリオの大きな執務机が置かれ、その前には少し小さな机が八つ、二列で向かい合わせに並んでいる。そのうち六つはセシリオ直属の補佐官が使っていた。

「ブランシュ殿。……ルナ殿も、よく来てくれましたね」

ブランシュとルナが執務机の前に行くと、熱心に書類を捲っていたセシリオは立ち上がってにこやかに挨拶をした。ただし、ルナに向ける視線は少し冷たい。

端の空いている席を使うように言われ、ブランシュはルナと向かい合わせに座った。

すぐに一人の補佐官が両手で分厚い書類を持ってきて、それぞれブランシュ達の前にドンと置く。

王都から僻地に至るまで、国内の人口と税収を一から調べ直すための資料作成だという。特別な学識などは不要だが、とにかく面倒で根気のいる仕事だ。

「わからないことがありましたら、お尋ねください」

補佐官は手短に説明を済ませると、さっさと自分の机に戻ってしまった。

覚悟していた以上の書類を前に、ブランシュは茫然とする。けれど、向かいのルナから励ますようにニッコリと微笑まれ、慌てて気を取り直した。

ルナは元々、女官の仕事を熱心にやる気がなく、なるべく目立たないようにしていたらしい。

だから女官になったばかりの頃、セシリオの手伝いを押し付けられた時には手抜きをした。その時は、役に立たないとすぐに執務室を追い出されたそうだ。

先ほど、セシリオがルナに冷ややかな視線を向けたのはそのせいだろう。

それなのにルナはブランシュのためならばと、セシリオの手伝いに名乗り出てくれたのだ。

彼女の厚意を無駄にしないようにと自分に言い聞かせながらブランシュは山積みの書類へ手を伸ばし、慎重に地道な作業に取り組み始める。

書類に記された国内各所の土地が王の領地か貴族の領地かを分け、さらに細かく分類した。黙々

と教えられた通りに資料を作成する。ようやく全ての書類の仕分けが終わったのは夕刻に差しかかる時刻だった。

ブランシュ達ができた書類を提出すると、セシリオはそれを眺め、とても満足そうに頷く。

「見直しましたよ、ルナ殿。今後もこの調子でお願いいたします。勿論、ブランシュ殿も素晴らしい。お二人共、ありがとうございます」

どうやら上手くいったようだとブランシュは内心でホッと息をつき、ルナと退室する。

見張りの衛兵が立つ廊下を出て人気のない回廊まで辿り着くと、隅に置かれたベンチを見ながらルナが言った。

「じきにお夕食になってしまうわね。ここで休んでから直接食堂へ行きましょうか」

その提案にブランシュは同意する。

ここから女官の控室はやや遠く、夕食の時間と食堂の位置を考えれば戻るのは無駄足だ。

中庭の一角に面したこの回廊は景色と風通しが良いので、ベンチが何ヶ所か設置されていた。

白塗りのベンチにルナと並んで座ると、花の香りをのせた心地好い風が吹いてくる。

隣で一息をついたルナがブランシュの方に顔を向けた。

「お疲れさま。狙い通りまずはセシリオ殿下に認められたわね。ブランシュは大したものだわ」

「ルナが一緒にいてくれたおかげで頑張れたのよ。殿下や補佐官の方達も親切だったし」

今日の執務の手伝いをやり遂げられたのは自分の力だけではないとわかっている。

ルナの存在に励まされ、セシリオや補佐官達が気にかけてくれたから、安心して取り組めたのだ。

それに三時には執務室の隣室にある休憩用の小部屋で、美味しいお茶とお茶菓子が出された。

仕事に関しては鬼と呼ばれるセシリオだが、休みはきっちりと取らせる主義らしい。補佐官も同席してのお茶はとても楽しく、休憩後も頑張ろうと英気が養われた。

そういえば休憩時間の際、補佐官の一人がルナにすっかり見惚れ、随分と明るくなって見違えたなどと話しかけていたのを思い出す。

ルナの反応は無愛想というほどではないが、素っ気なかった。

女官は名誉な職というだけでなく、未婚の令嬢にとっては国内外の高貴な男性と多く出会えるという利点がある仕事だ。

条件の良い結婚相手を求めて女官を目指す令嬢は多いらしい。

ルナはとても美人で優秀だから、その気になっていればとっくに女官の中で頭角を現し、将来有望な男性を射止められていただろう。

声をかけてきた補佐官は若くして王弟の直属部下になれたほど優秀だ。見た目も悪くなかった。

それなのにルナは必要以上にかかわろうとはしない。

彼女は王宮で良い相手を見つけて結婚する気なんて、さらさらないようだ。

「ルナはどうしてここまで私に付き合ってくれるの？　ありがたいけれど、無理をさせていないかと心配だわ」

ブランシュが気になって尋ねると、ルナはクスリと笑って言う。

「実を言えば私も、ブランシュに会うまで友達が一人もいなかったの」

ルナの両親は顔も覚えていない頃に亡くなり、それこそリカルドとブランシュくらい年の離れた兄が、親代わりに育ててくれたそうだ。

セルベラ伯爵家を継いだ兄は妹を立派に育てようとしたが、ルナは始末に負えぬ悪い子だった。とても表には出せないと、兄はルナを離れで徹底的に躾けることにしたという。

「……お兄様は私が良い子になれるように、色々なことを教えてくださったの」

オレンジ色に染まり始めた中庭へ視線を向け、ルナは昔を思い出すように目を細めた。

兄はずっと傍にいてくれると約束し、ルナも兄をずっと独り占めできる気でいた。だが、家督を継いでいる以上は跡継ぎが必要だ。いつまでも独身ではいられず、兄はやがて美しい妻を迎えた。

ルナもその頃には、そうした大人の事情がわかる年になっていたから、結婚には反対しなかった。

それまでのように離れに住もうと思っていたが、もう外でも十分にやっていけると兄に勧められ、思い切って二年前に家を出て王都の寄宿女学院へ途中入学したそうだ。

「お兄様が厳しく躾けてくださったおかげで、王都でもそこそこ上手くやれているわ。でも……ブランシュほどわかり合える友人はいなかった」

深く息をつき、ルナはまっすぐにブランシュを見つめて満面の笑みを浮かべた。

「だから私、無理なんか全然していないわ。むしろ、ブランシュがいるから毎日が生き生きしているのよ。ありがとう、こんな私と友達になってくれて」

「そんな……私こそ、ルナがいなければすぐにめげてしまったかもしれないわ」

何でもするりとこなしているルナにそんな過去があったなんて驚いたが、ブランシュは彼女の初めての友人となれて幸せだと心から思う。

その時、不意に複数の足音と話し声が聞こえてきた。すぐに回廊の曲がり角から数人の男性が姿を現す。

難しそうな会話をしながら歩いてきたのはリカルドと一人の大臣で、数人の近衛兵が周囲に付き従っていた。

ブランシュとルナは急いで立ち上がり、作法通りに通路の脇に並んでお辞儀をする。大臣は軽く頷いて通り過ぎようとしたが、リカルドが二人の前で足を止めたので慌ててそれにならった。

「先ほどセシリオから聞いたのだが、二人共本日はよくやってくれたそうだな」

この時刻、ここはあまり人が通らず、まさかリカルドに会えるとは思っていなかった。そのうえ労いの声までかけられ、ブランシュは嬉しさと動揺で息を詰まらせてしまう。

「勿体ないお言葉でございます」

粛々と答えるルナの隣で、顔を真っ赤にして頭を下げるのが精一杯だ。

リカルドが頷き、ブランシュへ笑いかけた。

「順調な様子で何よりだ。何かあれば女官長に相談するように」

「は、はいっ！　ありがとうございます」

声が上擦りそうになるのを必死に堪え、ブランシュはもう一度頭を下げる。

立ち去るリカルドを見送りつつ、セシリオの手伝いをして良かったと感謝と喜びを噛みしめていると、付き従っていた大臣が急に振り向いてこちらを睨んだ。すぐに大臣は顔を前に戻したが、まるでブランシュとルナがうっとうしい害虫とでも言いたげな形相だった。

「特に失礼はしなかったと思うのだけれど……あの方を何か不愉快にさせてしまったかしら？」

首を傾げると、再びベンチに座り込んだルナが苦笑した。

「私達のせいじゃないわ。自分の娘をリカルド陛下の妃にしたくて必死だから、陛下がちょっとでも声をかけた未婚の女性を誰でも敵視しているだけよ」

リカルドの妃と聞いて、ブランシュの心臓がドキリと跳ねた。

ブランシュは女官になることが決まってから、王宮内の事情をたくさん学んだ。

リカルドはすでに三十路を超えるが未だに独身で、特に贔屓の愛妾もいない。そのため、そろそろ王妃を娶って世継ぎをと周囲からせっつかれていると聞いていた。

イスパニラは大国なので他国の姫を王妃にして国力を補う必要がないこと、リカルドが自国の安定に力を入れていることから、国内の名家より王妃を取るだろうと予想されている。

イスパニラ国で四大侯爵家と呼ばれる四つの貴族家の娘が最有力候補と囁かれていた。リカルドはいずれも美姫と名高いその四家の姫へ今のところ平等に接しており、誰かを特別視はしていない。それを見てまだ望みはあると考えた国内の他の貴族達は、こぞって自家や縁戚の娘を売り込んでいるそうだ。

「……お妃選びも大変ね」

なぜか起こった動悸を抑え込み、ブランシュは無難な感想を口にする。するとルナが肩をすくめた。

「いちいち迷惑よね。セシリオ殿下が手伝いを口実にして女官をしごくのも、誰が王妃になっても良いようにするための準備じゃないかと私は思うのよ」

「セシリオ殿下は人手不足だから女官を呼ぶのではないの？」

ブランシュが驚いて尋ねると、ルナは首を振った。

「ずっと人手不足ならば部下を増やせばいいだけよ。なのに、女性を口説くのが生き甲斐みたいなあの殿下が女官に嫌われてまで手伝わせるなんて不自然でしょう？」

「あ。そう言われると……」

「前に私がやらされたのも、今日と似たような書類仕事だったわ。あれは政務の手伝いというより、大量の書類を処理させることで必要な情報を習得させるための教本といった感じよ。ブランシュも今日は随分と地方領主などを覚えたのではない？」

ブランシュは息を呑み、知らない間にセシリオに『教育』されていたのだと今さらながら気づく。

そしてルナがそれをとっくに知っていたことにも驚いた。

「家柄重視で娶る王妃なら、個人的な能力まで贅沢は言えないもの。公務の一つも満足にできない王妃が来てもそつなく補佐できる女官の精鋭部隊を訓練中……というところかしら」

スラスラと話すルナの説明は理に適っており、ブランシュは感心して頷いた。

だが、リカルドが妃を迎えるのは当然だと思うのに、こうして具体的な話を聞くと嫌な感じのドキドキがする。

「殿下は用意周到なのね。でも……できれば、リカルド陛下が個人的にもお好きになるような、素敵な方が王妃になられると良いけれど」

平静を装い努めて気楽な口調で言ったが、ルナには動揺を見抜かれてしまったようだ。彼女は微かに眉をひそめ、痛ましそうな顔でブランシュを見た。

「歴代の王妃の記録を見ればわかるけれど、真面目にやるなら苦労ばかりで報われない地位よ。公務は多いし夫からは大して労わられもせず、側妃をすぐ作られてしまうのだもの」

そして彼女は皮肉っぽく口の端を吊り上げてニヤリと笑った。

「だから王妃なんて、公務は女官に押し付けて昼寝を楽しみ、夫を軽くあしらって側妃が来たら即座に追い払うくらいの強かな悪女がちょうど良いのよ。ブランシュみたいな良い子は、そんなものに憧れないことをお勧めするわ」

「ル、ルナッ!?」

そんな過激な発言をうっかり誰かに聞かれたら……と、ブランシュは慌てて左右を見渡したが、静かな回廊に人の気配はない。

安堵して胸を撫で下ろし、もしやこれはルナなりの慰めなのかとブランシュは思った。

「大丈夫。私は陛下を素敵だとは思っていても、流石にそんな大それた望みは持っていないわ」

そうだ。こうして女官となって先ほどのようにリカルドと会話できるだけで、十分に幸せではないか。分不相応な態度をとってルナに気を遣わせてどうする。

ブランシュはきっぱりと宣言し、自分にも強く言い聞かせた。

瞬(またた)く間に二ヶ月が過ぎた。季節は初夏にさしかかり、日に日に陽射しが強くなっていく。

ルナは相変わらず親切で、セシリオの手伝いにも毎回ついてきてくれた。やはり彼の狙いは、女官に知識をつけさせることのようだ。手伝いをしていると自然に多くのことを覚える。

セシリオの仕事を手伝うたびに、リカルドの王妃という存在がモヤモヤした気分と共に脳裏にちらつく。だがブランシュは、それを必死で意識しないようにしていた。

それ以外は、素晴らしい友人もいて広々とした区域を歩き回れ、毎日何か新しいことがある女官の生活は本当に楽しい。総じて順調と言って良いだろう。

その日の午後、ブランシュは正門の近くの前庭で、他の女官達と横並びに整列した。

よく晴れた青空の下、城で働く者ほぼ全員が集まり、女官の後ろには多数の貴婦人や若い貴族令嬢も並んでいる。

ここしばらく地方を荒らす盗賊団の討伐に赴(おもむ)いていたリカルドが本日無事に帰還するので、皆で出迎えるのだ。

盗賊団は大規模で武器を蓄えかなり手強(てごわ)かったらしいが、リカルドは自軍に殆(ほとん)ど被害を出さず圧勝したと聞く。城下でも知らせを聞いた民が凱旋(がいせん)する国王の雄姿を一目見ようと道沿いにつめかけているだろう。

ほどなく、城下の方から盛大な歓声が聞こえた。おしとやかにするよう努めつつ、ブランシュが内心でそわそわしていると、堂々たる騎馬の軍隊が見えてくる。

軍旗が風にたなびく中、大きな黒毛の軍馬に跨(またが)ったリカルドがブランシュの目に一際大きく映り込んだ。彼は兜を脱いで小脇に抱えている。

イスパニラ正規軍の武装は、位が上がるほど甲冑に使われる赤が多くなっていく。

兜まで全て鮮やかな赤い甲冑は筆頭将軍だけに許されるもので、リカルドは王太子時代からそれを着ていた。そのため、彼は敵国や盗賊団から赤い悪鬼と呼ばれ、恐れられているのだ。

城で留守を任されていた兵達が大きな歓声を上げ、侍女や下働きも口々にリカルドを讃える。

熱狂的な歓迎を悠然と受けるリカルドは、やはり大国の王に相応しい風格だ。

自分が彼と同じ王族だなどとはとても言えぬ。遠い存在だと改めて認識し、ブランシュは溜め息を呑み込む。

その時、ふとリカルドがこちらを見て微笑んだ。視線が合ったような気がして、ドキリとブランシュの心臓が大きく跳ねる。

途端にすぐ後ろで、一人の令嬢が甲高い声でリカルドを呼んだ。

それをきっかけに他の貴婦人達も慎ましやかな態度をすっぱり捨て、城の兵が束になっても敵わないような大きい歓声を上げる。

リカルドは自分に笑いかけたのだと喜ぶ女性の声も聞こえ、ブランシュはギクリとした。

(そ、そうね……こんなに大勢の女性がいるのよ。私に笑いかけたわけじゃないんだわ)

自惚れないようにしようとブランシュは思う。

彼の後ろ姿から目を逸らし、気を取り直して隣に立つルナの方を向いた。だが——

「ルナ、どうしたの?」

彼女はリカルドの背を見つめ、やけに厳しい表情をしていた。

「え？　ああ……今日は陽射しが強いわね。鎧がギラギラして目が痛いわ」

ルナはすぐ笑顔に戻り、片方の目尻を指先で擦った。

長い兵の列はまだ続いており、鎧に反射した光がブランシュの目にも飛び込んでくる。

「ええ、今年は暑くなりそうだわ」

ブランシュも目を押さえて相槌を打つ。

そして、背後から聞こえる、誰がリカルドの王妃になれるのだろうかと予想する女性達の声に、心の中で耳を塞いだ。


翌日。ルナとブランシュはいつもより早く昼食を済ませて女官用の馬車に乗り、城下にある孤児院を慰問した。

孤児院や病院の慰問は女官の公務の一つである。そろそろブランシュも城外の公務をしていいと女官長の許可が出たのだ。

着いた先の孤児院はスラム街に近く、あまり治安が良いとは言い難い地区にあった。

とはいえ三階建ての建物は古いながらも綺麗に清掃され、世話役に派遣されている修道女達は優しそうな人ばかりだ。

「ルナ様！」

子ども達はルナを見るなり駆け寄ってきて、彼女を取り囲んで歓迎した。

「久しぶりね。皆、良い子にしていた？」

ルナも子ども達に会えて本当に嬉しそうで「フィト、背が伸びたわね」とか「ペルラとララは相変わらず仲良しね」などと、一人一人に声をかけている。興奮気味の子どもに囲まれ、玄関ホールからすでに動けない状態だ。

孤児院の訪問が初めてで戸惑うブランシュへ、院長の老女が丁寧にお辞儀をした。

「大変に失礼いたしました。子ども達はルナ様がいらっしゃると聞き、毎日それればかりを話題にするほど待ち焦がれておりまして……」

ふくよかな顔に柔和な笑みを浮かべた院長は、ルナが以前から何度もここを慰問していると話してくれる。

慰問先の孤児院は他にもあり、どこへどの程度に訪問するかは女官の自由だ。

王都にある孤児院の中でここが一番治安の悪い地区にあるだけに、受け入れる子の殆どが劣悪な環境にいた。結果、心身を病んでいる子が多い。

そのため、ここには寄付金こそ支給されるものの慰問に訪れる女官は滅多におらず、たまに来ても扱いの難しい子ども達を敬遠してすぐに帰ってしまう。

だが、ルナはどんな子も分け隔てなく真摯に向き合うので、子ども達も彼女に心を許しているそうだ。

「彼女は私にとても優しくしてくれるのですが、こちらでもそうでしたのね」

ブランシュは院長に言い、屈み込んで子ども達と目線を合わせながら話しているルナを眺めた。

子ども達はいずれも、簡素ながらこざっぱりとした衣服を着て元気そうだが、よく見れば酷い傷痕のある子が多い。身体は大きいのに、話す言葉が幼児のような子もいた。

ルナはそんな子ども達に優しく声をかけている。

「待たせてごめんなさいね」

ルナは一通り子ども達に挨拶をし終えるとブランシュの傍らに戻り、小さな声で囁いた。

「私はもう少しここにいるけれど、ブランシュは無理をしないでね。先に帰っても薄情だなんて誰も思わないわ。辛い目に遭った子を見て、自分まで辛い気分になってしまうことがあるのは、院長もよく承知しているもの」

ルナはそう言ってくれたが、ブランシュにその気は微塵もなかった。

「ううん。私も一緒にいさせてほしいわ。大勢の子ども達と遊ぶのは昔からの夢だったのよ」

ルナに向かって首を横に振り、ブランシュは警戒気味にこちらを見ている子ども達に向き直った。

「初めまして。私はブランシュと言うの。私も仲間に入れてもらえるかしら？」

そう言って笑いかけると、何人かの子どもが元気良く「いいよ！」と返してくれた。躊躇い気味におずおずと頷いてくれる子も、まだ警戒している子もいる。

「ありがとう、ブランシュ。貴女ならきっと、皆ともすぐに仲良くなれるわ」

嬉しそうにルナが言い、院長に話しかけた。

「今日はいい天気だから、お庭で遊んでも構わない？」

「勿論ですとも」

院長が笑顔で頷くと、子ども達は歓声を上げて口々に自分のしたい遊びを言いながら、ルナを外に引っ張っていく。ブランシュも子ども達に囲まれて、庭へ向かった。

木の柵が囲む庭はここに住む二十人以上の子ども達がのびのびと遊べるだけの広さがある。隅には花壇や小さな畑があり、オレンジの大木では木登りもできた。

素晴らしい庭にブランシュは目を輝かせた。一度で良いから大勢の友達とこんな庭で遊んでみたいと、子どもの時、密かに思っていたものだ。

修道女に前掛けを貸してもらい、陽射しの降り注ぐ柔らかな芝生へワクワクと足を踏み入れた。

幼い頃、マルタに簡単な手遊びや童謡を教わったものの、ブランシュは大勢での遊びをしたことがない。

何も知らないと正直に言うと子ども達は驚いたようだが、かえって親近感を持ってくれたらしい。入れ替わり立ち替わり、自分の得意な遊びやお薦めの場所を教えてくれる。ブランシュは夢中になって遊んだ。

前掛けだけでなく女官服にも泥や葉っぱがついたが、全然気にならない。

そのうち、不意に一人の修道女が慌てふためいた様子で院長を呼びに来た。

小声で何か囁かれた院長も驚きの表情になり、ブランシュ達へ会釈してあたふたと庭を出ていく。

「何かあったのかしら？」

ブランシュがルナに囁くと彼女も首を傾げたが、その疑問はすぐに晴れた。

修道女と共に院長が五名の男性を連れて戻ってきたのだ。

いずれも屈強な体格で腰には剣をさげており、地味な色合いのマントを着けている。全員フードを目深に被っているために顔がよく見えなかった。

中央にいる男性を他の四人が守っているような立ち位置から、お忍び中の貴族とその護衛をする従者だとわかる。

もしかしたら、この孤児院へ寄付をしている貴族が急な視察に来たのかもしれないとブランシュは思ったが、子ども達は彼らに見覚えがないようだ。ルナやブランシュ、修道女達にしがみつき、警戒した目を向けている。

院長がコホンと咳払いをした。

「皆さん、お行儀良くしましょう。この院が一番お世話になっている方がいらっしゃったのですよ」

すると、中央の男性が院長へ軽く片手を振った。

「ありがたいが、こちらが突然に押し掛けて様子を見たいと頼んだのだ。気にせず、普段通りに遊ばせてくれ」

苦笑混じりのその声に、ブランシュは耳を疑う。

驚いて男性を凝視していると、それに気づいた彼がマントのフードを払いのけた。

「陛下……」

まさかと思ったが、現れたのはリカルドだった。

他の四人も次々にフードを払いのけ、いずれも国王直属の近衛騎士だと判明する。

この院が一番世話になっている人と院長が言うわけだと、ブランシュは納得した。

リカルドは多忙でそんな予定はなかったはずなのにと、不思議に思うブランシュへ、彼は手短に説明してくれる。

大々的に告知する視察では、普段とはかけ離れた余所行きの姿しか見られない。なので、たまにこうして少数の部下を伴い、極秘で市井の様子を見ているそうだ。

今日は盗伐遠征で留守にしていた間に城下に変わりはないか見て回った帰りなのだが、この院の前に女官用の馬車があるのを見つけ、ブランシュとルナがいると御者に聞いたのだと言う。

「――それで院長に無理を言い、急な視察を了承してもらった」

にこやかに言うリカルドを子ども達は遠巻きに眺めつつ、「リカルド王様の絵にそっくり」「本物の王様？」などと、修道女や院長にひそひそと尋ねている。

最初は警戒していた子ども達だが、リカルドが気さくに声をかけるとおずおずと近寄り始めた。ほどなく皆は屈強で強面の騎士達にもすっかり懐き、力強い腕で高く持ち上げられたりしては大はしゃぎする。先ほどよりもいっそう、孤児院の庭は楽し気な笑い声に満ちた。

リカルドが小さな男の子を両手で高く持ち上げる。大喜びするその子と同じくらい楽しそうな顔をしている彼を見て、ブランシュも嬉しくなってくる。

自分も小さな頃に一度だけ、まだ王太子だったリカルドにああしてもらったことを思い出した。

遠い記憶に浸りかけていると、つんつんとスカートを引っ張る小さな手がある。見れば、ベロニカという小さな女の子だった。

赤毛を二本のおさげにしたこの女の子は、ここに来るまで酷(ひど)い環境にいたせいで喋(しゃべ)れないそうだ。

大きな声や音が苦手らしく、あまり賑(にぎ)やかになると皆から素早く離れてしまう。

ベロニカは一本の指を自分の口に押し当て、もう片手でそっと庭の隅を示す。どうやら、こっそり一緒に来てほしいようだ。

ブランシュは彼女に手を引かれ、少し離れた畑の区画に行く。

畑の端には土仕事の道具を入れてあるらしい木造りの古い物置が置かれていた。

ベロニカは物置と孤児院の建物の間にある細い隙間に入り込み、暗い中でしゃがみ込んでブランシュを振り向き、また手招きする。

「え……ここに?」

物置と建物の隙間は、小柄なブランシュがなんとか入れそうなくらいの狭さだ。おまけに日が当たらないせいか、湿っぽくてじめじめしていた。

躊躇(ためら)いかけたが、ベロニカに手招きされ、ブランシュは思い切って狭い隙間に潜(もぐ)り込んだ。

髪に引っかかった蜘蛛(くも)の巣を払いのけながら、なんとかベロニカの隣に屈(かが)み込む。

「何か、そこにあるの?」

ブランシュが尋ねると、少女は足もとの黒い小石をつまんでポトンと落とした。すると、何の変哲もない黒っぽい小石は、地面にぶつかった途端に青い微(かす)かな光を放つ。

綺麗な光はすぐに消え、たちまちただの石に戻ってしまったが、ブランシュはつい声を上げて感激した。

「わぁ……！」

すると、ベロニカが険しい顔で指を一本、口に当ててこちらを睨む。

ブランシュは慌てて自分の口を両手で覆った。小声で、ひそひそと囁く。

「ごめんなさい、内緒なのね」

正解だったらしく、ベロニカがうんうんと頷いた。物置の隙間から見えるルナを指で示し、次にブランシュと自分を順々に示す。この三人だけの秘密と言いたいようだ。

「光る石は初めて見たわ」

ブランシュは感心してベロニカの持つ小石を眺める。

衝撃を受けると少しだけ光を放つこの石は、特に役立つかと言えばそうでもない。北の方では当たり前に転がっており、子どもの玩具程度にしかならないと話に聞く。

ただ、この辺りでは珍しいので、昔は北から持ち込んで売る行商人がいたそうだ。その一つが巡り巡って、ここまで転がり込んできたのかもしれない。

やってみてというように小石を差し出されたので、ブランシュも渡された小石を地面に落とす。

軽い音を立ててぶつかった石が綺麗に輝き、それを見ているだけで楽しくなる。

「見せてくれてありがとう。秘密にするわね」

ブランシュが言うと、ベロニカは嬉しそうにニカッと笑った。その時だ。

「危ない！　皆、中に逃げろ!!」

誰かの叫ぶ声が聞こえ、凄まじい轟音が振動と共に近づいてくる。ここからでは何が起こったのか全く見えないが、物置が激しく揺れ、ブランシュは慌ててベロニカの手を取った。

「早く逃げましょう！」

だが、ベロニカは真っ青な顔のまま足を踏ん張り、動こうとしない。

大きく見開いた目は虚ろで、口からひゅうひゅうと笛のような細い息を漏らしていた。

恐慌状態に陥っている少女を、ブランシュはなんとか抱え上げる。

そして駆け出そうとした途端、細い隙間から見えた光景に唖然とした。

鋭い角を持った何頭もの大きな牡牛が柵を破って庭を駆け回っているのだ。布飾りを着けた牛もいるということは、近くの闘牛場から逃げ出したのだろうか。

恐る恐る隙間から覗くと、剣を抜いたリカルドと近衛兵が牛を牽制しつつ、子ども達やルナ、修道女達に窓から建物の中へ避難するように促していた。

「陛下も避難なさってください！」

近衛兵の一人が叫ぶと同時に、子どもの一人がブランシュの方を指さして叫んだ。

「ルナ様！　ベロニカとブランシュ様、あそこにいたよ！」

キョロキョロと周りを見渡していたルナは、おそらく姿の見えない二人を探していたのだろう。

「今行くわ！」

叫んでこちらへ駆け寄ろうとしたルナを、慌てて修道女達が引き留める。

「いけません！」

彼女達が引き留めたのも無理はない。ルナのいる場所とこちらの間には、目をぎらつかせて前足で地面をかいているとびきり大きな牛がいるのだ。前を通った瞬間に、あの牛は突進してくる。

（そ、そうよ……今は私達も、ここにいる方が安全だわ）

ブランシュはベロニカを抱きしめたまま一歩下がり、ルナに首を振って来るなと訴えた。

近衛兵達は流石に手練れだけあり、早くも一頭の牛を追い込むと、修道女から投げ寄越された洗濯綱をかけてオレンジの大木に繋いでいる。

無暗に飛び出すよりも、牛を捕獲し終わるまで息を潜めて隠れている方が良いだろう。

ところが、そんなブランシュの思惑を見抜いたように、例の大牛が突然物置を睨むと、大きな咆哮を上げて突進してきた。

「ひっ！」

ブランシュの喉から引き攣った悲鳴が上がる。

このままでは、牛がぶつかった物置と壁に挟まれて押しつぶされるのは確実。とはいえ、小柄で非力なブランシュがベロニカを抱えたまま飛び出したところですぐに追いつかれる。

そう思った時、物置の近くの地面に孤児院の洗濯場らしい地下室の窓が見えた。窓は開いているが、通れるのはベロニカくらいでブランシュは無理だ。

だが、それ以上考える暇はない。ブランシュは足もとに落ちていたあの光る小石を思い切り蹴り飛ばす。

青い光を放って飛んでいく石に牛が気を取られた一瞬、ブランシュは物置の陰から飛び出した。

洗濯場の窓に飛びつき、すでに気絶していたベロニカをなんとか押し込む。振り向くと、こちらへ猛突進してくる牡牛（おうし）と、剣を手に駆け寄ってくるリカルドが見えた。

そしてリカルドのはるか後ろで、修道女達に引き留められているルナが片手を大きく振り上げたのが目に入る。

ルナの手から小さなガラス瓶が飛び、多分——偶然なのだろうが、リカルドの背に当たった。中身の液体が彼の頭や身体に飛び散る。

広い庭の中へ、何種類もの花の香りを合わせたみたいな強い香りが漂（ただよ）い、雷にでも打たれたように牛が身を震わせて足を止めた。

「え……？」

足腰に力が入らず、ブランシュはへたり込んだまま牛を見る。リカルドも近衛兵達も呆気（あっけ）に取られているようだった。

しかし、鼻孔から荒い息を噴きブルブルと痙攣（けいれん）していた牡牛（おうし）は、唐突に先ほどよりもさらに凄（すさ）まじい咆哮（ほうこう）を上げた。そしてなぜか、ブランシュには見向きもせず、リカルドへ突進したのだ。

さらに、庭の各所を走り回っていた他の牛達も一斉に咆哮（ほうこう）を上げて、リカルドへ襲いかかっていく。近衛兵がリカルドを守ろうと駆け出すが、木に繋がれていた牛までも激しく身体をよじり、太い綱を引きちぎってリカルドへ突進した。

「ブランシュ！　逃げて!!　早く逃げて!!」

ルナはもう何が起こっているかもわからない様子で、しゃがみ込んで泣き叫んでいる。

「あ……あ……」

凶暴化した猛牛達が四方からリカルドに襲いかかる光景に、ブランシュは耐え切れなかった。

頭が痺れ、目は開いているのに視界が白く霞んで何も見えなくなる。立ち上がることもできず壁にもたれたまま、何か激しい音がするのを遠くで聞いているみたいな気がした。

「――ンシュ、ブランシュ」

ふと、強い花のような芳香がした。

落ち着いた声が耳に届き、ブランシュはハッとしていつの間にか閉じていた目を開ける。

すぐ目の前にリカルドが片膝をつき、心配そうな面持ちでブランシュを覗き込んでいた。

「リカルド様!!」

反射的に叫んで飛びつこうとすると、慌てたようにリカルドが後ろに身を引く。

「触らない方がいい。牛の血まみれのうえに、妙な薬がかかっている」

「あ……は、はい。失礼しました……」

彼の髪や衣服は赤く染まり、生臭い血とルナにかけられた液体の発する花のような香りが入り混じって、何とも言えぬにおいになっていた。

見れば凶暴化してリカルドに襲いかかった牛は、全て絶命し芝生に倒れている。

近衛兵達も加勢したのだろうが、あの状況で生き延びたなど、リカルドの強さはブランシュの想像をはるかに超えていたらしい。

「怪我はしていないか?」

「ありません……大丈夫です……」

心配そうに尋ねられ、まだ信じられない気分のままブランシュが答えると、リカルドがホッとした感じに微笑んだ。

「陛下！　水をお持ちしました！」

近衛兵の一人が両手に大きな水桶を下げて持ってくると、リカルドは立ち上がり、彼の方へ歩いていった。マントだけを外して脇に置き、近衛兵が持ってきた桶の水を頭からザブザブと浴びて、身体や衣服についた汚れを落とし始める。

「さぁ、ブランシュ様はこちらへ。念のために医務室へご案内します」

いつの間にか傍にいた若い修道女の手を借りて、ブランシュもよろよろと立ち上がった。

「ブランシュ様のおかげでベロニカも無事でした。何とお礼を申し上げて良いか……」

修道女もまだ恐怖と動揺が収まらぬようで、礼を述べる声が震えている。

彼女から、近くの闘牛場がボヤを起こしたせいであの牛達は驚いて脱走したようだと聞かされた。まだ怖がっている子はいるけれど誰にも怪我はなく、むしろ猛牛を倒したリカルドの神業のような剣技に大興奮らしい。

それには安堵したものの、建物の中に入ってもルナの姿が見えないことがブランシュは気がかりだった。

「ルナは大丈夫でしょうか？」

医務室に続く廊下を歩きながら修道女に尋ねると、彼女は困ったように顔を曇らせた。

「酷く興奮なさっていましたので、鎮静剤でお休みいただいております。ただ……」

修道女は子ども達が周囲にいないのを確かめてから声を潜めて話した。

近衛兵達から聞いたところ、牛達がリカルドを集中攻撃したのは、どうやらルナの投げた薬が原因だったらしい。その薬は、遠い北の荒野で盗賊まがいのことをしている魔獣使い達が獣を操るために使う薬の一種で、使い方によっては先ほどのように恐ろしいことになるそうだ。

この国ではそもそも魔獣と呼ばれる魔力を持った獣が殆どいないため、薬の存在すら知られていない。ブランシュは勿論知らないし、修道女も初耳だという。

「どうしてルナがそんな薬を……」

ブランシュが呟くと、修道女も困惑顔で首を振った。

「私にもわかりかねますが、ルナ様が落ち着きましたら、近衛の方が事情を聞かれるそうです」

不安そうな修道女の言葉に、ブランシュも背筋を冷や汗が伝うのを感じた。


ブランシュは手の甲に負った小さな擦り傷の消毒を医務室で済ませると、ルナのもとへ案内された。

「——あの薬は半年ほど前に、市場で行商人から買いました。彼はあまり見かけない服装で訛りも酷く、遠い国から来たのだと言っていました……」

孤児院の一室で、寝台に上体を起こしたルナが消え入りそうな震え声で語る。

寝台の脇に置かれた椅子には、衣服を着替えたリカルドが座っており、その左右に厳しい顔をした二人の近衛兵が立っている。

暴れ牛のことで、孤児院の前には人だかりができるほどの騒ぎになっていた。これでリカルドが姿を現せばさらに大騒ぎになるので、ここでルナに事情を聞くことになったそうだ。

表には庭から牛の亡骸を運び出すのに警備兵や闘牛場の者が駆けつけ、残りの近衛兵二人が院長と三人でそちらの対処に当たっている。

真っ青な顔で俯いて話すルナを、ブランシュはハラハラしながら見守ることしかできない。

ルナは、例の薬を行商人から野良犬除けだと言われて買ったのだと語った。

イスパニラ王都には、市街地をうろついている野良犬が多い。

ルナは以前、野良犬に囲まれて怖い思いをしたため、危険な薬と知らずに購入したらしい。行商人の説明では、どんな動物でもこの薬を投げればそちらに夢中になるので、その隙に逃げる用途で使う薬だという。

それ以来、城下に行く時にはいつも持ち歩いていたそうだ。

あの時、牛がブランシュに向かっていくのが見えて、ルナは芝生に薬を撒こうとして投げた。

だが、まさかリカルドに当たっていたなど思いもせず、後でそれを知り、仰天したらしい。

「……誠に申し訳ございません。いかような処罰も覚悟しております」

強張った声で謝罪し、ルナは深々と頭を下げた。

「事情はわかった。……では、ルナ・セルベラ」

リカルドの重々しい声に、彼女の肩がピクリと小さく跳ねた。

「陛下！」

ブランシュはとっさに叫び、ルナにしがみつく。

知らなかったとはいえ、ルナは危うく国王を死なせるところだった。けれど、それはブランシュを救おうとした結果で、罰されるのがルナだけというのはおかしい。

「お願いです！　彼女は私を助けようとしたのです。どうか……」

しかしリカルドは、訴えを続けようとしたブランシュを片手を振って制した。そしてルナに視線を向け、きっぱりと言う。

「そなたは今後、妙な商人から品物を買わないように。それから、私が極秘に市街を回っていることを含め、本日のこと全ての口外を禁ず。ブランシュも同じく。以上だ」

やれやれとばかりに伸びをするリカルドを、ブランシュは呆気に取られて見つめた。ルナも唖然とした顔をしている。

「陛下。失礼ながら、それではけじめがつきません。一歩間違えれば取り返しのつかないことになっていたのですぞ」

近衛兵の一人が渋い顔で、声を上げた。リカルドは少々困った表情で彼を見上げる。

「確かに、そうならなかったからこそ悠長にこんなことが言えるのだが、牛が逃げたのも薬が当たったのも、偶然なのだから仕方なかろう」

「しかし、薬を投げる先に陛下がいたのがルナ殿に見えなかったはずはありません！　せめて謹慎……」

食い下がる近衛兵の腕を、リカルドは苦笑しながら軽く叩いた。

「私はあれでも全力で走っていたのだぞ？　あの距離から動く標的を狙って薬を投げつけられたというのなら、ルナの腕前が大したものか、私の足がよほど遅かったかだ」

そう言われてしまうと、近衛兵としては引き下がるほかないだろう。

「……申し訳ございません。出すぎた真似をいたしました」

彼は一礼をして元の位置に下がる。緊迫した空気が解けて、ブランシュは胸を撫で下ろした。

「寛容なご配慮に感謝の言葉もございません。今後は二度と、このような失態を犯さぬよう心がけます」

ルナが粛々と言い、少しふらつきながらも寝台の脇に立って丁寧にお辞儀をする。

実質的に無罪放免とはいえ、まだルナの表情は硬く強張っていた。

無理もないとブランシュは思う。あれほどのことがあったのだ。

やがて、警備兵が牛を片付け終わったとの連絡が来て、リカルド達は先に城へ帰っていった。

だがその帰り際、リカルドがブランシュにこっそりと囁いたのだ。

「あの薬で牛が標的を変えなければ、そなたを助けるのは難しかったかもしれん。ルナには感謝しているくらいだ。……近衛兵達が煩いから誰にも内緒だがな」

ブランシュとて、リカルドに危険な目に遭ってほしくはなかったけれど、大好きな人からこんなことを言われて喜ばない女の子なんて、この世にいるだろうか。

ブランシュは顔が真っ赤になるくらい感激してしまった。

そして、すっかり落ち込んでいるルナを精一杯に励ましながら、馬車に乗り城へ戻った。

暴れ牛事件から数日が経った。

昼の休憩時間に、ブランシュはルナと王宮の中庭にある東屋の一つへ向かった。

全体的に堅牢な城砦の色合いが強い城とはいえ、イスパニラ王宮の中庭は素晴らしく美しい。

広い庭の各所には白塗りの東屋が点在し、鮮やかな色合いの花が咲き乱れる花壇や芸術的に刈り込まれた庭木をのんびりと鑑賞できる。

晴天の下で大きく噴き上がる噴水が、遠目にも清涼感を与えてくれていた。

「――じゃ、明日のお休みは城下に出かけるのね？」

ルナに問われ、ブランシュは噴水から視線を外して頷く。

「ええ。引退した侍女のマルタに必ず遊びに行くと約束していたの。そろそろ訪ねようかと思って」

マルタとはもう幾度か手紙をやりとりし、友人ができたことや女官生活が順調なことを告げてある。それでも明日は直接会えるのだと思うと、嬉しくてたまらない。

（もしかしたらお父様やお母様も、こんな風に私の帰国を楽しみにしていてくださったのかしら？）

そう思うと、ブランシュの胸を罪悪感がチクリと刺す。

先日、シャノワールに無事到着したバスコ卿からの手紙が届いた。

両親はブランシュの意志でここに留まっていると聞かされて驚き、母は自分が迎えにいくと言い出したらしい。けれど、最終的には娘の気持ちを汲んでくれたそうだ。

『待っていますから、いつでも帰ってきなさい』と、両親は手紙に記してくれた。

「……そうそう！　明日は、手土産に焼き菓子でも買っていきたいのだけれど、どこか良いお店を教えてもらえないかしら？　私は城下のお店にまだ疎くて」

しんみりとなってしまった気持ちを奮い立たせようと、ブランシュは明るい話題を振る。

女官は交代で週二日のお休みを貰える。その日は城内でのんびり過ごしても、外出しても自由だ。

ルナとは組んで仕事を任されているので休みも同じだったが、休日は別行動だった。

自分が女官として上手くやっていられるのは、ルナを筆頭とした周囲に助けられているおかげだという自覚があるから、ブランシュは今まで休日はもっぱら覚えたことを復習していた。

一方でルナは、たとえ雨でも休日は外出する。朝食を済ませるとそそくさと出かけ、帰るのも門限ギリギリなのだ。

これはブランシュが来る前からだそうで、休日に一人で気楽に街を散策するのが趣味らしい。

女官用の馬車は休日の個人的な外出にも使用でき、護衛と荷物持ちに従者を付き添わせることもできる。

しかしルナは気ままに歩きたいから荷物は自分で持つと言い、必ず一人で出かけた。馬車も行きは王宮の馬車を使うが、市街地に着くと返してしまい、帰りは辻馬車で帰ってくる。そんなに何度も街を歩いているルナなら、街のお店にも詳しいだろう。

「焼き菓子ならお薦めのお店があるけれど、ちょっと位置がわかり辛いの。私も明日はいつも通りに出かけるし、お店まで一緒に行きましょうか？」

「本当？　助かるわ！」

嬉しい申し出に、ブランシュは両手を打ち合わせた。

「それで……明日は私、少し早めに帰るつもりだから、良かったら、後でその侍女のお宅へブランシュを迎えにいっても良い？　貴女がよく話してくれるマルタさんに一度お会いしてみたくて」

ルナの申し出にブランシュは顔を輝かせた。

「ぜひ、そうしてもらえると嬉しいわ！　ルナにお世話になっていることを手紙で書いたら、マルタがお礼を言いたいと返事をくれたの」

「それなら決まりね。細かい時間は後で決めましょうか」

ルナが微笑んだ時、休憩時間の終わりを告げる鐘が鳴った。

女官の控室に戻ると、女官長が二人を見るなり声をかけてくる。

「ブランシュさん、ルナさん。今日の午後は陛下のお手伝いをしてちょうだい。何でも補佐の方が急に具合を悪くしたらしく、簡単な書類作成をしてほしいそうなの」

「かしこまりました」

すぐにお辞儀をしたルナの傍ら（かたわ）で、ブランシュは思わず目を見開いてしまった。流石（さすが）にまだリカルドの手伝いに選ばれることはないだろうと考えていたのだ。

すぐにルナがこっそり背中を突っついてくれたので、ブランシュは急いでお辞儀をする。

「かしこまりました！」

少々、気合が入りすぎた声になってしまったが、女官長は満足そうに頷（うなず）く。

「これは陛下直々のご指名ですよ。二人共若いのになかなか落ち着いているし真面目に仕事をこなすと、セシリオ殿下からお聞きになったのですって。期待していますから、粗相のないようにね」

「はい。慢心せぬよう気をつけます」

ルナがとびきりおしとやかな声で言い、ブランシュも精一杯に落ち着いた態度でお辞儀した。

しかし廊下に出るなりルナが周囲に誰もいないのを確認してから、囁く。

「この間の私の大失敗があるのに、まさか陛下から呼ばれるなんて驚いたわ」

「あれは事故だったと、陛下もおっしゃってくださっていたもの。それよりもこれは、セシリオ殿下の所へルナが付き合ってくれたおかげだわ。本当にありがとう！」

喜びと興奮を必死で堪えつつ、ブランシュはルナの手を握りしめた。

「ブランシュが頑張ったから、セシリオ殿下も認めてくれたのよ。さ、行きましょうか」

ルナに促され、ブランシュは緊張しつつリカルドの執務室を訪れる。

「失礼します」

ノックをして返事を待ち、高鳴る胸の鼓動を抑えて、ブランシュは扉を開けた。

チョコレート色の大きな執務机に、補佐官が使うための少し小さな机と椅子が二つずつ。大きい書棚が一つと、壁にかけられている精巧な機械仕掛けの時計がある。

それから部屋の隅に茶を飲むための長椅子とテーブルセットが置かれていた。

飾り気は少ないが落ち着いた内装の、いかにもリカルドらしい部屋だ。

「よく来てくれた」

執務机についているリカルドから穏やかな笑みを向けられる。

彼は盗賊討伐の後処理で忙しかったらしく、暴れ牛の事件後、姿を見るのは初めてだった。ブランシュは、幼い頃のように今すぐ駆け寄って飛びつきたい気分に駆られる。

(だ、だめだめっ！　私はもう子どもじゃないんだから！)

しとやかに礼をするルナを見習い、ブランシュも静かにお辞儀をした。

すると、補佐官用の机を使うように言われ、書類作成を頼まれる。それに二人が取り掛かり始めた時だ。

部屋の扉が軽快に叩かれる。短く二つ、少し間を空けて一つ。

特徴のあるこの叩き方だけで、ブランシュはノックの主に見当がつく。

「失礼します、陛下」

リカルドが返事をすると、入ってきたのはやはり鬼……いや王弟殿下のセシリオだった。

ブランシュとルナは急いで立ち上がりお辞儀をする。セシリオも二人に軽く会釈(えしゃく)をした。

「セシリオ、どうしたんだ？」

リカルドが尋ねると、セシリオは肩をすくめて苦笑した。

「急ぎで女官長に誰かを寄越すように頼んだのですが、生憎(あいにく)と手の空く女官がいないそうなのですよ。不思議なことに体調不良者が相次(あいつ)いでしまったようで」

「……なるほど」

リカルドの顔が若干引き攣(ひつ)ったところを見ると、彼も女官達がセシリオの手伝いを避けていることや、その理由を承知しているのだろう。

「そこで、ルナ殿を私の方へお借りできませんでしょうか？　今日の案件はブランシュ殿よりルナ殿の方に向いていますので」

にこやかな笑みと共に唐突な要求を放たれ、ルナが驚いたような顔になった。

「申し訳ありませんが、私は……」

「ルナ殿。私は貴女ではなく、陛下にお尋ねしています」

セシリオは丁寧ながらきっぱりと、ルナの抗議を撥ねつけた。

優し気な顔をしているが、見かけに反して彼は誰にでも容赦がなく滅多に意見を引かない。

「……失礼いたしました」

静かに腰を折るルナへ、リカルドがやや困惑混じりの声をかけた。

「そうか。では、そなたにはセシリオの手伝いへ行ってほしいのだが……」

「かしこまりました」

一礼してルナは淡々と答え、セシリオと部屋を出ていった。

扉が閉まると、リカルドが軽く肩をすくめてブランシュを見る。

「仕事を二倍にしてすまない。セシリオは少々女官に厳しすぎると、女官長も胃を痛めていてな。あれが認める人材は貴重だから、協力せざるを得ない」

「とっ、とんでもございません！　それにセシリオ殿下は……」

未来の王妃のために女官を鍛えるのに懸命なのだろうと言いかけて、ブランシュは言葉を呑む。

所詮は憶測にすぎないということもあるが、リカルドの妃についてはっきりと自分で口にしたくなかった。

「殿下はいつも、私どもに課すよりはるかに多くの書類をこなしていらっしゃるのですし……お手伝いさせていただいたおかげで、私も様々なことが学べております」

そんな風に濁すと、リカルドが驚いたように目を見開いた。そしてすぐ、嬉しそうに微笑む。

彼は元々、かなり無骨で精悍な顔立ちだ。戦場に長く出ていたせいか、日に焼けて、頬や額には傷痕らしいものがいくつか薄く残っているので、いっそう強面に見える。

それでもブランシュは、昔から彼の顔が怖くはなかった。女官になってからも、いわゆる美しい顔立ちをした貴族の男性をいっぱい見たけれど、リカルドが一番素敵だと思う。

窓から差し込む明るい陽の中で微笑むリカルドを前に、ドクンと心臓が跳ねた。

リカルドは離宮を訪れるたびにこうして笑いかけてくれたし、それを見ればブランシュはいつだって、嬉しすぎてニコニコしっぱなしだった。

なのに、久しぶりに二人きりになったせいか、やけに胸がドキドキして頭がぼうっと熱くなってくる。

(困ったわ……謁見の後も、緊張しすぎて具合が悪くなったけど、今度は嬉しすぎて熱でも出てきたのかしら……？)

熱を持った頬や耳がジンジンして、ブランシュは困惑する。ようやく念願が叶って、リカルドの手伝いができるのに不甲斐なく寝込むわけにはいかない。

「……続きに取りかからせていただきます」

急いで椅子に腰をかけ、とにかく集中しようとブランシュは熱心にペンを走らせた。

無心で目の前の書類に没頭しているうちに、いつの間にか熱は下がったらしい。

ほどなく、全ての書類を書き終えて立ち上がった時には、ブランシュの頬や耳も、すっかりいつもの通りになっていた。

「終わりました」

「大したものだな。速いし、正確だ」

書類をパラパラと捲って確認したリカルドに、感心したように言われて嬉しくなる。

その時、扉がノックされ「お茶をお持ちいたしました」と控えめな女性の声がした。時計を見ればちょうど、セシリオの所で休憩を取っていた時間だ。

盆を持ってきた侍女達が、部屋の隅に置かれたテーブルセットへ茶器と菓子を並べる。

ルナが急に抜けたのは知らされていなかったらしく、茶器は三人分あった。

そつのないセシリオならば、茶の準備をする侍女に変更を告げそうなのにと意外に思ったが、リカルドが一人分多い茶器に何も言わないのを見てふと気づく。

ひょっとしたら、セシリオはあえて変更を知らせなかったのだろうか。

先日、リカルドが少し声をかけただけで大臣がブランシュ達を睨みつけたように、国王に近づく女性へ過剰な反応をする者は多い。

流石に仕事で女官を呼ぶのにまで文句をつけないにしても、もしルナが抜けてブランシュと二人きりだと大っぴらに知られれば、何かと邪推されかねない。

そもそも、国王や大臣の部屋を訪ねる女官達が複数で行動するのは、そうした醜聞(しゅうぶん)を防ぐためだ。

こうして三人分の茶器に何も言われなければ、一人姿が見えなくても少し席を外しているだけだと侍女は思うはず。

「そなたとは長い付き合いだが、こうして茶を一緒にするのは初めてだな」

お茶用の低いテーブルには、小さめの長椅子が両脇に置かれていた。

侍女達が退室すると、ブランシュと差し向かいに腰を下ろしたリカルドが目を細めて笑う。

「は、はい」

そのくつろいだ笑みを見たらまた鼓動が速くなってしまい、ブランシュはドギマギしながらテーブルに視線を逸(そ)らした。

ミントティーに、細く切ったカボチャのパイとチーズを添えたマルメロの砂糖煮。可愛い器(うつわ)には、よく冷えたカスタードクリームとビスケットを入れたナティージャという菓子もあった。

どれも大好物だが、心臓が壊れそうに脈打ってそれどころではない。嬉しいのに笑みが引(ひ)き攣(つ)ってしまうブランシュを見て、ティーカップを手にしたリカルドが心配そうな顔になった。

「セシリオから、そなたの好物らしいと聞いたのだが、他のものが良かっただろうか？」

「全部大好きです！　あの、リカルド様、いえ、陛下とこうしてお茶をできるのが夢のようで……」

ブランシュが慌(あわ)てて答えると、リカルドが笑顔になった。

「それは良かった」

ドキリと心臓がまた大きく跳ね、ブランシュは焦ってティーカップを取った。爽やかな香りの茶を一口飲むと、気分が落ち着いてくる。

そしてようやく、向かいに腰をかけているリカルドをちゃんと見ることができた。

（そういえば……）

離宮にいた頃、リカルドが来たらお茶をご一緒してみたいと、マルタに強請ったことがあった。

けれど、本来なら彼はさしたる用もなく離宮に来てはいけないのだし、ましてや茶や食事をするなど無理だと、マルタは気の毒そうに窘めた。

もしもディエゴ陛下に知られたら、どのようなつもりでシャノワール国の人質を特別扱いにしたのかと、リカルドが酷く責められると聞かされ、諦めたのだ。

しかし、その翌週にリカルドが訪ねて来た時、驚くべきことが起きた。

マルタが唐突に、玩具棚からままごと用の茶器を取り出してリカルドに渡すと「お願いいたします」と頭を下げ、ティグを連れてそそくさと部屋を出ていったのだ。

いつもならリカルドがいる時にはマルタやティグも同じ部屋にいたし、大人で男性の彼は女の子用の玩具などで遊ばないと思ったのだが……

キョトンとしていると、部屋の隅に人形用のテーブルを見つけたリカルドがその前に座り込んで、少々照れくさそうにブランシュへ手招きした。

「ブランシュ姫。本日はそなたの茶会に呼んでもらえると聞いたのだが？」

その言葉で、マルタが彼にブランシュの願いを伝えてくれたと知った。そしてリカルドは、玩具を使っての真似事でそれを叶えようとしてくれたのだ。

（――あの時は、本当に嬉しかったわ）

昔を思い出したブランシュの目には、木を削って作られた玩具の菓子皿とカップが、テーブルの上にある本物の茶器と菓子皿に重なって見える。

何も飲まず何も食べなかったけれど、あれはとても素敵なお茶会だった。

あんまりにも幸せすぎたので、リカルドが離宮に来なくなってからは思い出すのが辛くなり、無意識にあのお茶会の記憶を心の奥へ押し込めていたほどだ。

それを思い出し、あの願いが本当に叶っているのだと実感して胸が熱くなる。

菓子を口に入れると、甘くて美味しい味がじんわりと舌の上に広がった。

改めて込み上げてきた幸せを噛みしめつつ、ブランシュはすっかり子どもの頃に戻ったような気分でお茶を楽しみ始める。自然と話題は、離宮にいた頃の思い出話が多くなった。ここでは聞き耳を立てる者はいないので構わないのだ。

ティグが亡くなったことを話すと、リカルドは沈痛な表情となった。

「そうか……ティグは良い猫だったな」

素敵な尻尾の亡き友達を想い、ブランシュの胸に懐かしさと共に寂しさが流れ込む。

でも、ブランシュがいつまでも悲しんでいては、天国で見ているティグが気落ちしてしまうとマルタに言われていた。

「ええ。あの子と過ごした時間は決して忘れません。人間で初めてできた素敵なお友達とこうして幸せに暮らしている私を、ティグは見守ってくれていると信じています」

「そなたが幸せならばティグも喜ぶだろうな」

目を細めてリカルドに笑いかけられ、ブランシュは元気良く答える。

「はい！　ルナさんと毎日一緒にいられて本当に幸せです！」

その瞬間、リカルドが唐突に目を剥き、激しく咽せ込んだ。

「どうなさいました!?」

「大丈夫だ……ゴホッ……咽せた、だけで……」

片手で口もとを押さえながら、リカルドは切れ切れに訴える。

「そ、そうですか」

大丈夫と言っても、顔をしかめて青ざめているリカルドはかなり苦しそうに見えた。ブランシュはリカルドの隣に行き、広い背中をさする。

「ケホッ……はぁ……すまなかった」

ようやく呼吸を整えたリカルドが気まずそうに言う。そして、ブランシュの顔をじーっと眺めた。

隣に移ってしまったせいで、リカルドの鋭い瞳がとても近い。

「陛下？」

「ルナ・セルベラを、そなたは最初の友人と言ったが……女官となってから初めてできた友人という意味だろうか？」

「え……？」

「いや、その……そなたの傍には、もっと昔から他の人間もいたのではないかと……」

やけに歯切れの悪い調子でもごもごと言われ、ブランシュは首を傾げた。

「離宮で一番親しかった人ならマルタでしょうが、私にとっては母親も同然ですし、バスコ卿も尊敬する師なので……」

それに、リカルドは一番の憧れで大好きな存在だから、友人と言うには恐れ多いのだ……と恥ずかしながら告げようとした時、彼が今度は「うぐっ！」と呻いて胸もとを押さえた。

「どうしました!?　お加減が悪いなら、誰か呼んできましょうか？」

まるで酷い衝撃を受けたように青ざめているリカルドは、やはり具合が悪いのだとブランシュは思った。けれど、彼は額を押さえて首を横に振る。

「不要だ。ただ、少しばかり胸が痛んでだな……」

「心臓が痛いのですか!?　待ってください！　すぐに……」

一大事だと蒼白になって人を呼びにいこうとしたブランシュだが、リカルドに腕を掴まれ引き留められる。

「そ、そうではなく！　何というか……とにかく、医者では治せんので、ここにいてくれ！」

「は、はい……」

何やら様子のおかしいリカルドにブランシュが戸惑っていると、またもや部屋の扉がノックされた。

今度は、書類を届けにきた文官だ。

「まだ菓子も余っていることだし、そなたはもう少しゆっくり休憩してくれ」

リカルドはさっさと立ち上がると書類を受け取る。そして文官が退室すると、自分は執務机の方に戻ってしまった。眉間に深い皺を寄せ、苦い顔をして書類を眺めている。

それを届けにきた文官の言葉から、先日に壊滅させた盗賊団に関するものだと見当がついた。

あれだけの戦果を出せたのは流石戦上手のリカルドだと褒め称えられているのに、彼はそれを全く誇りに思っていないようだ。書類を見る表情が浮かない。

セシリオの手伝いを頻繁にして、その事件の詳細を知っていたブランシュは、リカルドが落ち込んでいる理由に心当たりがあった。

リカルドは前王のように他国へ攻め込んで利益を得るのを良しとせず、乱れた国内の整理に力を入れている。

戦がないのは多くの国民にとって良いことでも、戦で稼いでいた者にはそうではない。

イスパニラ国では民から徴兵しているが、その義務を終えても傭兵として軍に留まる者が多かった。危険はあっても稼げる額が良いからだ。

国が戦に明け暮れていれば、傭兵がいくらいても困ることはなかったが、今は事情が違う。正規の兵だけで十分になったため、傭兵は解雇し始めていた。

あの盗賊達は失業した傭兵の寄せ集めなのだ。

リカルドは単に戦をなくすだけではなく、それによって生じる失業者のことも念頭に入れており、国内の荒地開拓へ補助金を出すなど様々な手段を講じている。それでも失業兵のこうした野盗化はどうしても出た。

ブランシュが事情を知っているとリカルドも承知なのだろう。

ブランシュに向かって、困ったものだというように肩をすくめる。

「戦をしてもしなくても誰かに苦しい思いをさせてしまうとは、上手くいかないものだ。戦をしないと我を張る以上、私はもっと頑張らなくてはな」

そう苦笑するリカルドは先ほど様子がおかしかったせいもあってか、とても疲れて見える。

「……陛下は他の方への優しさをもう少しご自分にも向けて良いと思います」

ブランシュはつい、ずっと考えていたことを口に出してしまった。椅子から立ち上がり彼を見る。

「失業兵の対策にもっと良い手段があるのならば、セシリオ殿下が黙っていらっしゃるはずはありません。陛下はこれだけ国に尽くしていらっしゃるのに、なぜご自分を労わらず、焦って働きづめになられるのですか。陛下が身体を壊しでもしたら、それこそ国にとって大損害ですわ！」

心配から口調がどんどんきつくなっていく。気づくと、リカルドが驚いた顔でこちらを見ていた。

「も、申し訳ございません。差し出がましいことを……」

深く下げた頭をとても上げられない。たかが貧乏小国の王女で女官としても下っ端の身が偉そうに何を言ってしまったのかと、消えてしまいたいほど恥ずかしくなる。

「確かに、私は焦っているな」

不意に穏やかな声をかけられた。反射的にリカルドを仰ぎ見ると、彼は微塵も怒っている様子はなく、微笑さえ浮かべてブランシュを見ている。

「ただ、そなたが買いかぶってくれるのは嬉しいが、私が焦っているのは国のためだけではなく、自分の野心があってだ」

「野心ですか？」

無意識に尋ね返すと、彼は落ち着かない様子で視線を彷徨わせた。

「……実は最近、旧知の相手と数年ぶりに再会してな。昔は断じて恋愛対象ではなかったのだが……成長した彼女を傍で見ているうちに、女性として好きになってしまったんだ」

そう言ったリカルドは、気まずそうに頬をかいた。

「相手が受けてくれれば王妃として娶りたいが、そのためにはまず私が国王として十分な業績を上げ、政略結婚など不要だと貴族連中を納得させなければ、という次第だ」

「そ、そうでしたか……」

思いもしなかったリカルドの言葉に、ブランシュは茫然と呟いた。

（好きな人……それでリカルド様は、どなたも選ぶ様子を見せなかったのね）

今までも、リカルドの王妃について話を聞くたびにモヤモヤして気分が重くなったが、本人の口から聞くといっそう胃の腑が苦しい。先ほど食べた茶菓子が、全部鉛にでもなったような気分だ。

（びっくりしたけれど、好きでもない方をリカルド様が王妃にするより、よほど良いじゃないの！愛する人と結ばれるために努力するなんて、素晴らしいでしょうが！）

唇を噛んで俯き、このモヤモヤは驚いただけなのだと、必死に自分へ言い聞かせる。

そして息を吸い、精一杯の笑顔を作って顔を上げた。

「陛下のお選びになる方なら、きっと素敵な女性だと信じています。女官の任期を終えてシャノワールに帰ってからも、私はずっと応援いたしますわ！」

その途端。バサバサッと音を立てて、リカルドの手から書類が全部滑り落ちた。

「あの……陛下？」

リカルドはやけに虚ろな表情で心ここにあらずといった調子だ。

それでも、ブランシュが机や床に散らばった書類を拾い集めて渡すと、ようやく我に返った。

「これで全部ありますでしょうか？」

「あ、ああ……」

彼は青ざめたまま、書類をしまってよろよろと机から立ち上がる。

「くっ、これしきで挫けは……っ！　すまないが、鍛錬場で心を鍛えてくる！」

「えっ!?」

(そんなに顔色が悪いのに？)

ブランシュは慌てて引き留めようとしたが、リカルドは廊下を飛び出すやいなや、全力疾走して行ってしまった。

どうすればいいのかとブランシュが扉の前で思案していると、リカルドが行ったのとは逆方向の廊下からルナとセシリオが戻ってくる。

「おや、そんな所でどうしたんですか。兄上は？」

半開きの扉から空っぽの室内を見て、セシリオが首を傾げた。

「それが……陛下が突然、心を鍛えるために鍛錬場へ行かれるとおっしゃって……」

ブランシュは訳がわからずに事実をそのまま告げると、当然ながらセリシオとルナも何だそれはというように訝し気な表情となった。

「兄上は何を……ま、後は私が引き受けますから、お二人共戻って結構です」

セシリオがそう言ってくれたので、ブランシュはホッとしてルナと共に女官控室へ戻った。

他の女官達は忙しくしているのかそれともさぼりなのか、部屋は無人だ。

「ブランシュ、大丈夫なの？　どこも痛くない？」

扉を閉めた途端、ルナから心配そうに尋ねられて、ブランシュは驚く。

「え？　どこも痛くないけれど。どうして？」

「……いえ。何ともないのなら良いのよ」

安堵したように息を吐くルナを前に、ブランシュはドキリとした。

リカルドに好きな人がいると聞いて、自分はそんなに酷い顔をしていたのだろうか。

「だ、大丈夫よ！　それよりもルナの方はどうだったの？　凄いわね。セシリオ殿下にすっかり信頼されているじゃないの！」

慌てて話題を逸らすと、ルナはさも不愉快だったという風に眉をひそめた。

「それがね、接待用のチェスができるかどうか腕前を確かめたいって、殿下とチェスをさせられていたのよ。全く、ふざけているわ」

今日は驚くことが一杯あったが、またもブランシュは目を丸くしてしまう。

チェスは社交の道具にもなる遊びだ。

接待する相手との勝負では、向こうに恥をかかせぬようわざと僅差で負けたりしなくてはならない場合がある。当然ながら気づかれぬようにそれをやるには、相当の頭脳と腕前を要求された。ブランシュもチェスは多少できるが、そこまでは無理だ。

セシリオがルナの方を指名したわけだと、ブランシュは胸中で頷く。

「ところでルナ、明日の予定だけれど……」

そして、まだしつこく残る胸の痛みを忘れようと、ルナと明日の外出計画を練り始めた。


――翌朝。

ブランシュは朝食後、外出用のドレスに着替えて、ルナと城の馬車乗り場へ行った。

ルナが慣れた調子で御者に行き先を告げている間、ブランシュの視線は自然とリカルドの執務室がある本殿の一角へ向いてしまう。

「ブランシュ、どうしたの？」

向かいに座ったルナに声をかけられ、ブランシュはハッと我に返る。

御者がかけ声と共に鞭を鳴らす音が聞こえ、馬車がゆっくりと動き出した。

「昨日、陛下のご様子が妙だったから、どうしても心配になってしまって……」

そう言うと、ルナは明るく笑った。

「陛下は昨日の夕方も今朝も鍛錬場で元気に戦闘訓練をなさっていたそうよ。おかげで今月の訓練を担当する将軍がはりきっちゃって、訓練メニューが倍になっちゃったんですって」

「本当!?」

「ええ。立ち聞きする気はなかったけれど、兵士達が大声でお喋りしていたんだもの、確かよ」

「陛下がお元気なら良かったわ」

心からホッとしてブランシュが言うと、ルナがニコリと笑った。

「ブランシュって、本当に優しいわね」

「そ、そうかしら?」

うっとりしたような瞳でルナに見つめられ、照れてしまう。

ルナが着ている空色の外出用ドレスは、白いレースが控えめに使われているだけのごく簡素なデザインだ。金髪を飾るのも空色の細いリボンのみだが、それがまたいい。

ルナ自身が大層な美少女だから、控えめな装飾は地味どころか、かえって品良く見える。

もし自分がこんなに美しかったら、ルナのように謙虚でいられるかブランシュには自信がない。少しくらい得意になってしまっても、無理はないと思う。

なのに、ルナが己の美貌を鼻にかけたことは一度もなく、逆にブランシュを褒めてばかりいる。おまけにそれが、本当に心の籠った口調なのだ。

ルナに褒めてもらっているうちに、つまらないと思っていた自分の真っ黒い髪や身長のわりに大きすぎる胸もそう悪くないと思えてきた。

リカルドが無事と聞き、ルナに褒められ、重苦しかったブランシュの気分は見事に晴れた。

そして、馬車がまず向かったのは、ルナお薦めの菓子店だ。

横町で老夫婦がひっそり営んでおり、店構えも地味であまり知られていない。しかし、遠方から
わざわざ買いに来る者もいるくらい美味しいそうだ。

お店は一見普通の民家にしか見えないため、たとえ道を教えてもらっても、ブランシュが一人で
来たら見つけるのは難しかっただろう。

ルナに連れられて店に入った途端、甘く香ばしい香りに包まれる。

ブランシュはその香りにうっとりしながら、無口な老人の店主にお土産用だと告げ、可愛いバス
ケットへ焼き菓子を詰めてもらった。

菓子店を出るとブランシュだけが、近くで待っていた馬車に乗り込む。

「また後でね」

ルナは馬車の外で手を振った。

「ええ！　待っているわ！」

動き出した馬車の窓から、ブランシュも元気に手を振る。

夕刻にマルタの家でルナと待ち合わせる予定なのだ。

大切な育ての親に親友を紹介できるのだと楽しみでたまらない。

バスケットからほんわりと立ち上る甘くて落ち着く香りの中で、懐かしいマルタの顔を思い浮か
べ、ブランシュは自然と満面の笑みを浮かべた。

――夕暮れの街を、ブランシュとルナは辻馬車に揺られながら城へ戻っていた。

「ルナの教えてくれたお店のお菓子、本当に絶品ね。マルタもこんなに美味しいお菓子は初めてだと喜んでいたし、おかげで最高の休日になったわ」

久しぶりに会えたマルタの元気な姿と一緒に食べた焼き菓子の美味しさを思い出し、ブランシュはほぅっと幸せな溜め息をつく。

「私も楽しかったわ。マルタさんはブランシュの話に聞いた通りの優しい人ね」

向かいに腰をかけたルナが、遠ざかっていく住宅街を眺めるように窓の外へ目を細めた。

ルナはしばらく夕暮れの街並みを見つめていたが、不意にブランシュへ顔を向ける。

「……ねぇ、ブランシュ。女官の任期を終えても、ずっとこの国に残る気はない？」

唐突な彼女の問いに、ブランシュは一瞬目を見開いてしまった。

「ずっと？　でも……」

「こんな言い方をしたら気を悪くさせてしまうかもしれないけれど……シャノワール国に帰ったら、ご両親の気持ちを満足させるためだけの結婚を強いられるのでしょう？」

「それは……けれど……お母様達のお気持ちもわからなくはないのだし……」

モゴモゴと、ブランシュは口ごもった。

任期が明けて国に帰った後は、姉の義父であるフォンテーヌ侯の後妻に入る予定だと、ルナには話してあった。

フォンテーヌ侯との結婚には互いの気持ちや政略などの必要性はまるでない。彼女の言う通り、両親を満足させるためだけというのはあながち間違いではない。

ルナがじっとこちらを見つめ、さらに真剣な表情になった。

「私が生涯未婚でも困らぬよう、お兄様が領地の一部をくださったと話したのを覚えているかしら？」

「ええ。覚えているわ」

いきなり飛んだ話に、少々戸惑いながらブランシュは頷く。

ルナの生家であるセルベラ伯爵家は、特に目立つほどの家でもないが歴史は古く、所有する領地もそれなりに広い。

現当主であるルナの兄は妹には結婚相手を探すよりも自立を手助けしてやる方が良いと判断し、女官を目指せる女学院への入学を勧め、領地まで分け与えたそうだった。女性の嫁き遅れを避けたがる貴族社会において、随分と斬新な人だ。

「頂いた領地は、海辺の近くの静かで良い所よ。女官を辞めても領地のあがりで食べていくには困らないし、小ぢんまりとした可愛い屋敷もあるわ」

馬車に差し込む夕陽の中。白い顔と美しい金髪の半分をオレンジ色の光に染めたルナが向かいの座席から手を伸ばし、ブランシュの両手をぎゅっと握りしめた。

「それで……貴女が女官を退任した後、私とそこでずっと一緒に暮らしてくれれば嬉しいのだけれど。私ではブランシュの家族になれないかしら？」

「ええっ!?」

思いもしなかった話の展開に、ブランシュは仰天した。

「勿論(もちろん)、シャノワール国王夫妻には私からもご説明するわ。少し遠いけれど、ブランシュと直接にお訪ねしても良いわよ」

「ルナ……あの……」

思考が上手くついていかず、しどろもどろに返答を探してしまう。

「ごめんなさい。急にこんなことを言われても困るわよね」

ルナは小さな溜め息をついて、あっさりと手を離してくれた。

「私こそ……ごめんなさい。ルナとは一緒にいたいし嬉しいけれど、お父様やお母様のことも……」

気まずさを抱えて謝るブランシュに、ルナがおおらかに微笑みかけてくれる。

「気にしないで。ブランシュには幸せになってもらいたいから、こういう選択肢もあるとだけ知っておいてほしかったの。その気になったらいつでも言ってちょうだい」

「ルナ……ありがとう」

眩(まぶ)しい夕陽に目を細めながら、ブランシュは感激に言葉を詰まらせた。

ルナは大切な友人だけれど、自分の帰りを待ち望んでくれる両親を簡単には捨てられない。

彼女の厚意をすぐに受けることはできなかった。けれど、その優しい気持ちが嬉しい。

今日は本当に、とびきり素敵な休日だ。

ブランシュは馬車に揺られながら微笑を浮かべた。

4　失意の王女

ブランシュがマルタを訪ねて外出した日は、六月なのに真夏のような暑さだった。

それから連日、暑さが増し、陽は照り続けていく。

この年の夏、イスパニラ王都は記録的な猛暑に襲われた。

面積が広大なだけに、イスパニラ国は地方によりかなり気候が違う。王都のある地域は元から夏の暑さが厳しく、灼熱(しゃくねつ)地獄となる。

猛暑の年の被害は甚大だ。

水不足や熱病、害虫の大量発生。農畜産物の不作による食料の高騰(こうとう)。死者が出ることも珍しくない。

だが、今年の夏はかつてないほど長期で厳しい暑さが続いたにもかかわらず、被害は驚くほど少なかった。それは、リカルドとセシリオの手腕が大きい。

彼らは、不定期に襲い来る猛暑に、抜かりなく対策を練っていたのだ。

貯水池の増設や老朽化していた地下水路の整備。熱病と疫病(えきびょう)に備え、医術に長(た)けた北国から、大量の医薬品を買い入れていた。

これらにかかった莫大な予算は、大幅に削られた軍事費から出ている。軍人貴族にとっては、非常に面白くない話だ。

今までイスパニラ国がとっていた猛暑の被害への対策は、他国に攻め込んでそこの資産や土地を奪い、損失以上の利益を上げることだった。今回もそうするべきだと不満を露わにする者もいる。

しかしリカルドは即位直後から不要な戦は慎むべきだと宣言しており、セシリオが入念に作成した過去の猛暑被害の記録を彼らの鼻先に突きつけた。

不敗を誇るイスパニラ国の王都へ、どこの国よりも被害を与えたのは、猛暑による天災。なおかつ、戦に夢中となり対処をおろそかにした我々自身だとリカルドに厳しく言われ、彼らはしぶしぶ納得したのだ。

さらに前王の庇護の下、不当に食物の買占めをして値を吊り上げていた商人はとっくに追放されていた。

こうしてイスパニラ国は灼熱の四ヶ月をなんとかやり過ごし——適度な涼風が吹き始める秋を迎えて、ようやく国中が一息つけたのだ。


爽やかな秋晴れの日。

休日の今日、ブランシュは心地好い秋風を楽しみながら、一人で中庭に面した回廊を歩いていた。

午前中に読み終えた本を図書室に返しに行くところだ。ちなみに、ルナは朝から出かけている。

（あら……？）

曲がり角の向こうがやけに賑やかだと思ったら、回廊の一角で数人の女性貴族がセシリオを取り囲み、楽しそうにお喋りしていた。

女性貴族の多くは様々な用を作っては頻繁に王宮を訪れる。

皆こぞって王妃の座を狙っているとはいえ、セシリオ目当ての女性も非常に多い。

有能な王弟殿下として、地位も権力も実力も十分で、いかにも女性受けのする容姿。そのうえ非常に愛想良く美辞麗句を囁きまくるのだから無理もない。

ただ、リカルドが誰にでも平等に一線を引いて接するように、セシリオは誰にでも甘い態度をとる。彼らはある意味では同じだ。

だから、セシリオが大勢の女性を同時に口説き既婚者にまで素敵だと崇めさせても、文句が出なかった。誰にも本気でないからだ。

それでも、スラリとした体躯に銀糸の縁取りの入った涼し気な装いがよく似合う王弟殿下に、女性達は熱心に話しかける。

セシリオも女性に囲まれる状況を十分に満喫しているようで、執務室にいる時の厳しい顔とは大違いの、キラッキラした女たらしの笑みを振りまいていた。

邪魔をしないよう、ブランシュは本を両手に抱えたまま回廊の反対端に寄り、さりげなく通り過ぎようとした。ところが――

「ブランシュ殿。私も一緒に行きますから、お待ちください」

いきなりセシリオに声をかけられ、ブランシュは驚いて足を止めた。

「え？」

通り過ぎようとしただけなのに、訳のわからないことを言われて困惑する。

おまけに女性達から、セシリオを独り占めする気かと言わんばかりの、敵意の籠った視線を向けられて、とても居心地が悪い。

「残念ながら、これから政務に戻らねばなりませんので失礼いたします」

セシリオが優雅に女性達へ会釈し、ブランシュの持っていた本をさっと取り上げた。

「資料の用意をありがとうございます。さぁ、行きましょうか」

「あ、あの……？」

それはブランシュが勉強のために読んでいた本で、今日はお休みの日だ。ブランシュは女官服すら着ていない。だが、それを言うより早くセシリオがブランシュの方を向き、ニヤリと口の端を上げた。

「有能な女官がいて助かりますよ。休日まで付き合わせてしまい、申し訳ありません」

いいから話を合わせろという気配を全身で感じ、ブランシュは慌ててコクコクと頷く。

セシリオが仕事では別人のように厳しく、女官を容赦なくこき使うという噂は、彼女達も聞いているようだ。ブランシュに向けた視線からたちまち敵意が消え、むしろ同情気味になった。

名残惜しそうな女性達を残し、セシリオはブランシュを促してさっさと回廊を歩く。女性貴族から完全に見えなくなった所でピタリと足を止めた。

「ありがとうございます。おかげで助かりました」

「ご婦人方のお相手は苦手だったのですか？」

すごく楽しそうだったが……と、ブランシュが首を傾げたら、セシリオが噴き出した。

「綺麗な女性のお相手は大好きですが、この酷い夏の後処理で私もなかなか忙しくしていましてね。かといって、ご婦人のお喋りをあまり邪険に遮るのは主義に反しますから、上手く抜け出すきっかけが欲しいと思っていたところだったのです」

くっくと笑うセシリオから、ブランシュは小道具にされた本を取り返した。

主義に反すると言うが、以前にリカルドの執務室でルナが彼に異論を唱えた時は、遮るどころか一刀両断にしたくせに。執務中とは本当に大違いだと、少し呆れて息を吐く。

「お役に立てたのなら光栄です。では、失礼します」

そのまま立ち去りかけたが、あることを思い出してブランシュは慌てて彼を振り返った。

「セシリオ殿下！　あの、少々お聞きしたいのですが……」

「何でしょうか？」

歩き出していたセシリオが立ち止まって振り向いた。

この通路は薄暗く、人気もあまりない。キョロキョロと周囲を確認してから、ブランシュは背伸びをして小声でひそひそとセシリオに尋ねる。

「あれだけの猛暑に疫病の蔓延や物価の高騰がなかったのは素晴らしいと思います。セシリオ殿下の補佐があってこそとはいえ、偉大な業績だとリカルド陛下が讃えられないのはなぜでしょうか？」

これは、以前にリカルドが言っていた『政略結婚など不要だと貴族連中を納得させる』国王としての仕事の成果になるのではないかと思う。

リカルドが愛する女性と幸せになれるのではないかと、ブランシュは複雑な気分で尋ねたのだ。

けれど、セシリオの答えは予想とは違った。

「いくら対策が最適にできても、それだけで評価されるほど甘くありませんよ」

冷ややかに答えた彼は、先ほどまでの笑みをすっかり引っ込め、厳しい表情だ。

「ブランシュ殿もある程度はご存じでしょうが……もう少し詳しくお教えしましょうか」

彼は壁に背をもたれさせ、低い声でブランシュに話し始める。

不要な戦をせず、国内の生産を高め交易を活用し、地道に国を守り立てていきたいというリカルドへ、軍部にかかわる貴族達は苛立ちを募らせているそうだ。

リカルドが国内の貴族から反感を買っている一番の原因は、強いのに戦をしないという点だ。王太子時代、彼は父王から課せられた数々の難戦に勝利した。

その実力は今も健在のはずだ。なのに、なぜ使わないのかと言われている。

知略に長けた王弟とも仲が良いのなら、協力して戦に励めば大陸統一国の覇者となるのも夢ではないのに、と。

自身は戦場に立たず、資金と兵力だけを投資して高みの見物を決め込んでいた貴族ほど、リカルドに戦をさせたがる。

彼が少年時代から父王に押し付けられた無理難題にどれだけ苦しめられ、どんな思いで戦場に立っていたか考えもしない彼らに腹が立つ、とセシリオは怒りを露わにした。

証拠はないものの、そうした貴族に失業兵対策を妨害され、兵の盗賊化が減らないそうだ。

「――連中にはいずれ思い知らせるつもりですが、当面、苦労は絶えないと思いますよ。私達は父に倣うつもりはありませんので」

珍しいほど苦い顔をしたセシリオに、ブランシュは小さく「そうですか」と答える。

彼の口調はいつになく荒い。かつて異母兄弟が仲の悪い素振りをしていたのは、疑り深い父王から謀反の疑念をかけられるのを防ぐためという噂は、本当だったのかもしれない。

そして仲が良いのであれば、リカルドに好きな女性がいることをセシリオは知っているのかと気になる。けれど、それは不用意に自分が口にすべきではないと思い直した。

「……お引き留めして、失礼いたしました」

結局、それだけ言って、ブランシュは立ち去るセシリオを見送った。


数日後の晩。ブランシュは久しぶりに音のない夢の世界にいた。舞踏会の夢とバスコ卿と話す夢を合わせて、これが三度目だ。

今夜の夢は、楽しかったり穏やかだったりした以前の夢とは大違いだった。

ブランシュは見知らぬ、廃屋のような部屋にいた。

火事でも起こっていたのか、部屋には炎と煙が立ち込め、開いた戸口の近くに剣を抜いたリカルドが立っている。

そして、ルナが――

片手でブランシュを捕らえ、もう片手で喉もとにナイフを突きつけながら泣いていた。

（どうして⁉　どうなっているの⁉　ルナ‼）

ブランシュは必死で、声の出ない口を開け閉めして訴えようとした。

――やめて、ルナ‼　私の言うことを信じて‼

自然と浮かんできたその言葉を声の出ないまま叫ぶと同時に、夢は唐突に終わった。

大きく見開いた目に、この半年ですっかり見慣れた部屋の天井が飛び込んでくる。

ブランシュは何度か大きく胸を喘がせてから、涙でぐっしょりと濡れた頬を手の甲で拭った。

寝台に身を起こしたが、まだ恐怖が抜けず両腕を身体に巻き付けて大きく身震いする。

夢の中のルナは、見たこともないほど追い詰められた形相をしていた。彼女は泣きながらリカルドに怒鳴っていたようだけれど、音のない夢の中では何を言っているのかわからない。

ブランシュは、炎の熱やきな臭い煙、緊迫した空気とルナに強く握られた腕の痛み、首筋に触れたヒヤリとした金属の感触全てを生々しく感じた。

（あんなこと、起こるはずがないわ！　ただの悪い夢よ！）

ガチガチと鳴りそうな歯を食いしばり、ブランシュは頭を振る。

先視の夢なんか言い伝えだと笑って済ませられれば良いのに、以前のバスコ卿の夢は現実になったことを考えると、不安でたまらない。

それに、舞踏会の夢で見た会場はこの城の大広間そのものだった。

女官になってからすぐ、本殿の各所を見学したのだが、その時少しだけ覗かせてもらった大広間は飾り付けこそされていないものの、天井や床に柱、カーテンまで全て夢で見た通りだったのだ。

シャノワール国に伝わる先視の夢なんてこの国では信じない人の方が多いから、女官長やルナにはこのことについて何も言っていない。

(そ、そうよ！　絶対に当たるとは限らないわ！)

激しく頭を振ってから、ブランシュはすがるように羽根枕を抱きしめる。

大広間が使われる舞踏会は、王族の結婚式などの特別な祝宴を除けば、大晦日の夜から深夜にかけて開かれる年越しの新年祝いのみだ。

女官は裏方に徹しても良いし、希望すれば盛装して参加もできる。

幼い日に舞踏会の夢を見てからずっとその光景に憧れていたブランシュは、今年の大晦日の舞踏会に参加するつもりだ。

しかし、着るドレスは、以前に女官となる謁見の時に着た薔薇色のドレスにしようと決めている。

夢の中で見た菫色のドレスのデザインは覚えているし、女官の給金ならば仕立てることができるが、あの薔薇色のドレスは形式上とはいえリカルドから贈られたものだ。だから、絶対にそれを着るつもりだった。

(うん。私は菫色のドレスなんか持っていないし、バスコ卿の夢は本当になったとしても、他まで当たるとは限らないわ)

夢なんて当てにならないと言い聞かせると、少し元気になる。

ブランシュは部屋の隅にある陶器の洗面器へ水を入れ、泣き濡れて酷いことになっていた顔を丁寧に洗った。そうすると、さらに気分がすっきりする。

いつも通りに女官服に着替え、手早く髪を結ってから、朝食をとるために女官用の食堂へ向かった。

だが、食堂にはいつも先に来ているルナの姿がない。

ルナの席は空っぽで、カトラリーもナプキンも並べられていなかった。それを見て、ブランシュはギクリと身を強張らせる。

「おはよう、ブランシュさん」

立ったまま左の空席を茫然と眺めていると、向かいの席に着いている女官が声をかけてきた。ロレッタという三十代半ばの未亡人で、女官の中でも古株の一人だ。

「あ……っ、おはようございます」

ブランシュが挨拶を返して自分の席に着くと、ロレッタがまた声をかけてきた。

「ルナさんなら、体調を崩して寝込んでいるそうよ」

「まぁ……」

昨日は元気そのものだったルナの姿を思い描き、ブランシュは目を見開く。

「熱はないけれど咳と頭痛が酷いので、皆にうつさないよう治るまで自室にいると侍女が伝言してきたの。だから心配でも、お見舞いに行ったりしてはだめよ？」

よほど心配そうな顔をしてしまったのか、ロレッタが慰めるように微笑み、柔らかく諭してきた。

「はい」

厚意の籠った彼女の言葉に、ブランシュは素直に返事をする。

ブランシュがここに来たばかりの頃は、ロレッタはやや素っ気ない態度だったが、嬉しいことに今では彼女や他の女官達も、随分と親しく接してくれるようになっていた。

……もっとも、全員とは仲良くできていないが。

「あら。ルナさんにいつもベッタリのブランシュさんなら、今日は一緒に寝込んでらっしゃると思ったのに、残念だわ」

不意に、嘲笑混じりの声が飛んできた。二つほど離れた席で、エルミラと彼女の両側に座った二人の取り巻き少女が感じの悪い笑みを浮かべている。

「それにしても、あの陰険で性格の悪いルナさんを寝込ませる風邪なんて、さぞ強力なようね。うつさないでいただきたいものだわ」

これみよがしにハンカチで口もとを覆うエルミラを、ブランシュは思い切り睨んだ。

普段ならこれくらいは無視を決め込んでいただろうが、悪夢を見て神経が過敏になっていたうえに、寝込んでいるルナを侮辱されて猛烈に腹が立った。

「病人を心配することもできないなんて、見下げ果てた方達ね。風邪ならすぐに治るけれど、その性格を治すのはどんな名医でも無理だと思うわ」

押し殺した声でブランシュが言うと、エルミラの頬がさっと怒りで紅潮した。

「……属国王女の分際で、イスパニラ国の名家に生まれた私に、よくもそんな口を利けたものね！」

テーブルに手をついて憤然と立ち上がったエルミラは座ったままのブランシュを見下ろし、怒鳴る。

「ここは属国民ごときがいていい場所じゃないのに、いつまで図々(ずうずう)しく居座(いすわ)る気なの⁉　セシリオ殿下のお気に入りになったつもりのようだけれど、いい気にならないでほしいわ！　あの方の手伝いなんて簡単なことは誰だって……」

「――では、エルミラさん。本日はブランシュさんと共に貴女が、セシリオ殿下のお手伝いに行きなさい。ちょうど、手が空いていたら誰でもいいから寄越すように言われておりますからね。朝食が済んだら、すぐにです」

背後から飛んできた冷ややかな女官長の声に、エルミラは怒声を途中で凍りつかせた。

口を開けたまま固まっているエルミラを女官長が厳しく睨(にら)む。

それから威厳ある老婦人は、咎(とが)めるような鋭い視線をブランシュに移した。

「二人共口を慎(つつし)むように。どちらの暴言も今回は聞かなかったことにしますが、次はありませんからね」

静かな低い声は迫力があり、食堂の気温が一気に下がった。他の女官達も全員、神妙な顔で押し黙り、俯(うつむ)いて膝(ひざ)もとへ視線を落とす。

「誠に申し訳ございませんでした」

ブランシュが椅子から立ち上がって腰を折ると、エルミラも渋々といった調子で謝罪する。

女官長が無言で頷(うなず)き、優雅に上座に着くと、張り詰めていた食堂の空気がようやく和らいだ。侍女がスープを配り、何事もなかったように朝食が始まった。

しかし、ブランシュには大好きなトマトスープも、今日は全く美味(おい)しく感じなかった。

（――つ、疲れたわ……）

昼食後の休憩時間。ブランシュはふらふらになって中庭に出た。

今朝の食堂の一件で、ケンカ両成敗とばかりに執務室へ行かされた二人を見て、セシリオはとても珍妙な光景を見るような顔をした。

彼が女官達の人間関係について何か言ったことはないけれど、知らないわけではなかったらしい。

そして本日、ブランシュはもう一つ知ったことがある。

エルミラについてだ。彼女は自分で言っていたように、国内の有力貴族の娘で実家は伯爵位とはいえ、王家の遠縁でもあり大臣の伯父もいる。

それを良いことに普段からさぼってばかりなのだが、意外にも真面目にやればそれなりにできた。

セシリオから渡された面倒な書類を黙々と処理していき、呆れ顔で追い出されることはなかったのだ。

向かいに座っているエルミラから時折、勝ち誇ったような視線を向けられ、ブランシュは彼女にだけは負けたくないと思って頑張ってしまった。

いつも以上に集中して取り組んだ結果、最高にご機嫌な笑顔となったセシリオから、二人とも午前中で釈放された。セシリオはエルミラにもしっかりと目をつけたみたいだから、今朝の件で一番得をしたのは、おそらく彼だろう。

とりあえず本日は午後もエルミラと競い合うことにならずに済み、ブランシュは心底ホッとした。

あちらも同じ気分だったようで、セシリオの執務室を退室したエルミラも疲れ切った顔で溜め息をついていた。

勿論、目が合った瞬間、互いに「フン！」と思い切りそっぽを向いたが。

……このような経緯を経て、ブランシュはやや虚ろな表情で昼食を胃に押し込んでから、気分転換でもしようと中庭に出たのだった。

秋の穏やかな陽射しと適度な涼風が、疲弊し切った神経と身体に心地好い。

猛暑の夏に負け、一時期はすっかり茶色くなってしまった芝生は青々とした色を取り戻し、節水で止めていた噴水も再開して、綺麗な水の曲線を描いている。

静かな所でのんびり休息したいと思い、ブランシュは中庭の端にある東屋を目指した。

ルナに以前教えてもらったそこは本殿から一番遠くにあり、大きな庭木の陰になって目立たないため、利用する者がほとんどいないようだ。

誰かに邪魔されずに一息つきたい時などにうってつけの場所だった。

そんな東屋に足を踏み入れようとしたブランシュは、驚きのあまり立ち尽くす。

ここで他の人に鉢合わせたことなどなかったのに、金色がかった秋の陽光が僅かに射し込んでいる東屋の中で、白く塗った木のベンチにリカルドが腰をかけていたのだ。

周囲に他の者は見えず、リカルドは一人のようだった。うとうとしているのか、囲い壁の縁に肘をつき、陽射しの中で気持ち良さそうに目を閉じている。

まさか国王たる彼が、こんな所に一人でいるとは思わなかった。

だが、王宮の廊下で見かけるリカルドはいつも護衛や官吏に囲まれて少し窮屈そうだったから、たまには一人でゆっくりしたくなっても不思議ではない。

（……お邪魔しない方が良いわよね）

ここ数ヶ月、リカルドは猛暑の対応に追われ続け、ブランシュが手伝いに呼ばれることはなかった。こうして間近で姿を見るのは数週間ぶりだ。

大好きなリカルドの傍に、今すぐにでも駆け寄りたい。

でも、暖かい陽光に包まれ、穏やかに目を閉じている彼はとても心地好さそうに見えたから、それを妨げてしまうのが忍びなく思えた。

立ち去ろうと、ブランシュはそっと踵を返す。だが――

「来ないのか？」

背後から届いた声に、ブランシュは弾かれたように振り向く。

リカルドの青い瞳が薄く開かれているのが見え、心臓がドキンと大きく跳ねた。胸の動悸が激しくなり、頬が熱くなる。

「お邪魔かと思いまして……」

やっと小声で言うと、リカルドが微笑んだ。大きな手がブランシュに向けて伸ばされる。

「おいで」と言われた瞬間、ブランシュは思わず小さな子どものように彼のもとへ駆け寄っていた。

隣に座るつもりだったのに、逞しい両腕に引き寄せられてリカルドの胸に飛び込んでしまう。

「きゃっ!?」

膝に乗っかってしまい、ブランシュは慌てた。

リカルドにくっつけるなんて嬉しいけれど、流石にちょっと拙いのではないだろうか？

「陛下、あの……」

顔を上げると、少しぼんやりしたような目で、リカルドが自分を見つめていた。

ブランシュの背中に回された腕に力が籠り、いっそう強く抱き寄せられる。

次の瞬間。ブランシュは彼に抱きしめられたまま、唇を塞がれていた。

（——え？）

大きく目を見開き、ブランシュは全身を硬直させる。どうしたら良いのかわからない。

そのまま息を詰めていると、ブランシュの顎を持ち上げていたリカルドの手がするりと頬をなぞり上げた。硬い手の平が頬を擦り大きな指に耳朶をくすぐられて、ゾクリと背筋を何かが走る。

「んんっ」

意思とは無関係に、喉の奥から妙な声が勝手に上がった。

ブランシュは反射的に目を瞑り、身を捩ろうとしたが、大きな手はビクとも動かない。

止めていた息が限界になってきた頃、小さな濡れ音を立て、重なっていた唇が離れた。

「っ、は……」

ようやく解放された唇を開き、ブランシュは大きく息を喘がせる。けれど離してはもらえず、すぐにまた唇を塞がれた。

先ほどとは違う角度で口づけられ、閉じようとした唇をぬるりとした感触に阻まれる。

それがリカルドの舌だと気づき、ブランシュの肩が跳ねた。強張って閉じられなくなった唇の隙間から、熱い舌が口内に侵入する。

怯えて縮こまっていたブランシュの舌を絡めとり、柔らかな生き物のように動いて表面を擦り合わせられた。

くちくちと鳴る音がやけに恥ずかしく聞こえ、全身がいっそう羞恥に火照る。

恋人なんていなくても、口づけくらいは知っているつもりだったけれど、こんなに深い行為だったなんて、想像したこともない。

熱い舌に口腔を掻き回されるうちに、頭の芯まで痺れてくる。苦しくて少し怖いのに、どうしようもないほど気持ち良い。目の奥が熱く潤んで、じわりと涙が滲んだ。

「んっ……ん……」

ゾクゾクと、何度も妙な疼きが背筋を震わせる。

ブランシュはリカルドの上着の胸もとを、縋りつくように必死で握りしめた。

時折ブランシュに息継ぎをさせるものの、リカルドは解放してくれない。何度も角度を変えて口づけを繰り返す。

執拗に絡められるうちに、ブランシュの舌もリカルドと同じくらい熱を帯びていく。唇は腫れぼったくなって、じんじん痺れた。

「ふ……ぁ……はぁ……っ」

幾度目かの息継ぎの時に、ブランシュは涙の膜が張った瞳を薄く開いた。

潤んで歪む視界に、苦しげに眉を寄せているリカルドが映り込む。日に焼けた顔が、はっきりとわかるくらい赤く火照っていた。

「リ、リカルド様……？」

ブランシュが異変に気づくと同時に、リカルドの身体がグラリと傾いだ。

「きゃあっ！」

そのまま一緒に倒れ込んでしまい、大きな身体に押しつぶされる。

「お、重……ううっ……陛下？」

必死で首を捩り、傍にあるリカルドの顔を見ると、額に玉のような汗が浮かび、荒い呼吸を繰り返している。ぐったりとして動かない彼は、明らかに高熱に浮かされているようだ。

「リカルド様！　今、誰か呼んで……っ」

ジタバタともがいて、ブランシュは重い身体の下から抜け出した。

「どなたかいらしてください！　陛下が!!」

木陰にある東屋から飛び出て大声で助けを求めると、すぐに衛兵が駆けつけてくれ、意識のないリカルドを医務室まで運んでいった。

「――陛下は、疲労により発熱をなさったそうです。お医者様の見立てでは、数日の休養が必要ですが、大事はないとの事でした。皆さん、この件は必要以上に騒がないように」

医務室から戻ってきた女官長が控室に集まった女官達に説明し、ブランシュはホッと胸を撫で下ろした。

今までの人生で、あれほど焦ったことはない。

本当はずっとリカルドに付き添いたかったのだが、女官長やセシリオに事情を説明するのに忙しく、その後は控室で待機しているように言われてしまった。

（リカルド様……ご無事で良かった……）

大事ではないと聞いた瞬間、気が弛んだのか、膝がガクガクと震えて足から力が抜ける。へたり込むようにして傍らの長椅子に腰をかけ、大きく安堵の息を吐いた。

「ブランシュさん。今日は貴女はもう戻りなさい。ゆっくりと休養するように」

女官長にそう言われ、ブランシュは一礼して控室を出る。

だが、どうも落ち着かなくて部屋に戻る気になれず、外へ出て、あまり人気のない庭の外れをあてもなく歩き回った。

リカルドが倒れた時はあまりの驚愕に口づけされたことが吹き飛んでしまったが、あれはあれで一大事だ。

事情を説明する時に、どうしてあそこにリカルドといたのか質問されたが、東屋で休もうと思ったら倒れている陛下を見つけたのだと、とっさに言い逃れた。

（リカルド様はお好きな女性がいらっしゃるのに、なぜ私にあんなことを……）

ブランシュはリカルドに口づけられても嫌ではなかった。それどころか、思い返すと胸がドキドキして身体中が熱くなる。

けれど、彼がそうするべき相手は、政略結婚をしなくて済むよう頑張ってまで王妃にしたいと思っている女性のはずだ。そういう相手がいるのだと、彼ははっきり告げたではないか。

(あ……)

不意にとあることに気づいて、ブランシュは青ざめた。

眠っていると思ったリカルドに優しく呼ばれ、嬉しくてつい駆け寄ってしまったけれど……

あの時彼は、ブランシュの名前なんか一度も呼んでいない。

口づけされている最中のことも必死に思い返してみたが、やっぱりリカルドは一度もブランシュを呼ばなかったのだ。

特に他の名も呼んでいないが、凄(すご)く幸せな夢でも見ているように、彼は嬉しそうだった。

(そうだわ。リカルド様は熱で朦朧(もうろう)としていらっしゃったようだし……私を他の方と間違えていたのかも……)

突拍子もない考えだが、リカルドの意識がはっきりしていなかったのは確かだ。

(そ、それなら仕方ないわよ。間違いなんて、誰だってあるもの)

冷や汗が背に滲(にじ)むのを感じつつ、自分に言い聞かせようとするけれど、上手くいかない。

息が苦しくなって、溢(あふ)れてくる涙で視界が霞(かす)む。ハンカチを取り出してゴシゴシと目を擦(こす)った。

リカルドに抱きしめられたのも口づけられたのも嫌ではなかったけれど、他の相手と間違えたのなら、されたくなんてなかった。ブランシュはその理由に気付いて愕然(がくぜん)とする。

分不相応(ぶんふそうおう)な想いだとわかっているけれど、きちんと自分を見てほしかったのだ。

（私、リカルド様を……）

ただの憧れではなく、リカルドに恋をしているのだと、今さらながらはっきり自覚してしまう。

初めて会った日。土と葉っぱで汚れたのに、まるで気にせず愛猫を届けてくれた青年。その正体を聞いた時に、とても素敵な王子様だと思った。

彼はまぎれもなく王子様という身分だったけれど、そういう意味とは別の、物語に出てくる女の子が夢中になるような『王子様』という存在だ。

物語に出てくる理想の王子様は、だいたいが金髪でスラリとした細面で、話の主役となる女の子達よりも二つか三つくらい年上だ。

無骨で精悍な容姿の十五歳も年上のリカルドはそれに全部当てはまらない。けれど、彼はブランシュの中で最高の『王子様』だった。

子どもの頃の憧れはいつしか恋心に変わっていたのだ。

（こんな恋なんて気がつきたくなかった……叶うはずなんてないのに……）

物語ならば、主人公は必ず王子様の妃になれるけれど、現実は違うと知っている。

ブランシュの焦がれる『王子様』には別にちゃんと愛する人がいて、彼女を得るために頑張っているのだ。

リカルドの物語の中では、ブランシュは挿絵の端にいるその他大勢の一人にすぎない。

（帰国を延期したいと言った時、止めようとしてくれたマルタに、私は陛下のお妃様になりたいなんて思わないと偉そうに言ったのに。あの時に帰っていれば全部、素敵な思い出のままで済んだんだわ……）

頭の隅で、冷静な自分が呆れたように溜め息をつく。

叶わない恋など、さっさと諦めるに限る。傷つきながらここで暗い顔をして過ごすより、いっそ任期を途中解除してもらい、今すぐシャノワールに帰るのはどうだろう。

（そうだわ。リカルド様は、いつでも私が望む時に国へ帰って良いと許可してくださったもの）

打算的な考えに、ブランシュはゴクリと唾を呑む。

両親は喜んでくれるはずだ。バスコ卿が手紙を届けてくれたことで、ブランシュの気持ちはわかってくれたようだから、リカルドを悪く思われたくないという当初の目的は達成している。ならばもう、帰っても良いではないか。

帰国すれば、両親や姉達に会える。たくさんいる姪と甥は、さぞ可愛いだろう。

祖国で本当の家族と暮らせるのだ。フォンテーヌ侯と形ばかりの結婚をしても、夫というよりお爺様と一緒にいるのだと考えれば楽しいかもしれない。一緒にお散歩や読書をして……

優しく甘い誘惑に、ぐらっと心が大きく揺れた。

何だかんだと言い訳は出てくるが、要するに本音は望みのないリカルドへの恋心を自覚した以上、傷つきたくないのだ。

「……帰ろうかしら」

ポツリと呟いた時、ふと食べ物の良いにおいが漂ってきた。

周りをろくに見ないで広い城の敷地内をうろついているうちに、いつの間にか普段は行かない裏庭まで来ていたらしい。

芝生や花壇のある洗練された中庭と違い、城の生活雑務を担う裏庭は土が剥き出しで、あちこちに木箱や木材が積まれ、綱にかけられた大量の洗濯物が風にたなびいていた。

厨房の裏口らしい大きな扉越しに、料理人の大声と賑やかな物音が聞こえてくる。

扉の近くに積み上げられた木箱の脇には一台の荷馬車が停まり、荷台の脇で無精髭の目立つ屈強な中年男が誰かと話し込んでいた。

どうやら御者らしいその男と話している相手がちらりと見えて、ブランシュは驚いて思わず彼らの方へ一歩踏み出す。

「……ルナ？」

中年男と真剣な顔で話していたのは、寝込んでいるはずのルナだった。

彼女は女官服ではなく、お仕着せのような紺色の地味なデイドレスを着て、髪も簡素に束ねている。もし後ろ姿だったら厨房のメイドと思ったかもしれない。

「あら？」

ブランシュに気づくと、ルナは少しばつの悪そうな顔で眉を下げた。

「では、またね」

ルナが軽く手を振ると、男は彼女にお辞儀をし、手早く馬を繋いでいた綱を解く。たちまちのうちに、荷馬車を走らせていった。

「ブランシュ、ここに来るなんてどうしたの？」

ルナが駆け寄ってきて、不思議そうに尋ねる。本来なら女官がここに来る用事などないのだから当然の疑問かもしれないが、それならルナだって同じはずだ。

「考えごとをしていて迷い込んでしまったのだけれど……ルナこそ、どうしてここに？」

尋ね返すと、ルナが決まり悪そうに視線を泳がせた。

「具合が良くなってきたらお腹が空いて……厨房(ちゅうぼう)にいる馴染(なじ)みの子に軽食を作ってもらったのよ。頼めば部屋に運んでくれたでしょうけれど、寝ているのも飽きちゃってね」

そういうことかと、ブランシュは合点(がてん)がいってクスリと笑った。

自分も小さい頃はたまに風邪をひいたが、じっと寝ているのに退屈してしまい、少し具合が良くなるとこっそり起き出して遊んではマルタに叱られたものだ。

「ルナが元気になったのなら良かったわ」

ホッとして言うと、不意にルナが真顔になってブランシュの顔をじっと見た。

「目が赤いようだけれど、もしかして泣いていたの？」

「あ……これは、ちょっと……」

先ほど、ハンカチで目を擦(こす)りすぎたらしい。ブランシュが反射的に目もとへ手をやると、ルナの顔が訝(いぶか)し気に曇った。

「それに、何だか城内が騒がしいみたいだし……何かあったのなら教えてくれない？」

心配そうに尋ねられ、ブランシュは息を呑む。

「実は陛下が東屋(あずまや)で倒れたの。激務続きだったせいらしく、休養をとれば大事はないそうだけど……」

今にも震えそうになる声で説明しながら、ブランシュは迷った。いつも親身になってくれるルナに、自分の気持ちを残らず話してしまいたい。

意識が朦朧（もうろう）としていたリカルドから愛しい相手に間違われたことで、彼に恋をしていたと気づいてしまったのだと打ち明け、辛くて仕方ないと訴えれば、ルナはきっと慰（なぐさ）めてくれると思う。

（……いえ、だめだわ）

しかし、ブランシュは寸前で思いとどまった。

そもそも、あの時のリカルドの状態ではどこまで意識がはっきりしていたか定かではない。もし彼が全部夢だと思っているのなら、そのままなかったことにした方が良い。

「あの……私が、偶然に倒れている陛下を見つけてしまって……」

後ろめたさを感じながらも余計なことは言わないに限ると、ブランシュはルナに女官長達へ説明したのと同じ嘘を話した。

黙って聞き終えたルナは、労（いた）わるようにブランシュの頬をそっと撫（な）でた。

「そう……大変だったわね。でも、陛下を助けたのに泣いているなんて……何か責められでもしたの？」

心配そうにまた尋ねられ、ブランシュは首を横に振る。ついでに周囲を見たが、厨房（ちゅうぼう）の中から賑（にぎ）やかな音が聞こえるものの、辺りには誰もいないようだった。

「違うの。女官長も気遣ってくださり、後は休んで良いとおっしゃったわ。ただ、私が……」

ブランシュはそこで一度深く息を吸った。そして、彼女に話しても問題がない自分の決断だけは打ち明けることにした。

「今までただの憧れだったと思っていたけれど、分不相応に陛下へ恋しているのに気づいてしまってショックだったのよ。だからすっきり諦められるように、陛下がお元気になり次第、女官を退任させていただいてシャノワール国に帰るわ」

勢いに任せて一息に言い終えると、ルナが呆気にとられたように目を見開いた。

「そんな……と、とにかく結論を急がないで。美味しいお茶でも飲んで一息つけば、考えが変わるかもしれないわ。ちょっと待っててね！」

よほど驚かせてしまったのか、ルナはいつになく慌てた様子でブランシュの返事も聞かずに厨房に飛び込むと、すぐに一人の少年を連れて戻ってきた。

赤い縮れ毛の少年はせいぜい十三、四歳といったところで、ブランシュとあまり変わらぬほど背が低く、手足も細い。麻の半そでシャツを着て腰から下に長いエプロンをしているのを見ると、厨房の下働きなのだろう。

「ブランシュ、彼はここで働いているミゲルよ。料理長には許可をもらったから、厨房の休憩室でお茶でも飲んだ方が良いわ」

「え……でも、ルナ……」

「もう休んで良いと女官長に言われているのでしょう？　たまには変わった所で一休みするのも気が晴れるわよ」

「そ、そうね……」

何となく有無を言わせぬ調子で言われてしまい、ブランシュは戸惑いながらも頷く。

「良かった」

ルナが微笑み、それから不意に顔を背けて口もとに手を当てると、小さく空咳をした。

「ごめんなさいね。私も付き合いたいけれど、また風邪がぶり返してきたみたい」

「ルナ様。どうぞ後はお任せください」

張り切った声で言うミゲルに、口もとを押さえたままのルナがニッコリと目を細めて頷く。

「頼んだわよ。私の大事なブランシュを、しっかりおもてなししてね」

そして彼女は素早く踵を返し、振り向くこともなくあっという間に去ってしまった。

茫然とその後ろ姿を見送っているブランシュに、ミゲル少年が深々とお辞儀をする。そして厨房の隣にある小さな扉を示した。

「ブランシュ様、ご案内いたします」

「ええ……」

少年に促されながら、ブランシュは木の扉をくぐる。

こざっぱりした部屋は中央に簡素なテーブルと椅子が置かれ、ミゲルは一流の執事みたいに丁寧に椅子を引いてブランシュを座らせる。

壁には季節の定例の宴や決まったメニューを記した紙が張られ、打ち合わせに使うのか大きな黒板もかかっている。

洗練されてはいないが、素朴な柄の壁紙は懐かしい離宮のものと似ていて落ち着ける雰囲気だ。

ミゲルは一度部屋を出たが、すぐに茶器と菓子皿を盆に載せて戻ってくる。

星や兎や魚など、様々な形をしたクッキーを前に、ブランシュは感激の声を上げた。

「すごく可愛いわ。食べてしまうのが惜しいくらい！」

「本当ですか？　僕が作ったので嬉しいです」

椅子の傍らに礼儀正しく立ちつつ、照れくさそうにミゲルが言う。どう見てもずっと年下の彼を、ブランシュは驚きと感心を込めて見た。

「貴方が作ったの！　凄いわ。昔からお菓子作りは得意だったの？」

「いいえ。ルナ様の口利きでここに勤めるまでは、菓子作りなど考えたこともありませんでした」

ミゲルが首を横に振り、少ししんみりした表情で皿の上のクッキーを見る。

「ルナの紹介でここに？」

「はい。詳しくはお耳汚しになってしまうので避けますが、身体も小さく非力だと厄介者扱いされていた僕に、ルナ様は手先が器用という才能を生かせとおっしゃってくださったのです。……それまで自分には、できることなんて何もないと思っていたので驚きました」

泣き笑いのように、少年はクシャリと顔を歪めた。

「わかるわ。私も彼女に褒められて好きになれた部分があるもの。そういうのって凄く嬉しいわよね」

ブランシュが同調すると、ミゲルの表情がパアッと輝いた。

「はい！　ですから僕は、ルナ様を心から尊敬しています！　ルナ様に救われた他の仲間も皆そうです！」

そう言う少年の表情は、セシリオの部下がルナへ見惚れていた時のものとは全く違っていた。

女性への恋心というよりも、兵士達が盗賊退治から凱旋したリカルドへ向けていたような、畏敬の念が籠っている。

そのルナに頼まれたからだろう、ミゲル少年はブランシュにとても感じ良く接してくれ、厨房や洗濯場といった城の裏方で起きた珍事件などを話して笑わせる。

また、先ほどルナが話していた荷馬車の御者とはミゲルも懇意だそうで、ルナが深刻そうな様子に見えたのは彼の子どもも風邪をひいたと聞いたからではないかと教えてくれた。

ルナやリカルドといい、猛暑の影響で体調を崩す人が多いのだなと思いながらブランシュは茶を飲み終え、ミゲルに礼を言って部屋に戻ることにする。

しかし、お茶とお菓子は美味しく、ミゲル少年との会話も楽しかったのだが、心の奥はどうしても重たいままだった。

（ルナには悪いけれど、やっぱり……）

帰国するという決心は変えられなさそうだと悩みながら、ブランシュは女官の私室がある棟へ帰る。

するとルナが自分の部屋の扉に背をもたれ、俯いて立っていた。

「ルナ!?」

どうしたのと尋ねる前に彼女が顔を上げた。ブランシュは驚いてギクリと身を強張らせる。ルナは蒼白になって、今にも泣き出しそうに唇を震わせていた。

「ブランシュ……これが、私の部屋に……」

後ろに回していた片手を、ルナがゆっくりとブランシュの前に差し出す。そこに握られているものを見て、ブランシュは呼吸が止まるかと思った。

それは――ズタズタに切り裂かれた、ティグの首輪だ。

「ティグの……ど、どうして……？」

ルナの白い手の平にある、銀の金具が付いた細い革細工の首輪を、ブランシュは茫然と見つめた。

『ティグ』と焼き印で記されている、少し色あせた古い革紐は、鋭利な刃物で何度も切りつけられたようになっていた。

どの切れ込みも完全に革紐を切ってしまわず、かろうじて首輪の原型をとどめているところに、また壮絶な悪意を感じさせる。

ブランシュは、知らずにガチガチと歯を鳴らしていた。

持ち主を失った首輪だけれど、今でもブランシュは銀金具が黒ずませないためにしょっちゅう磨き、引き出しに大切にしまってあったはずだ。それがなぜ……

「っ‼」

ブランシュは弾かれたようにルナの脇にある、自分の部屋のドアノブを回す。それは、しっかりと鍵がかかっていた。

女官服の隠しから自室の鍵を取り出して、焦りに何度か失敗しながら鍵穴に入れる。

いつも通り違和感なく扉は開き、きちんと片付けられた室内も特に変わった様子はなかった。

書き物机に飛びつくようにして、ブランシュは首輪をしまっていた引き出しを開ける。

そして、銀磨きの布と空っぽのケースを前に、無言で唇を戦慄かせた。

「そんな……」

両手を机の天板につき、床に崩れそうな身体をブランシュは必死に支えた。

女官達の部屋は、基本的には主が留守の間に侍女が合鍵を使って掃除をする。そのため、盗難事件を防ぐ目的で、宝飾品やお金などは王宮の管理庫に預けることになっていた。

ティグの遺した首輪は、ブランシュにとって世界中の宝石とでも引き換えにできない宝物だ。けれど、他の人にはガラクタも同然のはずだから、安心していつも手もとに置いていたのに……

「お願い……私を嫌いにならないで……」

震える声に振り向くと、いつの間にかルナがすぐ背後にいた。首輪を握ったまま両手を顔に押し当てて嗚咽を漏らしている。その指の間から涙が溢れて白い手を伝っていた。

「自分の部屋に帰ったら、これがあって……お願い、お願いだから……私を嫌いにならないで……」

「何を言っているの！　まさか私が、ルナがやったなんて疑うと思うの⁉」

泣きじゃくるルナの両肩を掴んで揺さぶった。

「こ、怖くて……お兄様に捨てられた、あの時を思い出して……」

両手をそろそろと下ろしたルナは、いつもの落ち着き払った彼女とはまるで様子が違った。青ざめた頬は涙でグチャグチャになり、綺麗な目も真っ赤に充血してしまっている。

　追い詰められたような表情が今朝見た悪夢の中の彼女と重なり、ブランシュの背筋にゾワリと悪寒が走った。

「と、とにかく、落ち着きましょう」

　何度か唾を呑み込んでから、ようやく掠れた声で言った。ブランシュとて、頭の中が混乱しているが、ルナの様子はただごとでないほど切羽詰まっている。

　無残な姿になってしまったティグの首輪をルナから受け取り、泣き出したい気持ちを堪えた。

　ルナを長椅子に座らせ、自分も隣に座る。彼女はしばらく嗚咽を漏らし続けていたが、やがて小さく呟いた。

「ごめんなさい……ブランシュに嘘をついていたの。本当は私、お兄様に家を追い出されたのよ」

「え……っ⁉」

　驚愕するブランシュに、ルナはポツポツと語り始めた。

　ルナの兄は自分が結婚しても妹を実家の離れにそのまま住まわせるつもりだったが、彼の妻は表向きこそ賛成しても本音では大反対だったのだ。

　夫が自分よりも妹を大事にすると言い、ルナの顔も髪も全部が気に入らないと罵って、実家から連れてきたメイドを使って陰で虐めぬいた。

　そしてある日、兄の妻は婚礼の際に贈られた大切な宝石のブローチがなくなったと騒いだ。少し目を離した隙に消えていたという。

召使達が探し回り、ほどなくブローチは離れにあるルナの部屋で見つかった。

ここぞとばかりに兄の妻は他にも細かな宝飾品がここに嫁いでから何度もなくなったと嘘を言い、ルナが自分への嫌がらせに盗んだに違いないと訴えた。

盗んだものを返せと責め立てられても、盗んでいないものを返すことはできない。

だが無実を主張しても、兄は耳を貸してくれなかった。

すぐ王都の女学院へ編入の手続きをとり領地の一部をルナに渡すと、盗んだものを全て返すまで顔を見せるなと追い出したそうだ。家名が汚れないように、ルナが自分から望んで家を出たことにしろと念を押して。

「――今思えば、お義姉様は私つきのメイドを買収して、ブローチを部屋に隠させたのでしょうね。もしかしたら、お兄様に信じてもらえる方法が何かあったかもしれないわ。でも、あの頃の私は、ただやっていないと不様に泣きわめくことしかできなかった……今も同じことをしてしまったわね」

泣き腫らした目元を手の甲で擦り、ルナは気まずそうな視線をブランシュに向ける。

「ごめんなさい。私、自分のことばかりだったわ。ブランシュは、一番大切な友人を傷つけられたも同然なのに……」

「いいえ。そんなことがあったなら、ルナが動揺するのは当然よ。私は友人を疑ったりしないから、安心して」

ブランシュは、まだ震えているルナの両手を握りしめた。彼女はいつもブランシュを助けてくれるばかりで、こんな風に弱った部分を見せるのは初めてだ。

驚いたけれど、こんな時に支えられなくては、彼女の親友だなんて言えない。

すすり泣くルナの背中を、ブランシュはそっと撫でる。彼女が落ち着くのを待って、思い切って提案した。

「ルナ。すぐに私と一緒に、これを持って女官長に報告しましょう」

「え……？」

「ルナがやっていないからこそ、私は何もなかったふりなんてしないわ」

彼女の傷を抉らないよう、ブランシュは慎重に説明をした。

「この首輪は、他の人にとっては無価値なものでしょうけれど、事件には違いないのだから、きちんと報告をするべきなのよ。犯人が他の女官の部屋だって狙うかもしれないわ。私とルナの部屋の鍵を自由に開けたんだもの」

「そ、そうね……ええ。ブランシュの言う通りだわ」

ルナも落ち着きを取り戻したらしく、ハンカチで顔を拭ってから頷く。

まだ少し青ざめているけれど、先ほどのような悲壮感はなくなった彼女を見て、ブランシュは安堵した。

慕っていると言うわりには、ルナは兄や故郷のことをあまり話さない。それに実家と手紙のやりとりをしていないようなのを妙だとは思っていたが、こんな事情があったなんて。

先視の夢だなんて信じたくないけれど、もし彼女が妙に思い詰めてしまっていたら……

罪人のようにリカルドに追い詰められていたルナの悪夢が、どうしても脳裏にこびりついて離れない。

「ルナ。行きましょう」

傷つけられたティグの首輪を握りしめ、ブランシュは泣き崩れそうな自分を奮い立たせた。

「……事情はよくわかりました。誰がこのようなことをしたのか、早急に調べなくてはなりませんね。警備担当者に連絡します」

女官長は部屋で事情を聞くと、向かいの長椅子に並んで座るブランシュとルナに頷(うなず)いた。

「言うまでもないとは思いますが、誰の仕業かはっきりするまで、迂闊(うかつ)な言動は決してしてはいけませんよ」

「はい」

ブランシュは神妙に答え、ルナも同じくする。

女官達の部屋掃除は、侍女が交代で担当している。部屋を開けて首輪を取るのは、侍女なら誰でも簡単だろう。

ブランシュが昔、離宮で猫を飼っていたのを知っている者は多い。マルタと仲の良かった侍女は当然知っているし、その者から聞いている人間もいるだろう。

女官の控室でルナとお喋(しゃべ)りしている時、ティグの首輪を今も机の引き出しにしまってよく磨いていると話した覚えもある。

あの時は確かエルミラが近くにいて、犬の方がずっと利口で猫なんてくだらないと聞こえよがしに嫌味を言った。もしかしたら、彼女が侍女の誰かに頼んで……

つい、そんなことが浮かんでしまい、ブランシュは慌ててその考えを打ち消した。

実際、エルミラはとびきり意地悪なうえに、ブランシュとルナを毛嫌いしている。今朝だって食堂で大喧嘩になったばかりだ。

けれど、いくら気に入らない相手でも、証拠もなしに犯人と決めつけるのは最低だ。侍女だって正直な者ばかりで、盗みの手伝いなんてしそうな人はいない。

女官長と共に二人は警備担当の将軍を訪ね、そこでもう一度詳しい事情を話した。

ようやく床に入る頃には、ブランシュは身も心も限界までクタクタになっていた。

柔らかな寝台に横たわり、今日はなんて慌しい一日だったのかと、溜め息をつく。

首輪を傷つけた相手が、なぜわざわざルナの部屋にそれを捨てたのかも気になる。

ルナはブランシュの他には誰にも過去を打ち明けてないというから、彼女をあんなに動揺させることを狙ったわけではないだろう。

(私にルナを疑わせて、仲違いさせようとでも思ったのかしら?)

目を閉じても、色んなことが頭に浮かんでなかなか眠れない。

自分に敵意のある人間が自由に部屋を出入りしているなんて怖いけれど、将軍が警備の強化を約束してくれたし、女官達の部屋の鍵は全て新しく替えられるそうだ。

今夜は内側から閂をかけているので、忍び込まれる心配はない。

ティグの首輪は証拠品として預けてしまったから、しばらく手もとに返ってきそうにないものの、彼はずっとブランシュの心にいるのだ。

（とにかく、帰国するわけにはいかなくなったわね。このままルナを一人にはできないもの）

部屋に戻る間際、まだしばらくシャノワールに戻らないでここにいてくれるかと、縋（すが）るようにルナから言われ、ブランシュは頷（うなず）いてしまった。

リカルドへの想いを自覚した以上、残るのは辛いけれど、今までずっとブランシュを助けてくれたルナを切り捨てられるわけがない。

それでも脳裏には、どうしても東屋（あずまや）でのことが思い浮かび、ジクジクと胸が痛んだ。

「……っ……ふ」

堪（こら）え切れなくなり、ブランシュは枕に顔を押し付けて嗚咽（おえつ）を漏（も）らした。


――翌日の昼前。ブランシュは女官長から連絡を受けて、一人でリカルドの私室へ赴（おもむ）いた。

女官長の話では、リカルドはブランシュに助けられたと聞いて、大層驚いていたそうだ。

すぐにでも礼を言いたいのだが、医師から床（とこ）を離れる許可が貰えないので来てほしいと伝えられ、ブランシュは密（ひそ）かに安堵（あんど）した。

どうやらリカルドは、東屋（あずまや）でのことを何も覚えていないようだ。

彼が女官長達に話した嘘の報告を信じているのなら、真相は生涯自分の中にだけ秘（ひ）めていれば良い。

（何もなかったことにして忘れるのが、私のためにも一番良いのよ）

廊下を歩きながら、普段通りになさいとブランシュは自分に言い聞かせる。

ルナと首輪の件で、あと一年半の任期中はここにいることにしたのだ。いつまでも悩んで女官の職務に支障をきたすわけにはいかない。

リカルドはブランシュにとって……ただの、憧れの人だ。遠くからその姿をうっとりと眺めて満足して、いずれ素晴らしい王妃と結ばれるのを喜んで祝福する……そういう存在の相手。

断じて、そうあるべきだ。

しっかりとそれを心の中で念じ、ブランシュは国王の私室へと辿り着く。以前に訪れた執務室の向かいが、彼の私室と寝室だった。

戸口の前で見張りをしていた衛兵達はすでに連絡を受けていたみたいで、すぐに通すように言われていると、扉を叩いてブランシュの来訪を告げてくれた。

「失礼します」

入るようにとリカルドの声がし、緊張しながらブランシュは扉を開ける。

カーテンをかけた彼の寝室は薄暗く、左右に続き部屋らしい扉がある広い部屋だった。

中央に置かれた寝台の傍らでは老年の城医師が椅子に座り、リカルドに少々お説教めいた口調で話している。

「――とにかく、夏風邪と過度の疲労が手を組むといかに恐ろしいか、おわかりいただけましたかな。いくら陛下が頑強でも、具合が悪いのを隠して無理すれば倒れて当たり前ですぞ。数日は休養をしっかりとるようにお勧めします」

「わかった。今回の件を教訓にして、己を過信しないことにしよう」

　クッションに背をもたれさせたリカルドが困り顔で溜め息をついた。

「それではまた、夜にご様子をうかがいにきます」

　城医師は診察鞄（しんさつかばん）を持って立ち上がり、リカルドにお辞儀をするとブランシュにも会釈（えしゃく）をして退室する。扉が閉まり二人きりになると、微妙な沈黙が室内に立ち込めた。

「……このままで失礼するが、助けていただいたことに心から礼を申し上げる。ブランシュ・ロゼス・シャノワール王女」

　沈黙を打ち切るようにリカルドが胸に片手を当て、一国の王女への正式な礼を告げる。

「勿体（もったい）ないお言葉でございます。陛下がご無事で何よりでした」

　ブランシュも寝台の脇に立ったまま膝（ひざ）を屈（かが）めてお辞儀をした。

「ところで、ブランシュ。尋ねたいことがあるのだが……」

　口調を普段の様子に戻したリカルドが、ブランシュをじっと見上げた。

「本当は私が倒れる前から、そなたは東屋（あずまや）にいたのではないか？　その……、私はそなたに何かしてしまっただろうか……？」

「っ!?」

　ドキリと心臓が跳ね、ブランシュは息を呑む。

（リカルド様はあのことを覚えていらしたの？　でも、だったらなぜ、私にあんなことを？）

「……はい」

しばし戸惑った末にブランシュは認めた。

「真実を話せば、何かと不都合が生じるかと思いましたので、私の独断にて虚偽の報告をいたしました。お許しください」

「いや、責めるつもりなど毛頭ない。それどころか……」

しどろもどろに言うリカルドは酷く動揺している様子だった。

「そなたにすまないことをしてしまった」

沈痛な面持ちで言われ、ブランシュは頭をガツンと殴られたような衝撃を受けた。

(ああ、私……図々しくて馬鹿みたいね……)

リカルドからの質問に「いいえ」としらを切ればあっさりと済ませられたのに、わざわざ真実を白状したのは、無意識に期待をしてしまっていたのだと気づく。

どんな理由であれ、リカルドはちゃんとブランシュだと認識していてくれたのではないかと。

しかし、後悔しているような顔で謝るということは、やはりブランシュを誰かと間違えたのだ。

東屋での出来事をおぼろげに記憶していて、あの時に自分の傍にいた相手がブランシュだったと聞かされて驚き、こうして問いただしたのだと考えれば納得できる。

「どうかお気になさらず。私は全て忘れますので、報告書を真実にしてくださいませ。陛下がお倒れになった時、誰もそこにいませんでした」

ブランシュは丁重に頭を下げると、踵を返して素早く部屋を出る。

――一度も振り向かなかったブランシュは、リカルドが酷くショックを受けた顔で茫然としているのに気がつかなかった。

ブランシュはリカルドの寝室を出ると、廊下に控えていた警備兵と部屋付き侍女に軽く会釈をして足早に去った。

俯いてあまり顔を見られないようにしたから、泣き出しそうなのには気づかれずに済んだと思う。

自分は何も気にしていないし、なかったことにすると告げるのがお互い最善だ。

生真面目で優しい彼のことだ。娶るはずもない相手に間違いで悪いことをしてしまったと、気に病むに違いない。

本当はもっとにこやかな表情で何でもないことのように告げるつもりだったけれど……どうしても、表情と声が強張ってしまった。

（私にとってリカルド様は、ただ憧れているお方なの！　何もかも早く忘れてしまえば……きっと前のように上手くいくわ）

けれど、忘れるなんてできない気がして、ブランシュは唇を噛む。

どんなに胸が痛くても、これは当然の報いというものだろう。

――愚かな人質王女が、せっかく解放してくれるというドラゴンの申し出を蹴り……無謀にも彼に恋をしてしまった罰だ。

5　選ぶ王女

二日後、リカルドがもう起き出してすっかり普段通りに政務に取り組んでいると聞き、ブランシュは安堵した。

ブランシュの方も今まで通り日々を過ごしている。当然だ。『何もなかった』のだから。

しかし心は、一度覚えた恋を純粋な憧れに戻してくれない。

ブランシュは意識的にリカルドを避けるようになったが、それは別に難しくなかった。

そもそも今まではリカルドの姿を少しでも見たくて、何かと用事を作っては彼のいそうな場所を小鼠みたいにうろついていただけなのだ。

東屋での出来事から半月が経ってもリカルドと全く顔を合わせずに済み、ホッとする反面、心に隙間風が吹いているように寂しくなる。

女官の控室でブランシュは溜め息を呑み込み、テーブルの上に載せた新聞から中庭の見える窓へそっと視線を移した。

外は随分と秋らしくなり、赤や黄色に色づいた枯れ葉が落ちている東屋を庭師が掃除している。

ブランシュは中庭から目を逸らし、右隣で難しそうな本に集中しているルナを見た。

女官控室の書棚にある本は、詩集や女性向けの娯楽小説などの軽い読み物が殆どだ。

巷で流行している作品が置かれ、新聞もある。城に来る貴婦人方と話題を合わせるためにも、こういったものにはなるべく目を通すようにと言われていた。

そうでなくてもルナは読書が趣味だそうで、ここにある流行の本に加え、図書室から借りた外国史に地理や高度な経済学、戦術書に至るまで幅広く熟読している。

女官をしていて良いことの一つは、充実した王宮の図書室を使い放題できることだと言うくらいだ。

「……ルナは今日も難しそうな本を読んでいるのね」

あまり邪魔するのは悪いと思ったが、暗い気持ちを持てあまし、ブランシュは彼女にちょっとだけ声をかけてしまった。

すると優しい親友は嫌な顔一つせず、本から顔を離してこちらに微笑みかける。

「自治都市の周辺地理よ。結構面白いわ。自治都市についてを聞いたことはある？」

「少しだけ……」

ブランシュは、以前にバスコ卿から教わった大陸北部の情勢を思い出す。

大陸の北には、魔法使いや錬金術師の王国がいくつかあるが、それより少しだけ西南に下ると、王を持たず選挙で統治者を選ぶ都市国家が点在しているという。

そこはかつて、小さな王国の集合地帯だった。けれど、長い戦乱を経て小国が滅んだり新たにできたりしているうちに故郷を追われた人々が集まり、新しい形の国を形成したのだそうだ。

法の自由度が高く移民に幅広く門戸を開くので、あらゆる地方から人が集まり活気がある。反面、治安は宜しくないらしい。誰でも簡単に入れて取りしまる法律が緩いのでは、当然だ。

治安がきちんとしている自治国家もあるが、殆どの国が他国で罪を犯した者が逃げ込む、犯罪者の温床になっている。

その犯罪者の代表例が魔獣組織だ。

火や氷を操る特殊な魔法の能力を持つ獣は昔から各地にいて、人を襲うものは討伐されていた。魔獣使いと呼ばれる者達は、そんな獣を魔法で戦闘用に進化させ調教して売りさばいているのだ。

彼らの多くは、他国から逃亡してきた犯罪者だと聞く。

以前にルナが孤児院の慰問の際にリカルドへかけてしまった薬も、こうした魔獣組織の一つから流通してきたものだろう。

「自治都市は物騒だけれど、大陸中のあちこちから移民が流れ込んでいて、とても活気があるらしいわ。イスパニラ王都のスラム街とどっちが怖いかしら」

フフッとルナが笑い、ブランシュの手もとにある新聞を覗き込んだ。

「あらあら、《月光団》が大きく紙面を飾っているのね」

「そう……ね」

さっきから眺めてはいてもまるで頭に入っていなかった新聞の一面を、ブランシュはようやくきちんと読んだ。

ざらついた新聞紙の上部に大きな太文字で『月光団、善良なる市民の店を襲撃』と記載されている。

イスパニラ王都は自治都市と違い厳しい法が制定され、警備兵が配置されていた。

それでも人が集まって生活すれば貧富の差は発生し、貧しい者の住むスラム街には売春宿に賭場（とば）、麻薬の売買所といったいかがわしいものが集まる。結果、物騒な犯罪組織ができ、勢力争いをしていた。

王都の警備兵は基本的に彼らだけの争いには関与しない。

下手にかかわると、国がどっちの組織に味方しただのうるさいので、一般市民に被害を出さぬ範囲で殴り合う分には好きにさせているのだ。

《月光団（クラロ・デ・ルナ）》は二、三年前ほど前に唐突に現れた小さな組織だった。それが瞬（また）く間にいくつかの組織を潰した時は、流石（さすが）に王都中で騒がれたらしい。

頭領は恐ろしく頭が良く、用心深いと聞く。どれだけ派手にもてはやされても、自身の姿は全く見せない正体不明の人物だ。

容赦（ようしゃ）なく敵対組織を潰す手口から、悪魔（あくま）が尻尾を巻くほど残虐非道だと言われている一方で、部下達が崇拝し切っている様子から、天使のように慈悲深いのではないかという噂もある。

とにかく、そんな謎の頭領に今では一般市民達も注目し、その正体に想像を膨らませて歌劇や小説までが売り出されているくらいだ。

しかし、ブランシュの手にしている最新の新聞記事では、今まで犯罪組織だけを相手に暴れていた《月光団（クラロ・デ・ルナ）》が一般人が営む雑貨店まで襲撃したと、批難していた。

『――犯罪組織を潰し、酷（ひど）い扱いを受けていた孤児や娼婦を救っていると、義賊めいた言われ方をしていた《月光団》だが、所詮はただの無法者の集まりだった。これを機に失望し、幻想から目を覚ます市民も多いだろう――』

そう書かれた記事にブランシュが目を走らせていると、隣から覗き込んだルナがクスリと笑った。

「あら。酷い言われようね。ブランシュはこの記事を見て、《月光団》の頭領に失望した？」

「失望って……私には想像もつかない世界だから、失望も何もないわ。勿論、関係のない人を巻き込んでほしくはないけれど」

ブランシュはそう言って首をすくめる。脳裏にふと、ベロニカの顔が浮かんだ。

スラム街に近いあの孤児院にはあれから二度ほど慰問に行っており、子ども達の名前もすっかり覚えた。

犯罪組織同士の抗争なんてブランシュには全く無縁な世界だけれど、あの孤児院の子にとっては身近だ。無法者であっても弱者を傷つけないと、《月光団》の頭領に憧れの目を向けている子は多い。

あの子達を落胆させてほしくはなかったなと、軽く眉をひそめてブランシュは新聞を脇に押しやった。

「そうそう。私、明日のお休みはいつも通り、城下で用事を済ませてくるわ」

ふと思い出したように、ルナが話題を変える。

首輪事件の後で、彼女は、休日に街に行っていたのはただうろついていたわけではないと打ち明けてくれた。

家を出されて女学院に入ったばかりの落ち込んでいた頃、ふとしたきっかけで働き場に困っている子達を雇い、小さな店を作ることになったそうだ。休日にはその店の様子を見にいっているのだという。

そこに向かない子には他を紹介しており、城の厨房（ちゅうぼう）にいるミゲル少年もその一人だそうだ。

女学校の在学中も城で女官になってからも、そうした副業は禁止だから秘密にしていたし、絶対に内緒にしてくれと頼まれて、ブランシュは頷（うなず）いた。

副業は規則に違反するけれど、貧しい人を手助けするのは良いことだ。それに、ミゲル少年があんなに熱弁するのだから、ルナは他の子にも尊敬されているのだろう。

「いってらっしゃい。気をつけてね」

「ええ」

朗（ほが）らかに笑うルナに、ブランシュも笑みを返す。

ルナがすっかり元気になったのは嬉しいことだ。

警備担当の将軍が懸命に調査をしてくれたが、ティグの首輪を盗み傷つけた犯人は未だに判明しなかった。だが今のところは他に被害もなく、ブランシュやルナにもあれ以来は何も起こらない。

ルナはまた本に視線を落とし、ブランシュも新聞を棚に戻す。

頭の中にチラつくリカルドの姿を意識しないように、ブランシュは書棚から恋愛ものではない本を慎重に選んで抜き取った。

次の日、予定通り朝食が済むとルナは城下へ行き、ブランシュは図書室で勉強することにした。

この半月の、グダグダとした自分の状態は良くない。ここにいる残りの一年半を立派な女官として最後まで勤め上げ、胸を張ってシャノワール国に帰りたいと思っている。

もしかしたら、その間にリカルドは意中の女性を王妃として無事に迎えるかもしれない。

それまでにブランシュが優秀な女官になっていれば、王妃という大役についたその女性を微力ながら補佐できるだろう。

それは間接的にリカルドの役に立つことでもある。

王妃に協力することで、リカルドに好意を向けてほしいというわけではない。彼は昔からブランシュが離宮で快適に暮らせるように尽くしてくれ、大事な友達だったティグを助けてくれた。だからこれは純然たる恩返しなのだ。

城の広い図書室の奥には、鍵のかかった小さな部屋がある。

国の催事に関する書物や王家の記録書など重要な文書が保管された部屋で、当然ながら特別な者以外は入室を許されない。

女官の勉強に必要な本なら開放されている普通の書棚にあるため、ブランシュは今まで入りたいと思ったことはなかった。

しかし今日、ブランシュは人気(ひとけ)のない図書室の奥に行き、閉じた扉の鍵穴にドキドキしつつ赤い飾りの付いた鍵を差し込む。

この鍵は先ほど、セシリオから貸してもらったものだ。

ここ半月の腑抜け気分は、すっかりセシリオにバレているらしく、彼が手伝いにブランシュを呼ぶことはなかった。

それでここに来る前にセシリオの執務室を訪ねて、もしも王妃の補佐を準備するために女官へ書類仕事をさせているのなら、頑張るのでまたやらせてほしいと頼んだのだ。

するとセシリオは驚いたような顔をしてから笑い、『バレていましたか。それでしたら、しばらくこれを貸しますので存分に学んでください』と、ここの鍵を貸してくれた。

ブランシュが扉を開けると、中からはヒヤリとした空気が流れ出る。小さな部屋には通気孔だけで窓はなく、扉のあるこの面以外の三方を天井までの書棚が覆いつくしていた。

特に女官に関するタイトルはなかったので、ブランシュは『王妃公務一覧』と『王妃録』と記された二冊を抜き出した。そして中央に置かれたテーブルについて、『王妃録』から読み始める。

イスパニラ国は多妻を許してはいないが、王侯貴族では政略結婚が主流なことから、公然と愛妾を囲う男性は珍しくはない。

ルナは以前、王妃なんて真面目にやると割に合わないと言っていたが、確かに歴代王妃の記録とその夫が囲った愛妾の記録を見れば、何となくそれも頷ける気がした。

全てとは言わないが、正式な妻である王妃よりも国王に寵愛された愛妾の方がはるかに優遇されている場合が多い。

一番新しく書かれた、先代王妃が産んだ王子の名にリカルドと記されているのを見て、ブランシュはドキリとした。

（リカルド様のお母様……）

城には先代国王ディエゴの肖像画はあっても王妃の肖像画は一枚もなく、記録書でも外見についてほとんど記されていないので、彼女の容姿はまるでわからない。

けれど行った公務の記録量からするに、真面目で勤勉な女性だったと察せられる。その王妃の項目の続きを読んでブランシュは眉をひそめた。

彼女はリカルドを産んで数年後、病気療養のために王宮から地方へ移ったと書かれている。

だが、セシリオの手伝いで知った国内の地理では、確かその場所は寒暖の差が激しい僻地で、荒地にポツンと古い砦がある程度だ。とても病人の療養に向くとは思えない。

病気療養という名目だが、事実上は王宮からの追放と幽閉だったのだろう。病名も医師の療養記録もなく、数ヶ月後に死亡とだけ記されていた。

彼女は前王ディエゴが兄を弑逆して王位についた際に力を貸した貴族の娘だ。なので暴虐非道なディエゴも流石に彼女を無下にできなかったようだが、その貴族の家と力関係が覆る何かがあったのかもしれない。

当時まだ幼かったリカルドを王宮に残して、王妃が遠い僻地へ移されると、すぐさま前王は愛妾を王宮に住まわせている。

ただ、彼は女性に飽きっぽかったようだ。セシリオやその下に二人いる姫達の母は全て違い、彼女達はいずれも子だけを残してあっという間に城を追い出されていた。

記録にあるのは王の子を産んだ愛妾だけだから、本当はもっと多かったと思われる。

（……酷い）

ブランシュは王妃録を閉じ、急いで棚に戻した。

もっとも、疎んだ王妃や飽きた愛妾を酷い目に遭わせた王は前王の他にもいたようだし、他の国や貴族の家だってこういうことはあるのだろう。

それを回避して王妃の身分を謳歌するには、ルナが言うようにしたたかな悪女の方が向いているのかもしれない。

（でもリカルド様なら、もし政略結婚をなさっても、絶対に理不尽なことはなさらないわ！）

確信を込めて、ブランシュは心の中で声を上げる。

優しいリカルドならば、政略結婚で娶った王妃に愛情を抱けなかったとしても、決して酷い目に遭わせはしないと思う。

彼の性格では逆に、自分だけが我慢してしまいそうな気がする。

リカルドが昔、人質達に故郷の親族を恨むよりも、自分を憎んだ方が良いと言っていたと聞いたのを思い出して、ブランシュは溜め息をつく。

たとえ自分の恋が叶わなくても、ブランシュはやっぱり大好きなリカルドに幸せになってほしい。

それには彼が望み通り、愛する王妃を迎えるのが一番だ。

（だから、ぼんやりしている場合じゃないわ！　立派な女官にならなければ、未来の王妃様をお迎えする準備ができないじゃない）

ここしばらく腑抜けていた分を取り戻さなくてはと、ブランシュは頬を軽くはたいて気合を入れ、今度は王妃の公務を記した本を開く。

ずしりと重く分厚い本をブランシュはしばし熱心に読み進めたが、ほどなく首を傾げた。

（……これを書いた方は、王妃になる女性に何か恨みでもあるのかしら？）

何しろこの本では、女官達が行っている孤児院など各所の慰問やその他の公務全てを、王妃が一人でこなさねば失格のように書かれている。

そんなことは身体がいくつにも分身しない限り不可能だと、女官として半年間勤めてきたブランシュは承知だ。そもそも、王妃一人で全部やれるなら女官は不要となる。

イスパニラのような大国の王妃になるには、相応の気概と心構えが必要だと戒める気だったのかもしれないが、これから王妃になる女性がいきなりこれを読まされたら、まいってしまいそうだ。

そんなことを考えていると、不意に扉のノブを回す音が静かな室内に響いた。

誰が来たのかと、反射的に本を閉じて椅子から腰を浮かせたブランシュは、扉が開いた瞬間に中腰のまま固まってしまう。

相手の方も戸口に立ち尽くしたままブランシュを凝視していた。

「陛下……」

開いた扉から現れたリカルドを見てブランシュは呟き、それから我に返って急いでお辞儀をする。

「あの、今日は休日で……セシリオ殿下から、もっと学ぶようにと鍵を貸していただいたので……」

別に何も聞かれていないのに、本来ならブランシュが入れる部屋ではないのが後ろめたくて、言い訳がましいことを口にしてしまう。

「あ、ああ。私はここへ、たまに考えごとをしに来るのだが……まさかブランシュがいるとは……いや、熱心で何よりだ……」

リカルドの方も何やら言い訳めいた説明をしたあげくに、咳払い(せきばらい)をして言葉を濁(にご)した。

彼が東屋(あずまや)で倒れた翌日に会って以来、こうして言葉を交わすのは初めてだ。

久しぶりに対面し、しかも二人きりとあり、この上なく気まずい空気が流れる。

もう一度座る気にはなれず、かといって逃げるように退室するのも失礼な気がして、ブランシュはその場に立ち尽くしたまま視線を彷徨(さまよ)わせた。

リカルドも同じ心境なのか、気まずそうな顔で視線をあちらこちらに移していたが、ふとその視線をブランシュの手もとに留める。

「王妃の公務一覧か」

呟(つぶや)くように言って、大股で近づいてくる。

「は、はい」

ブランシュが小さく返答すると、リカルドの大きな手が分厚い本の表紙をそっと撫(な)でた。

「これにはやたらに威圧的な書き方をしてあるが、何も王妃が一人で公務をする必要はない。そのために補佐をする女官達がいるのだからな」

そう言ったリカルドの口調は、無理に話しているようにギクシャクと硬い。

しかし、不意に彼は深く息を吐いたかと思うと、ブランシュを見据(みす)えた。

「流石(さすが)に、誰にでも務まる役目とは言わないが……そなたなら、女官達と協力して王妃をこなせると思うか？」

押し殺した声音で唐突に言われ、ブランシュは驚きで息を呑んだ。

「そ、そんな……私は、そんなつもりでは……」

もしかしてこんな本を読んで、分不相応にもイスパニラ王妃の座に憧れていると思われたのかと、顔が熱くなる。

「私の任期はまだ残っておりますので、陛下がその間に妃殿下を迎えられる可能性もあるかと思い……王妃殿下に仕える身として、勉強のために読んでおりました」

俯いて、しどろもどろで言い訳をする。

「……そうか」

頭の上からやけに苛立たし気な声がして顔を上げると、リカルドが眉をひそめてそっぽを向いていた。

「そなたの勤勉さに水を差すようだが、その努力は不要だ。私がこの国の王である限り、そなたをイスパニラ王妃に仕えさせることだけはありえん」

壁の一角を睨んだままブランシュの方を見もせずに硬い声音で言い放つと、リカルドは踵を返し、素早く部屋を出ていってしまった。

後に残されたブランシュは、へなへなと脱力して椅子に座り込む。

自分が迎える王妃にブランシュは決して仕えさせないと、リカルドに言われた言葉が、何度も頭の中に響く。

鉢合わせした時のぎこちない様子からして、愛する女性とブランシュを間違えて口づけてしまったのをリカルドも相当に気まずく思っているようだ。

そうした相手を、王妃の傍へ置きたくないと思うのは無理もない。

リカルドが望む王妃を娶ったら、ブランシュは解雇されてシャノワール国に送り返されるだろう。

(仕方ないわよ。もともと、ご無理を言って女官にしていただいたのだし……首輪のことがなければ、とっくに私の方から辞職していたはずだもの)

自分に言い聞かせるものの、がっくりと沈んだ気持ちをどうすることもできず、ブランシュはそのまま力なく机に突っ伏した。

＊　＊　＊

――リカルドの執務室を訪れたセシリオは、机に突っ伏して全身からどんよりした気配を漂わせている異母兄の姿に、盛大に顔をしかめた。

以前からリカルドは一人で執務室にいるのを好み、補佐官は必要な時だけ呼ぶ。そのため、今も室内には国王一人だった。

ここしばらく落ち込んでいたリカルドの様子を見ようと、セシリオはわざわざ自分で書類を取りに来たのだが、今日は何があったのだろうか。地獄の下層に突き落とされたような雰囲気だ。

窓の外は爽やかな秋晴れなのに、この部屋の中だけ暗く見えるほどである。

「兄上。兄上。生きておりますか？」

屍のごとくグッタリと机に伏している異母兄に遠慮ない言葉をかけると、地の底から響くような呻き声が返ってきた。

「書類ならそこにできている……持っていけ……」

突っ伏したままリカルドが指差した机の隅には、サイン済みの書類が綺麗に積み上げられていた。いくら屍と化していても執務は普通にこなすのだから、まぁ見事なものだ。

書類をパラパラと確認してから、セシリオはわざとらしく咳払いをする。

「確かにいただきました。ところで、ブラ……」

その途端、ガバッと勢いよくリカルドが上体を起こす。

「何だ!?」

「……ブランケットでも肩にかけてあげましょうかと言おうとしたのですがね。何か他のものでも連想しました？」

冷ややかな声でセシリオが言うと、リカルドはまた素早く机に突っ伏してしまう。あくまでも黙秘を貫く気らしい。

「いや……用がそれだけなら、さっさと出ていけ」

「はい。失礼いたします」

これ以上ここにいても無駄と判断し、セシリオは書類を抱えて退室した。

しかし部屋に戻る気になれず展望室へ行き、広い庭の一角を見下ろす。庭は緑の垣根が迷路のように植わり、オレンジ色の屋根をした小さな建物が点在していた。

今は空になっているが、かつて人質王族達が住んでいた囚われの庭だ。

――色鮮やかな名の通り、雪のように色が白く薔薇色の頬と黒髪を持った、人質王女。

彼女の話をリカルドから聞いたのは、もう十年も前だろうか。

あの頃は病的に疑い深い父王から謀反の嫌疑をかけられぬために、異母兄妹達とは皆で仲の悪い素振りをし、リカルドと本音で会話をするには一苦労だった。

市井の店で変装して話をしていたある日、人質の幼い姫が列国から恐れられる赤い悪鬼を怖がるどころか歓迎してくれたのだと、リカルドがひどく嬉しそうな顔で言ったのだ。

そして、一日も早く彼女を親もとに帰したいとも。

それには血を分けた肉親を失脚させて自身が王位に就くという、忌み嫌い軽蔑していた父と同じことをしなければならず、悩み苦しんだ末にリカルドはその道を選んだ。

前王ディエゴは本当は病で倒れたのではなく、結託した子ども達から密かに政権を剥奪され幽閉された末に自死した。それは、リカルドに協力したセシリオを含めてごく少数の人間だけの秘密だ。

父に歯向かったことをセシリオ自身は全く後悔していない。あの人の心は病み切っていて害悪でしかなく、リカルドが王位を継がなければ国は滅茶苦茶になっていた。

そんな苦労を重ねて属国の人質を解放できたというのに、リカルドが一番気にかけていたブランシュが居残り希望を申し出た時には驚き、セシリオは腹が立った。

彼女はリカルドが故郷の両親に悪く思われるのが耐えられないのだ――そうバスコ卿から聞かさ

れたリカルドがそれを喜ばなければ、セシリオは問答無用で彼女を送り返しただろう。

イスパニラの悪行を代表する自分を無邪気に慕う幼い王女の存在は、異母兄にとって大きな安らぎであったはずだ。

彼女が十五歳になった時、年頃の娘が男性と会うのは将来に良くないとして訪ねるのをやめたそうだが、リカルドの意識の中でブランシュはずっと幼い少女のままだったと見える。あくまでも庇護したい子で、恋愛対象でなかったのは間違いない。

それが、すっかり年頃に成長した彼女と約三年ぶりに再会したことで、もう一人前の女性だと認識した。そして王宮でたびたび見かけているうちに、抱く感情が恋心へと変わっていったのだろう。

セシリオとの雑談中、以前ならしょっちゅうブランシュとの思い出を語っていたのに、ピタリと話題にしなくなった。そのくせ、彼女が執務室に手伝いに来たとセシリオが言えば、たちまち食いついて根掘り葉掘り様子を聞きたがる。

本人は隠しているつもりのようだが、呆(あき)れるほどわかりやすい。

諸事情を知らない他の大臣達が気づいていないのが幸いだ。

小国の王女を妻にしたいなどと言えば、ただでさえリカルドの政策を良く思っていない軍事派の貴族は猛反対するだろうし、ブランシュに凄(すさ)まじい敵意を向けるに違いない。

それでなくとも、年の差がかなりあることを気に病んでいるようだし、リカルドの恋は前途多難だ。

もっとも、年齢差はともかく、奮闘の甲斐(かい)があって国内の安定化は上手くいっている。あとは失業兵向けの開墾事業さえ成功させれば、軍事派貴族を黙らせるには十分だ。

　リカルドはそうした下準備を整えてからブランシュに告白しようとしているみたいだった。だが、東屋（あずまや）で倒れたのを機に二人の様子がおかしくなった。

　ブランシュは倒れているリカルドを発見しただけだと言い、彼女の供述に矛盾や怪しい点はないが、あれ以来すっかり覇気がなく落ち込んでいる。今朝会った時は久しぶりに少しマシな顔をしていたが、やはり空元気（からげんき）という感じが拭（ぬぐ）えなかった。

　ブランシュが語った報告は嘘だろう。いくら真実味のある供述をしようと、絶対にあの日、二人には何かあったのだ。

　女ったらしを甘く見るなと、セシリオは内心でフンと鼻を鳴らす。

(兄上が黙秘するならば、好き勝手にやらせていただきますから)

　自室に戻りながら、セシリオは忙しく頭の中で計画を組み立て始める。

　自分の性格が非常に悪いのは承知だ。そして特に今さら改める気もセシリオにはなかった。

＊　＊　＊

　一日ごとに吹く風は冷たくなり、季節は秋から冬へと移り変わる。ブランシュが図書室の奥部屋でリカルドに会ってより、約二ヶ月が経った。

　雪も霜（しも）も訪れないイスパニラ王都の冬だが、乾いた北風がそれなりの寒さを届ける。人々は衣服を厚くし暖炉に火を焚いては、そろそろ今年も終わりだと語り合った。

この年末の時期、王宮の女官達はとりわけ忙しい。大晦日から新年にかけての夜、大広間で新年祝いの盛大な舞踏会を開くのが、昔から恒例になっているからだ。

国内の主要な貴族は勿論、他国の王家や貴族も多く招かれる。招待客のチェックに飾りつけの手配、休憩室に用意する軽食のメニュー決めなど、山のように仕事があるのだ。

その準備の最中、女官達も舞踏会に参加不参加を決め、女官長の持つ出席簿に記入した。

ルナは前々から宣言していた通り不参加を選んだが、参加する者の方が圧倒的に多い。今年も最新流行のドレスを仕立てたとか、大張り切りではしゃいでいる。

数ヶ月前なら、ブランシュも舞踏会を心待ちにしただろう。

だが、ブランシュは不参加の方に自分の名を記した。あんなに憧れていたのにと驚くルナには、気が変わったのだと曖昧に誤魔化す。

自分が舞踏会の夢にあれほど惹かれたのは、あの場にリカルドがいたからだった。

しかし彼への恋心を自覚したうえ、本人に自分の王妃に仕えさせることすら避けたいと言われてしまっては、舞踏会で彼を見ても辛さが増すだけだ。

気持ちを胸にしまい込み、ブランシュはせっせと雑務に精を出して城中を駆け回る。忙しいのは良いことだ。余計なことを考えなくて済む。

そして舞踏会もあと数日にさし迫った日の夕方。

ブランシュは一人でセシリオの執務室に向かっていた。舞踏会に不参加ならば、当日に頼みたい仕事があるそうなのだ。

舞踏会を思うと気が重い。廊下を歩きながらブランシュは胸中で自分を慰めた。

(少なくともこれで、私は先視の夢なんか見ていないとはっきりしたのは幸いよ)

以前に見たルナとリカルドの出てくる不吉な夢がずっと心にひっかかっていたのだ。

ブランシュはドレスが違うどころか舞踏会に参加すらしなくなった。そしてこの先も、リカルドのいる舞踏会には出ないだろう。

つまり無音の夢は未来を示していないことになる。バスコ卿の件は偶然だったのだと安心できた。

(でも、できれば大広間のリカルド様があまり見えない仕事だと良いのだけれど……)

不安を抱えつつブランシュが執務室を訪ねると、セシリオがいつもと変わらぬにこやかな笑みで迎えてくれる。

普段であればセシリオ直属の補佐官が忙しく働いているのに、今日はブランシュと彼の二人だけしかおらず、広い部屋はやけにガランと静まり返っていた。

「今日は少々内密の話なので、他の者には席を外させました」

ブランシュの内心を見通したようにセシリオが言い、お茶の休憩に使う続き部屋を示される。

「勿論貴女も、他言無用でお願いいたしますよ」

「かしこまりました」

返事をしたものの、ブランシュは何だか落ち着かない気分でセシリオの向かいに腰を下ろした。

「貴女にはよく私の執務を手伝っていただいておりますので、国内の情勢はあらかたご存じでしょう。それを踏まえて、まずお聞きします」

「はい」

「貴女がリカルド陛下で、軍事費の削減と国内の安定をさらに少ない労力で行いたいと仮定します。その目的を果たすために政略結婚をするとしたら、どなたを王妃に選びますか？」

予想もしなかった質問に、ブランシュは思わずセシリオを凝視してしまった。

「――おや。どうしましたか？」

たっぷり一分間ほど待ってから、セシリオは微笑み、小首を傾げて沈黙を破る。

「し、失礼いたしました。ですがそれは私には難しすぎるご質問です」

声が震えるのを懸命に堪えながら答えたが、彼は容赦してくれなかった。

「そうでしょうか？　貴女ならば、そう難しいとも思えませんが」

にこやかに食らいつき続ける王弟殿下に、ブランシュは目を伏せてしぶしぶと答えた。

「……候補者を何人か定めよとおっしゃるのでしたら、返答はできます。ただ、私はその方達との面識がございません。もしも私が陛下であれば、家柄を重視して候補者を選んだとしても、最終的にお相手の令嬢を一目も見ないうちに決めるなどしないはずです」

自分の胸を抉る返答を吐き出すと、セシリオがパチパチと拍手をした。

「素晴らしい。私の考えうる限りで一番完璧な答えですよ。ついでに、家柄だけで良いですから候補者を挙げ、その理由も述べていただけますか？」

「はい……」

虚ろな視線を向かいの席に向け、ブランシュは四大侯爵家の貴族令嬢から二名を挙げた。

この有力な二家は、どちらも先祖が戦で富と名声を得てきた家で、リカルドを前王のように他国に侵略させるのに非常に熱心だ。兵の失業対策の妨害にもかかわっている疑いがある。

だがその反面で、現当主である二人の侯爵は戦場に出たことがない。ただ利益のために戦を求めており、王妃という餌を使って懐柔すれば、たちまち主義を変えると思われる――そう述べたブランシュの答えは正解だったらしい。セシリオは拍手をして賛辞をくれた。

けれど、そんなものは何も嬉しくなかった。

無表情のブランシュを眺め、セシリオが捉えどころのない微笑みを浮かべる。

「では、ここからが本題になります。新年祝いの舞踏会に件のお二人がいらっしゃいますので、貴女には彼女達を密かに観察していただきたい。そしてどなたが王妃に相応しいか判断し、翌日、陛下に報告してください」

「っ!?」

今度こそ衝撃のあまり、ブランシュは卒倒するのではないかと思った。

だが、思ったよりも自分は図太かったようで、気絶などできなかった。

震える指が白くなるほどスカートを握りしめ、呟くような小声で反論をする。

「殿下……政略結婚が重要なのは承知しておりますが……」

悩みつつ、思い切ってブランシュは打ち明けた。

「リカルド陛下には心に決めた方がいらっしゃるそうなのです。その女性を王妃に迎えたいので、周囲に文句を言わせないように政務に励んでいるのだと、以前私に打ち明けてくださいました！」

「へぇ、そうですか」

決死の覚悟で言ったのに、セシリオはまるで気のない相槌を打つだけだ。

「で、ですからっ！　陛下のお気持ちを汲んでいただけないでしょうか!?」

「身内の情に流されすぎる気はありませんが、一応は兄上の気持ちを汲む気はありますよ。これは陛下も了承済みです」

「……え？」

あっさりした返答に、ブランシュは目を瞬かせた。

「その女性の件は、勿論私も存じています。しかし、努力だけでどうにかなるほど世の中は甘くありませんのでね。結局、どうしてもその女性に苦労をさせることになりますから、国政を重視した政略結婚で王妃を選ぶと決めたそうです」

「そう、ですか……陛下が……」

「ええ。最終的には陛下がご自分で王妃を選びますが、女官の目から見た意見も聞きたいので、ブランシュ殿が誰を王妃に相応しいと思うか知りたいとおっしゃっていました。……引き受けてくれますよね？」

にこやかな口調と表情ながら、セシリオの声は拒否を許さぬ鋭さを帯びており、ブランシュは頷いてしまった。

「……かしこまりました」

乾いた声で答える。

酷く胸が痛い。喉がひりつく。

最悪な気分なのに、衝撃が大きすぎたせいか、泣き出すことすらできなかった。

やけに冷静なまま、セシリオからいくつかの細かな指示を聞き、何事もなかったみたいに退室する。

食欲がないと夕食を辞退し、自室で魂が抜けたように座っていると、部屋の扉が叩かれた。

「失礼いたします。セシリオ殿下より、こちらをお届けするように言われました」

侍女の持ってきた大きな紙包みを見て、舞踏会用のドレスを用意したので後ほど届けさせると先ほどセシリオに言われていたのを思い出す。

女官服が王宮から支給されているので、彼がブランシュのサイズでドレスを仕立てさせるのは簡単だったろう。

ブランシュも年頃の娘だから、新しい衣類や綺麗なドレスは好きだ。

けれど自分に与えられた任務を考えると、どんなに素敵なドレスでも喜べる気はしなかった。

侍女が退室すると、ブランシュは深い溜め息をついて包み紙を剥がす。

紙の端が一部剥がれると、美しい菫色の絹地が覗いた。その色に、ブランシュの心臓がドクンと不穏に跳ねる。

包装を剥がす手が次第に速く焦ったものになっていき――すっかり露わになったドレスを前に、ブランシュは力ない笑い声を漏らした。溢れた涙が頬を伝って床に落ちる。

（ああ……こういうことだったのね……）

届けられた菫色（すみれいろ）のドレスは、あの幼い日に見た夢の中で大人になったブランシュが着ていたものと全く同じだった。


ブランシュがどんなに浮かない気分でも、大晦日（おおみそか）の夜は暦（こよみ）通りにやってきた。

舞踏会へ参加することは、セシリオから女官長に告げられている。

急な変更だが、抜かりのない彼のことだから、上手い口実を作り上げただろう。

そして今、菫色（すみれいろ）のあのドレスを着て大広間にいるブランシュの周囲には、昔に見た夢と寸分たがわぬ光景が広がっていた。

白と金の壁に真紅（しんく）のカーテン。王宮お抱え魔法使い達が作り出す魔法の光が天井で明るく輝いている。見事な演奏を披露している王宮楽団に、美しく着飾った大勢の招待客達。ブランシュのいる柱の陰から真紅（しんく）の上着で盛装をしたリカルドが見えるのさえも、同じだった。

あの夢の中で、自分がなぜこの柱の陰にいたのかようやく理解できた。あまり人目につかないよう目当ての令嬢達を密（ひそ）かに観察するには、この場所が最も具合がいいのだ。

（皮肉なものね。あの夢を私はとても素敵な夢だとばかり、思い込んでいたわ……）

現実となった舞踏会をそっと見渡し、ブランシュは自嘲（じちょう）する。

この数日間、舞踏会になんて出ないで逃げてしまいたいと、何度も思った。

いつでも女官を辞して故郷に帰れるという約束を盾にし、すぐさまシャノワールに帰るか、それでなければ当日に急病を装うか——逃げ道はいくつもある。

けれど、悩んだ末にブランシュは、ここに来ることを選んだ。

相談相手なら知略に富んだ頼もしい異母弟だけで十分だろうに、そのセシリオを介してブランシュの意見も聞きたいとリカルドが望んでくれた。ずっと離宮に籠って育ち、女官となってまだ一年足らずのブランシュを信頼し、自分の政略結婚という重大な相談を持ちかけたのだ。

ならばせめてその信頼には応えたい。

（……あの方達ね）

事前にセシリオから肖像画を見せられていたので、二人の侯爵令嬢はすぐに見つけられた。

国王に挨拶をする彼女達を観察すれば、自然とリカルドの横顔も目に入る。

不意に、彼が一瞬だけこちらを向いた気がしたので、ブランシュは慌てて柱の奥に引っ込んだ。

そして、そんな自分を滑稽に思う。

（隠れる必要なんて……別に、陛下に見つかっても良いのに）

リカルドはブランシュが令嬢達を見定めるために、近くにいるのを承知なのだから。

そーっと、また柱の陰から顔を出すと、もうリカルドは別の貴族と挨拶をしている。

ズキズキと胸が痛むけれど、冷静になれとブランシュは自分を励ました。

叶うはずのない恋だと知っていた。マルタにも止められ、自覚する前に故国へ帰ることだってできたのに、自分自身がこの道を選んだのだ。

ブランシュは気合を入れ直し、再び令嬢達を見つめた。

――遅くまで開かれた新年祝いの翌日、例年と変わらず王宮の人々は昼近くまで寝ていた。

ブランシュも寝不足だったが、昨夜の結論を丁寧に記した紙を持ち、セシリオに指示されていた通りに、午後一番でリカルドの執務室を訪れる。

扉を叩いて「陛下、ブランシュでございます。書類をお届けに参りました」と告げると、なぜか驚いたような声音で入室を促された。

心臓をドクドクと不穏に打たせつつ、ブランシュはリカルドの執務机の前に立った。

椅子にかけたリカルドが、ブランシュを見上げて微笑む。

「そなたと近くで顔を合わせるのは久しぶりだな。……昨夜の舞踏会に出席していたのか？」

彼の言葉に、ブランシュは思わず目を見開いた。

「え？　は、はい……」

「やはりそうか。女官長から寄越された出席簿では欠席となっていたから、見間違いかと思ったのだが……そなたの姿が見えたような気がしてな」

ブランシュは目を瞬かせた。リカルドの言葉はどう考えてもおかしい。

まるで訳がわからずにいると、彼はブランシュの持つ紙に視線を移した。

「ところで、誰からの書類を届けにきてくれたのだ？」

「これは、陛下のご指示で……」

「私の指示？」

奇妙なやりとりに、ブランシュの背筋を冷や汗が伝う。

セシリオの言った通り、リカルドはちゃんとこの時間に執務室でブランシュを待っていた。

けれど、何かとんでもない手違いが起こっているような気がする。

ブランシュはとっさに紙を引っ込めようとしたが、机の向こうから伸びた手にひょいと奪い取られてしまった。

「クアドラ侯爵家の令嬢が……王妃には最適？」

紙面に目を走らせたリカルドの表情が一瞬で強張る。眉をきつく寄せ口もとを引き結んだ彼は、ブランシュが見たこともないほど険しい顔をしていた。

そこにはブランシュが昨夜の舞踏会で二人の侯爵令嬢を観察し、また彼女達の連れてきた侍女にさりげなく女主人の普段の様子などを聞いた結果、クアドラ侯爵家の令嬢が王妃に適任と思われると記している。

直接会話をしていないので、正確とは言えないだろうが、どちらの令嬢も甲乙つけがたいほど美しく、我が強い性格も似通っているようだった。

それでもクアドラ侯爵家の令嬢の方が……失礼だが、気位は高くともおだてに弱く、扱いやすい性格らしい。人格的に尊敬できるというわけではないが、リカルドが国政をスムーズにするための味方として利用するのなら、という理由で選んだ。

「あの……」

ブランシュが声をかけようとした時、リカルドの大きな手が紙を二つに引き裂いた。

そのまま紙を引き裂き続け、たちまち判読不可能な無数の紙クズにしてしまうのを、ブランシュは茫然と眺めていた。

リカルドの鋭い視線がこちらを向き、ブランシュの喉がヒクリと震える。

彼が書類を引き裂いたのは、舞踏会での観察による判断がとんでもなく酷いものだったからか、それとも別の理由なのか、よくわからない。

とにかく、これだけは確かだ。

——陛下を、激怒、させて、しまった!!

6　居残り希望の王女

「申し訳ございません、陛下……私、何か失態を……」

　全身から怒気を滲ませているリカルドの前で、ブランシュは蒼白になって震えながら、引き攣った声を絞り出す。

　しかし……

「すまなかった。そなたに憤るのは、とんだ八つ当たりというものだな」

　リカルドは深い溜め息をつくと机に肘をつき、片手で目元を覆い隠した。空気が揺らいで見える気さえした凄まじい怒りの気配がすぅっと引いていく。

「これが、セシリオの企みなのはわかっている」

　リカルドが目元を覆ったまま、呻くような低い声で話し始める。

「今朝、用事があるので一人で待っていてくれと頼まれたからな。そなたもセシリオの口車に乗せられたのだろう？　私が結婚相手を決めかね、そなたの考えを聞きたがっているとでも言われたか？」

「はい……」

　ブランシュが頷くと、もう一度リカルドが深い溜め息をついた。

「とんだ茶番に付き合わせてしまったな。そなたの観察眼は見事だが、あれは不要だとセシリオには私から言っておく」

「茶番……？」

「セシリオは、私に政略結婚をする踏ん切りをつけさせたかったのだろうが、逆効果だ。断じてしてやるものか。イスパニラ王家の血を引く世継ぎが必要なら、あの女ったらしがさっさと身を固めれば良いのだ。セシリオの子を後継者にすれば、私が生涯独身とて問題はない！」

俯いたままリカルドは積もりに積もった鬱憤を吐き出すように、一息にまくし立てる。

唖然として立ち尽くすブランシュの前で、彼が目元を覆っていた片手を外した。

今度はとても悲しそうな色になった青い瞳が、こちらを見つめている。

「国王の身としては、政略結婚をした方が良いことはわかっているのだが……こればかりは譲れない。それなら戦好きな連中を相手に苦労しながら、独り身を貫く方がよほどマシだ」

先ほどとは一転して、寂し気な声音で語られる言葉に、ブランシュは驚愕した。

「私、とんでもないことを……っ！　何とお詫びをすれば良いか……」

そもそも、ブランシュを信頼して任せてくれたなら、リカルドが直接言うはずではないか。ドレスなどもなぜセシリオから贈られたのか、今さらながら考えればおかしいことだった。

セシリオの企みとはいえ、ブランシュもまんまと彼の操るままに動き、リカルドを怒らせ傷つけてしまったのだ。深く頭を下げながら、目の端に涙が滲んできた。

王侯貴族に生まれたならば、結婚や恋愛が自由にできないのは皆承知だ。その国が大きいほど、しがらみも多くなり不自由さも増していく。

(でも、リカルド様はずっと国のために頑張ってきたのに……!)

激しく痛む胸の前で、ブランシュは両手をきつく握り合わせた。

離宮で彼と時折会うたび、本当に優しい人だと思った。たとえ悪鬼のごとく言われても、彼自身は決して戦を望んでいないのだと、子どもながらに感じていたのだ。

ブランシュが自国のために人質にされたように、リカルドだって自分の周囲を守るために悪鬼とされていただけだった。

そして彼とブランシュとでは、どちらも一国の王族とはいえ、全く違う。国力だけでなく個人の力量も桁違いだ。

ブランシュは囚われた離宮で呑気に暮らしていたばかりで、誰も救ったりしていない。

けれどリカルドは辛い悪鬼の役目を担い続け、苦労して人質達を解放した。

そんな彼が一つくらい自分の幸せを望んだって良いではないか。

「本当に、申し訳ありませんでした……」

謝って済むことではないだろうが、ブランシュにできるのは、消え入りそうな声で謝罪を繰り返すことだけだ。

「いや、そなたが気にする必要はない。それにセシリオも、私が恋した相手に拒否されながらも未練がましく悩んでいるのに感づき、業を煮やしたのだろうな」

(リカルド様が拒否された……っ⁉)

悲しそうに苦笑するリカルドを前に、ブランシュは唇を戦慄かせた。カッと頭に血が上り、目眩がしそうなほどの怒りが込み上げてくる。

勿論怒りの矛先は、リカルドにこんな悲しい顔をさせた女性だ。

この怒りは間違いなく、ブランシュの個人的な嫉妬である。

相手にも何か事情があるのかもしれないし、他人の恋路に嘴を挟むものではない。

けれど、リカルドへの失恋で傷つき切っていた心を、セシリオに引っかき回されたうえ、トドメに思わぬ塩水を注がれて、ブランシュの頭の中はもうグチャグチャだった。

「っ……！　その方はいったい、リカルド様のどこが不満だとおっしゃるのですか⁉」

二人きりという気安さが、どこか意識下にあったのだろう。思わず、陛下と呼ばなくてはいけないのも忘れて、子どもみたいにわめいてしまう。

すると、リカルドが目を丸くしてポカンと口を開けた。

まじまじとブランシュを眺めた後、視線を逸らしつつ困惑したように呟く。

「さあ？　相手が三十路超えの男では年上すぎるとか、思い当たる節はいくつかあるのだがな。容姿とて、そう美形とも言えん」

気まずそうに述べられ、ブランシュはさらに込み上げる怒りでブルブルと全身を震わせる。

「三十路が何だというのです！　リカルド様なら八十歳すぎても最高に素敵なお爺様になるはずです！　それに、容姿ですって⁉　昨夜の舞踏会にだって、リカルド様ほど素敵な男性は一人もおりませんでしたわ！　世界中探してもいるはずはありません！」

興奮のあまりハァハァと肩で息をしているブランシュを、リカルドはまだ凝視していた。けれど、不意に苛立たしげにガシガシと短い髪をかいて視線を彷徨わせる。

「照れるほど絶賛してくれるが……そなたが口にしても説得力に欠けるのではないか？」

「え……？」

「私の想い人は、シャノワール国の第八王女だ」

その瞬間。ブランシュの目の前が白んだ。グラッと身体が傾ぐのを感じる。

「ブランシュ！」

リカルドが椅子を跳ね上げ、とっさに机を飛び越えて背を抱いてくれなければ、見事に床へひっくり返っていただろう。手足に全く力が入らず、抱きかかえられたままハクハクと唇を開け閉めさせてリカルドを見上げる。

「ど、どうして……？　私は、東屋で陛下が……私を誰かと間違えたと思って、悲しくて……私を愛してほしかったと……苦しくて……」

胸を喘がせながら切れ切れに訴えると、リカルドがとても衝撃を受けたみたいな顔になった。ブランシュ同様、何度か口をパクパクさせ、それから呻くような声を発する。

「あの時、私の意識がかなりあやふやだったのは確かだ。ブランシュ……愛しいそなたが、自ら望んで私の手の中に来てくれると……幸せな夢を見ているのだと思っていた」

「そんな……」

リカルドはやっぱり夢だと思っていた。

でも、その夢の相手が自分……？　翌日動揺していたのは、夢が現実だったと知ったから……？

「ですが、陛下は以前私に、お好きな女性がいると告げて……」

どうしても、何か聞き違いをしているのではないかという不安が拭えずに恐る恐る尋ねると、リカルドが喉に何か詰まらせたように呻いた。

「あれは、そなたのことだ。それとなくわかるように告げたつもりだったのだが……」

ガックリと項垂れたリカルドに、ブランシュは慌ててあの時の会話を思い出す。

「あ……」

リカルドは最近になって成長した彼女に再会したと言っていた。

それが自分にピタリと当てはまっているのに、今さら気づいて愕然とする。

「正式に王妃となってくれと申し込むのは、国政でそれなりの結果を出して外枠を固めた後にするにしても、遠まわしには何度か打診したのだぞ。それなのに……」

リカルドが深い溜め息をつき、少々恨めし気にブランシュを軽く睨んだ。

「そなたは私と相手の女性をシャノワールから応援するなどと笑顔で告げ、東屋の件を忘れろと言う。おまけに思い切って王妃になる気があるかと図書室で聞いたのに、未来の王妃に仕えるための勉強だと……これでは、私は絶対に恋愛対象にされていないと思うのも無理もないだろうが」

「図書室の……あ、あれも……？　私は、そんな意味とは全然考えていなくて……」

頭の中が混乱し切ったまま、ブランシュは自分の両頬を思い切りつねった。

「ブランシュ!?　何をしているのだ？」

「あまりにも私に都合が良すぎるので夢ではないかと……それに、私はそのような身分では……」

普通なら彼に選ばれる身ではないから、唐突にそう言われてもにわかに信じがたい。

だが、ちゃんとヒリヒリ痛む頬を押さえてリカルドを見上げると、彼が苦笑した。

「相手の身分を重視するなら、とうに政略結婚をしている。そなたを娶りたいからこそ、女官の任期が明けてしまう前に周囲を納得させなければと焦っていた」

思わぬ形で告げる事態になったが……と、息を吐く彼に、ブランシュはようやくこれが現実で、リカルドは本気で言ってくれているのだと実感した。

「……私は持参金もない貧しい小国の王女です。イスパニラ国王の寵愛を得るのに相応しい身ではありません。それでもリカルド様が大好きです。世界で一番、愛しています」

告げた途端、ブランシュを抱きしめる腕にいっそう力が込められた。

「私もだ。ブランシュを、世界一愛している」

大好きな声で、夢のような言葉がブランシュの頭上から降り注いでくる。

まだ信じられない気分で茫然としていると、長椅子へ座らされた。

リカルドがブランシュの前に跪き、丁重に片手を差し伸べる。それは正式な結婚を申し込む仕草だった。

「ブランシュ・ロゼス・シャノワール王女……貴女自身さえいれば、他に何もいらない。貴女を生涯、私のかけがえのない宝として愛すると誓う。どうか祖国に帰らず、ここに留まって私の妻になっていただきたい」

ブランシュは大きく目を見開き、硬直する。頭が真っ白で行儀作法にのっとった礼儀正しい返答の仕方なんて忘れてしまった。

「リカルド様！」

とっさに椅子から転げ落ちるようにしてリカルドの方へ飛び込むと、慌てて抱き止められた。

彼がせっかく素晴らしい結婚の申し込みをしてくれたのに、台無しだ。けれど、嬉し涙で顔中を濡らして、彼の胸に縋りつく。

「はい……私を……ずっと、貴方のもとに残らせてください！」

泣きじゃくりながら訴えると、そっと顎を持ち上げられた。東屋の時と同じく唇を塞がれる。

ブランシュは、今度は驚愕に身を強張らせはしなかった。蕩けるような幸福感で全身が痺れる。

唇が離れると、自然と溜め息みたいな恍惚の声が漏れた。顎を持ち上げていたリカルドの大きな手が濡れた頬を優しく包んで撫でる。

嬉しそうに細められた青い瞳がちゃんとブランシュを見つめていた。途端に、恥ずかしさが込み上げてくるけれど、ブランシュも嬉しくてたまらない。

そのままどちらともなく顔を寄せ合い、再び唇が重なる——寸前、扉が軽快に叩かれた。短く二つ、少し間を空けて一つ。

この特徴のある叩き方だけで、もう誰かわかる。

我に返った二人は、慌てて身を離した。

ブランシュは大慌てでハンカチを出して顔を拭き、リカルドは蹴倒したままだった椅子を起こす。

それから、互いに顔を見合わせて頷いた。

ヤツが来た！　と。

リカルドが「入れ」と落ち着いた声を放った。背筋に緊張を走らせ、ブランシュはリカルドと共に部屋の真ん中に立つ。

イスパニラ国にとって利益ゼロの王妃に、これから色々な人間が反対を唱えるだろう。さまざまな障害が立ち塞がるに違いない。

まず、一番手強く厄介な障害は、扉を開いて現れる鬼殿下――セシリオだ。


「――そうですか、承知しました。おめでとうございます」

二人の向かいに立ち、あっさりそう言ったセシリオを、ブランシュは唖然として見つめた。隣のリカルドも、きっと同じような顔をしているに違いない。

何しろ、リカルドからブランシュと結婚すると聞かされたセシリオが、毛先ほどの反対も見せずに今の返答をしたのだ。

「……お二人共、何ですかその変なものを見るような顔は。せっかく可愛い弟に祝福されているのだから、もっと素直に喜んでも良いんですよ」

セシリオが片方の眉を器用に上げて、軽く顔をしかめる。

「ですが……セシリオ殿下のご希望は、その……」

狼狽えるブランシュを眺め、彼はニヤリと口角を上げた。

「最終的に判断なさるのは陛下だと申し上げたでしょう？　私は、『二人の侯爵令嬢のどちらかを選べ』などと言っていませんよ。どなたを推すかは貴女の判断に任せたのですから、貴女自身が相応しいと思ったのならば、ご自由にどうぞ」

「あっ」

やられたと、ブランシュは顔を引き攣らせる。

思い返せば確かに彼は、『どちらが』ではなく『どなたが』と、変な言い方をした。

……とはいえ、会話の流れからいえば、二人の侯爵令嬢から選べと命じられていると誰だって思うはずだ。最初から騙す気満々ではないか。これはリカルドの頼みだという嘘もついて。

リカルドがブルブルと拳を震わせる。

「悪ふざけがすぎるぞ、セシリオ！　上手くいったから良いものを……」

「悪ふざけなどしてはいませんよ。お二人共自分の気持ちを伝えるのは苦手なようですが、これくらいですれ違ってだめになるのなら、この先の苦労など到底一緒に背負えません。さっさとだめになってしまえば良いと思ってやりました」

不意に、セシリオの声と表情がとても真剣で冷淡なものになった。

「属国の王女を王妃に娶るなら、国内貴族から多大な反感を買います。兵の失業対策の妨害も激化するでしょうね。厳しいですが、これが現実ですよ」

「はい……」

ブランシュは小さく頷いた。

セシリオの言っていることは冷たいけれど事実だ。エルミラの態度一つをとっても、属国の王家がどれだけこの国の有力貴族から蔑まれているかわかる。

王妃になればブランシュへの風当たりが強いのは勿論、彼女を娶ったリカルドも大変な苦労を背負うだろう。

顔を曇らせるブランシュの肩をリカルドがそっと抱いた。

「ブランシュ、心配しなくても良い。そなたは私が守るし、どうしても気に病むならば、いっそ王座などセシリオに押し付けて、こやつに適切な王妃を娶らせるという手もある。私達は地方でのんびり隠居でもしよう」

その途端、セシリオがもの凄く嫌なものを突き付けられたように顔を引き攣らせた。

「兄上こそ、タチの悪い冗談はやめてくださいよ。私は今の立場が一番、性に合っています。私ができる範囲で手助けしますから、義姉上はどうぞ末永く王妃の座でお幸せになって、兄上が逃げ出さないようにしてください」

「ええと……はい、宜しくお願いします……」

義姉上と、リカルドの妻になれば、セシリオからは当然、そう呼ばれることになる。けれど、十も年上の彼に言われると妙な気分だ。

たじろいでいると、何か思いついたらしく、セシリオはフフンと面白そうな目つきで、ブランシュとリカルドを交互に眺めた。

「何でしたら、婚約を周囲に発表する前にさっさと既成事実を作ってしまうという手もありますよ。

多少の順番違いがあっても気にしないのが昨今の風潮ですからね。結婚式前に世継ぎができても、かえって親密さを誇示できて良いではないですか」

最高に良い笑顔で言われ、ブランシュとリカルドは同時に叫ぶ。

「こら！　ブランシュの気持ちも考えろ！」

「そっ、そうですね！　頑張ります！」

一瞬、部屋の中がシンとなり、リカルドとセシリオから凝視されたブランシュは、顔が熱くなっていくのを感じた。

「あ……いえ……それで、少しでも上手くいくならと、つい……忘れてくださいっ！」

いたたまれずにブランシュは両手で顔を覆い隠し、しゃがみ込んでしまう。

「……あ～。それでは、私は失礼いたします」

セシリオがそそくさと部屋を出て行く気配がした。隣でリカルドが動く気配がし、ブランシュは慌てて顔から手を離して立ち上がる。

「で、では、私もひとまずこれにて……」

ペコリとお辞儀をし、一目散に退散しようと踵を返しかけたが、ガシッと腕を掴まれてしまった。

「ブランシュ。どこに行くのだ？」

そーっと振り返ると、リカルドはニコニコしていた……が、何だか目が笑っていない気がする。

「あの……用事は済みましたので、部屋に戻ろうかと……」

しどろもどろに返答しつつ、この場を逃れようとしたが、掴まれた腕はビクともしない。それどころか、リカルドに軽々と横抱きにされてしまった。

怒りの気配こそないものの、リカルドがやけに鋭い目つきでブランシュを見つめる。その口の端が軽く引き上げられると、獰猛な雰囲気が漂う笑みになった。

「私の用事はまだ済んでいない。セシリオが言う通り、私は婉曲な表現ばかりでそなたに本音を伝えそこね続けていたからな」

「そ、それでしたら、私こそ……」

思い込みと自己憐憫ばかりで、相手の気持ちを本当に理解しようとしていなかった。

ブランシュが反省して呟くと、リカルドがニヤリと笑う。

「お互いにもっと本音の意思疎通が必要だな。今日はちょうど政務もないことだし、もう少し付き合っていただこう。我が未来の王妃」

彼はブランシュを抱き上げ問答無用とばかりに執務室を出ると、自分の寝所へ連れ込んだ。

以前に一度入った寝室で、ブランシュはあっという間に広い寝台に横たえられる。

「ちょうど新年休暇でありがたい。これほど気楽に過ごせる休日はそうないからな」

ブランシュの顔の真上で、リカルドは上機嫌そのものだ。

「え、ええ……本当に、幸いで……」

一方でブランシュは、視線を彷徨わせて狼狽えていた。

リカルドはブランシュの身体の左右に手をついているだけで、押さえ込んでいるわけではない。

けれど、どうしてだかブランシュは寝台から下りられる気がしなかった。

カーテンを閉めているとはいえ、外はまだまだ陽が高いというのに。

普通なら非常に怠惰だ。だが、今は新年。今日と明日は、国中が休暇である。会議も政務も全て休み、兵や使用人も最小限の人数となっている。

この国の新年休暇は家でのんびり過ごすのが慣例で、昼から寝台でゴロゴロしていても良い。

だから、日頃は忙しいリカルドとて、こうして寝所に籠ってしまっても問題はないのだが……

焦りと緊張に、ブランシュは身体を強張らせた。

セシリオのとんでもない助言に、『頑張ります！』と勢いよく答えた意気込みは嘘ではない。

リカルドとの子どもは欲しいし、彼との結婚が順調にいくなら、何だってする。

ただ、ブランシュが知っている睦言の知識は、夜になったら湯浴みをし、寝衣に着替えてから寝台の端に座って旦那様を待つ……と、せいぜいそれくらいだ。

靴だけ脱いで髪も解かずに女官服のまま寝台に押し倒されているこの状況は、そのどれにも当てはまっていない。

昨夜の舞踏会が終わった後、報告書を書いてすぐに眠ってしまったので、湯浴みをしたのがついさっきだったのが、まだ救いだろうか。

「あのっ……陛下！」

覚悟を決めて、ブランシュは白状する。

「こういうことの手順は私には必要ないと思ったので、まるで学んでいなくて……その、嫁ぐのは隠居している祖国のフォンテーヌ侯のもとになるかと……んっ⁉」

必死に訴えている途中だったのに、いきなり顎を掴まれて唇を唇で塞がれた。間近にリカルドの青い瞳が迫り、ブランシュは慌てて目を瞑る。けれど、彼の唇はすぐ離れていった。

「……？」

薄く目を開くと、リカルドに鼻の頭をチョンと啄ばまれた。

「では一つだけ注意だ。寝台の上で他の男の名を呼ばないように。私が嫉妬して大変なことになる」

苦笑混じりに告げられ、ブランシュは目を丸くした。

「陛下が……？」

「私は結構、嫉妬深いぞ。……ああ、そうだとも。昔からの知り合いなのにブランシュの親しい人の名前に私が出てこないと、あの時だって自分でも驚くほど心が狭くなった」

ブランシュの額や頬へ熱心に口づけを落としながら、リカルドはぼやく。それから、気を取り直したようにブランシュの顔を覗き込み、微笑んだ。

「特に学んでいなくても案ずるな。そなたは私に身を委ねていれば良い」

気のせいか、その声はどことなく嬉しそうに弾んでいるみたいに聞こえた。

「は、はい……」

ブランシュが頷くと、リカルドの目がいっそう愛しそうに細められる。

「愛している。ブランシュ……」

耳もとに顔を寄せ、囁かれた。低い声と吐息が耳朶をくすぐり、ブランシュの心臓がドキンと大きく跳ねる。

ほどなくして、ブランシュは一糸まとわぬ姿で、全身にしっとりと汗を浮かべていた。体内で蠢く指が灯す、快楽の火に身悶える。

下着まで全て脱がされてから、リカルドに教えられた通りに膝を立てて開いているけれど、この姿勢だけでも恥ずかしくてたまらない。

身悶えるたびに大きすぎる胸がフルフルと揺れた。さんざん舌と指で嬲られ硬く尖った先端は、触れられてもいないのにチリチリと疼き続ける。

どこか獰猛な笑みを浮かべたリカルドが、秘所に差し込んだ指をゆっくりと抜き差しした。

彼は上着とシャツを脱ぎ、鍛え上げられた上半身だけを露わにしている。いくつもの傷痕が残っているその逞しい身体は、女のブランシュとは全く違った。

指は節が目立って硬く、ブランシュよりもずっと長くて太い。濡れた花弁の隙間に一本を差し込まれただけでも、かなり圧迫感があって辛かった。

けれど辛抱強くほぐされ、花芽や胸の先端を弄られ、ブランシュは何度も快楽に爆ぜる。硬く強張っていた秘肉は、しだいに柔らかくなりリカルドを受け入れていく。

増やした指を抽送されるたびに、蕩け出した蜜がぬちぬちと卑猥な音を立て、ブランシュはいっそう羞恥を煽られた。

ブランシュはきつく目を閉じ、枕の端をぎゅうと握りしめて耐える。

今すぐ逃げ出したいほど恥ずかしいのに、どうしようもなく気持ちいい。ゾクゾクと肌が粟立ち、身体の芯が燃えそうなほど熱くなる。

充血して膨らんだ花芽を親指で押され、ブランシュの目の前に火花が散った。

高みに押し上げられる予感にいやいやと首を振る。感じすぎて、どうにかなってしまいそうだ。

「もっと感じて、そなたの可愛い姿をたくさん見せてくれ。いくら見ても飽きそうにない」

リカルドが囁き、深く口づける。

熱い舌で口腔をかき混ぜられながら下肢を嬲られると、過敏になっていた身体はひとたまりもない。

「ん、ん……ん――――っ！」

塞がれた唇の奥で、ブランシュはくぐもった嬌声を上げる。背中が大きくしなって敷布から浮き、内襞が大きく痙攣した。

指が引き抜かれると、とぷりと大量の蜜が溢れ出て、敷布に染みを広げる。

ドクドクと血液が全身を駆け巡り、ブランシュは敷布にぐったりと背を落として、荒い呼吸を繰り返した。

（こ、こんなこと、するなんて……リカルド様がお相手で、良かった……）

快楽の余韻にヒクヒクと震えながら、ブランシュは朦朧とする頭の隅で思う。

相手が大好きなリカルドだからこそ余計に恥ずかしいのかもしれないけれど、ここまでどこもかしこも触れられるなど、他の人とならきっと耐えられない。

リカルドがブランシュの髪を優しく撫で、汗ばんだ額にちゅっと唇を落とす。それだけでも、脳髄まで痺れるような幸福感が広がっていった。

それから何度、快楽の絶頂に押し上げられたのか、ブランシュはよく覚えていない。

すっかり惚けたようになって脱力し切った頃、リカルドが指を引き抜き、ブランシュの太腿を抱え上げた。

「ふ、ぁ……？」

ぼうっとしたまま声を漏らすと、蜜でどろどろの花弁に指よりもずっと太くて熱いものが押し当てられる。

「すまないが……私もそろそろ限界だ。少々痛い思いをさせる」

上擦って掠れた声をリカルドが発し、秘所に熱い塊が押し込まれた。

「ひっ⁉」

あれほど慣らされたのに、比べものにならない質量と圧迫感を覚え、ぼんやりしていたブランシュの意識が、一気に引き戻される。

「あ、くぅ……いっ‼」

少し押し込まれただけで、引き裂かれるような激痛に襲われる。

破瓜が痛むとは聞いていたが、これほどとは思わなかった。身体が真っ二つに割れてしまいそうで、ボロボロと涙が零れる。

ブランシュは無意識のうちに枕から手を離し、リカルドの肩にしがみついていた。

「掴まったほうが楽になる。できるだけ力を抜いて……辛かったら爪を立てても良い」

リカルドが宥めるように頬を撫でてくれる。

「は、い……」

痛みでチカチカと目の前に火花が散っていたが、ブランシュは何とか頷いた。

抱きかかえるみたいにして腰を進められ、隘路が一杯に広げられる。

腹の奥まで押し上げられ、もう無理だと訴えようとした時、ようやくリカルドが動きを止めた。

「はぁ、はっ……はぁ……？」

終わったのだろうかとブランシュが薄く目を開けると、リカルドはきつく眉根を寄せ額に汗を滲ませていた。

その閉じた瞼が開かれ、鷹のように鋭くて綺麗な青い目がブランシュをまっすぐに見つめる。

「っは……わ、私……これで、リカルド様の、ものですか……？」

胸を喘がせながら尋ねると、とても嬉しそうに微笑まれた。

「ああ。これからずっと、そなたの帰る場所は私のもとにしてもらう。決してどこにも行かせない」

「はい……」

貫かれている痛みも気にならなくなるほど、幸せが押し寄せてきてブランシュは身震いする。

ぎちぎちと強張っていた内襞がヒクンと痙攣し、最奥からまた蜜が溢れ出した。

リカルドがゆっくりと動き出すと、痛みが舞い戻ってきたが、最初のような激痛ではない。大量の蜜が潤滑液になり、埋め込まれた雄の動きを助ける。

揺さ振られ、奥まで深く突き上げられて、ブランシュの意識が殆ど白みかけた頃、リカルドが低く呻いた。

体内に熱い飛沫が注がれるのを感じると同時に、ふわっと浮遊感に包まれて何もわからなくなる。

意識を失う寸前、リカルドから強く抱きしめられ、もう一度「愛している」と告げられた気がした。


ブランシュは、翌朝までリカルドの寝台で気絶したように眠ってしまった。

身体中が痛くてくたびれ切っているし、やけに重くて動けないと思いながら目を覚ましたら、眠っているリカルドに、お気に入りの抱き枕みたいにしっかり抱え込まれている。

驚愕のあまり、危うく大声で叫ぶところだった。

どうやら気絶していた間に、リカルドが簡単に身を清めて、寝衣まで着せつけてくれたようだ。敷布も新しくなっていた。

「加減したつもりだったが、かなり無理をさせてしまったようだな……」

しばらくして起きたリカルドから気まずそうに言われ、あれで加減されていたのかと、ブランシュの背筋を戦慄が駆け抜けた。

結局その日は全く足腰が立たず、恥ずかしながら情事の痕跡が残る身体で、入浴も侍女の世話になるしかなかった。

敷布には破瓜の証である血の滲みもあるので、間違いなくすぐに既成事実が王宮中に広まるだろう。

男女の交わりを秘め事と言うらしいが、『あの王女、陛下に純潔を捧げたんですって！』と、あちこちで囁かれるであろうこの場合は、全く秘められていない。

ブランシュはやや虚ろな目になってしまう。

正直、また離宮に引き籠ってしまいたいほど恥ずかしい。けれど、これもリカルドとの仲を周囲に認めてもらうための布石だと思い、我慢した。

湯浴みを終えたブランシュは腰の痛みに顔をしかめつつ、ぐったりと寝台に横たわる。ちなみに、自室ではなくリカルドの寝台だ。

なぜか、部屋に戻らずここにいるようにと、彼から命じられていた。

どのみち今日もまだ新年休暇なのだし、この足腰の調子では別階にある自分の部屋に辿り着けるか怪しかったので、ありがたくそうさせてもらっている。

リカルドは何か急用ができたらしく、夕方には戻ると告げて出ていった。

（……まさか私が、陛下に想っていただけたなんて……夢みたい）

何だかまだ信じられない気分だが、頬をつねらなくても腰の痛みで十分に現実だとわかる。

それに先ほどからずっと、左隣の部屋からガタゴトと物音が聞こえている。先視の夢なら、音はないはずだ。

寝室の左右には続き部屋への扉があった。おそらくそこは、リカルドの私室になっているのだろう。興味はあるが、勝手に私室を覗くつもりはない。

ブランシュは大人しく寝台で休養しながら、ふと胸の隅に残る不安を思い出す。

あの舞踏会の夢は、思わぬ形で現実となってしまった。

（だったら……もしかして、ルナの夢も……）

数ヶ月前に見た無音の悪夢は、ずっとブランシュの中でくすぶり続けている。

（で、でもっ！　あの舞踏会は、私が思っていたのとは全然違っていたのだし……）

ブランシュは頭を振って、不安な思いを否定する。

現実の舞踏会は、夢で思い込んでいたような楽しい場ではなかった。だったら、あの夢にも同じことが言えるのではないだろうか？

どう考えても良い感じではなかったが、断片的な光景だけでどんな状況下なのか判断できるものではない。

（そうよ！　首輪の犯人はまだ見つからなくても、ルナが事情を打ち明けてくれたからこじれずに済んだもの。先視の王は未来を変えられなかったというけれど、例外だってきっとあるはずだわ！）

もしも、あれが不吉な未来を示唆するものだったとしても、起こらないまま回避できたという可能性もある。

気を取り直すと、まだ昨夜の疲れが残っているのか、睡魔が襲いかかってきた。

穏やかな気分でとろとろとまどろみ、いつしか夢も見ないほどぐっすり眠り込んでしまった。

——優しく髪を撫でられる心地いい感触に、ブランシュは瞼を薄く開く。

手の主が、寝台に腰をかけたリカルドだと気づき、眠気が瞬時に覚めた。

「っ……陛下！　申し訳ありません！　私、こんな時間まで……」

細く開いたカーテンの合間から夕暮れとなった空が見え、ブランシュは慌てて起き上がる。

「いや、気にすることはない。そなたの部屋が整ったのだが、起きられそうか？」

「もう大丈夫ですが……私の部屋？」

首を傾げると、リカルドが楽しそうに笑い、ブランシュの手を取って立たせてくれた。

そして、ずっと物音がしていた部屋の左側にある扉の前に連れていかれる。

（え？　もしかして……）

「今日から、ここがそなたの部屋だ。荷物は女官の部屋からそっくり移させるが、足りないものや替えたいものは好きなように整えてくれ」

見事な調度品の揃えられた女性向けの室内に、ブランシュは目を見張る。

「こちらも陛下のお部屋かと思っていました」

思わず呟いてしまうと、リカルドがやや気まずそうな顔になった。

「政略結婚に気は進まなかったが、とりあえず妃用の部屋だけは以前から用意されていた。そなたとこうならなければ、近々全部取り払おうと思っていたのだが……素晴らしい主を得て、この部屋も喜んでいるだろう」

「あっ、ありがとうございます！　とっても素敵です」

急いで礼を言いつつ、ブランシュは赤面する。

正式に結婚どころか、まだ婚約発表もしていないのに、いきなり部屋を移動させられるとは思わなかった。それは、多分……

「気に入ってくれたなら何より。私の部屋は反対側だ。好きに訪ねてくれて構わない。いつでも大歓迎する。それから……」

ブランシュの内心を察したのか、不意にリカルドが口の端を上げて、あの獰猛な笑みを浮かべた。

「承知とは思うが、寝室は私と共用になる。昨夜はすまなかった。これからはもっと加減できるよう努力する」

「は、はい」

後半の言葉に若干たじろぎつつ、ブランシュは内心で「やっぱり！」と頷く。

それでも、これだけはちゃんと告げるべきだと思ったので、耳まで真っ赤にして俯きながら、リカルドの上着をツンツンと引っ張った。

「どうした？」

「昨日は……痛かったですが、あの……それだけではありませんでした。私は陛下のものになれて嬉しかったですし……大丈夫です」

破瓜の痛みは辛くても、リカルドが気遣ってくれたのは十分に伝わってきたから、あまり気にしないでほしい。そう告げたかったのだが、なぜかいきなり呻くような声を上げたリカルドに抱きしめられ、耳もとで囁かれた。

「あまり煽ってくれるな……おかげで今夜も、加減できる自信がなくなった」

「ええっ⁉」

どう言えば良かったのかと、身動きできぬままブランシュは狼狽える。

(うぅ……困ったわ、難しい……でも……)

リカルドとこんなに傍にいられて触れ合えるのなら、大抵のことは許容できてしまう気がする。

小さい頃、彼から花嫁に選ばれる人はきっと幸せだと思うと、マルタに言った覚えがあるが、本当だ。ブランシュは最高に幸せな気分だった。


その晩。ブランシュは湯浴みを終え、ドキドキしながら寝室に行った。けれど、心の中に若干の浮かない気分がある。

幸せだと思うにつれ、リカルドとルナが対峙していた悪夢が蘇り、どうしても消えないのだ。

考え込んでいると、リカルドが寝室に来た。ブランシュの顎を持ち上げて口づけようとしてその不安に気づき、理由を尋ねてくれる。

「――先視の夢か。昔話に聞いたことがある」

話を聞き終えると、リカルドは興味深そうに呟いた。笑い飛ばしはせず、真剣に聞いてくれる。

それは良いのだが、寝台の上に座った彼は当たり前みたいな顔でブランシュを膝に抱きかかえていた。ブランシュとしては落ち着かない。

「……はい。あの……火事でも起こっている感じであまり周囲はよく見えず、知らない部屋としか……わかりませんでした。元は立派なお部屋だったみたいなのに、廃屋のようにボロボロで……あ！　薔薇と蝶の紋章があったのですが、それも随分削れていて……」

若干焦(あせ)りながら、今もありありと思い出せる悪夢の光景を語る。

「ですが！　ルナがリカルド様と対立するはずはありません！　いくら舞踏会の夢が本当になったからといって……ただの悪夢に違いないと……っ」

「そうだな。私も勇猛な女剣士ならともかく、か弱い女官に剣を向けるなどしたくないものだ」

よしよしと、宥(なだ)めるようにリカルドが頭を撫(な)でてくれる。心地好さが全身に満ちて、ブランシュは安堵(あんど)の溜め息を零(こぼ)した。

ずっと一人で思い悩んでいた不安を口に出せたせいか、すぅっと心が軽くなる。

「ありがとうございます。聞いていただけて随分と楽になりました」

「それは良かった」

リカルドが穏やかな声で言い、ブランシュの額(ひたい)にそっと唇を落とした。それから目尻に、頬にと移っていき、唇同士が触れ合う。やがてブランシュの寝衣がするりと剥(は)ぎ取られ、敷布に押し倒される。

――そして、今夜も加減できる自信がなくなったという、リカルドの宣告通りとなった。

7　悪才の娘

新年休暇が明けた翌日の大会議にて、リカルドはシャノワール国の第八王女ブランシュ・ロゼス・シャノワールを娶り、王妃にすると正式に宣言した。

この会議には、新年祝いに招待された国内各地の主だった貴族が参加するので、かなりの規模になる。国内全てへ布告するのと同然だ。

いくつもの大きな長いテーブルに大臣や有力貴族達が着席している。彼らを見渡せる位置に用意されたテーブルのリカルドの隣の席にブランシュは座らされていた。かろうじて顔には出さないでいるが、緊張で背中に冷や汗が滲む。

王宮勤めをするうちにその働きぶりを認められて、属国の王女と偏見を持って悪かったと言ってくれる人達が増えてきた。

しかし今この室内には、自分の娘を王妃にしたかった国内各地の貴族が多く揃い、ブランシュへ驚愕と怒りの入り混じった視線を向けている。

渋い表情をした一人の大臣が手を上げて発言の許可を求めた。

以前に回廊で、リカルドに話しかけられただけでブランシュを睨みつけてきたあの大臣だ。

「失礼ながら……イスパニラ国の王妃は誰にでも務まる役目ではございません。ブランシュ王女に、ごく初歩的な質問をお許し願えますでしょうか？　女官を務められた経験があれば、誰でもご存じであろうことですが……」

リカルドが、チラリとこちらへ視線を向けたので、ブランシュは小さく頷いて立ち上がる。

「はい。どうぞ」

大臣に向き直って返答をすると、視界の隅にセシリオが映った。

この一年近くで、様々なことをブランシュに叩き込んでくれた王弟殿下は『思い知らせてやりなさい』と言わんばかりに、ニヤリと人の悪い笑みを浮かべている。

大臣は初歩的どころか、女官の仕事の範疇を超えた分野まで、質問攻めにしてきた。

ブランシュに王妃など務まらないと、諸侯や高官の前で恥をかかせたいという狙いは見え透いていたが、伊達にセシリオにしごかれてはいない。意地悪な質問や引っかけ問題にも、ブランシュはなんなく答えることができた。

「……さぁ、もう十分だろう」

三十分ほど経過した頃、顔を赤黒くさせて次の質問を懸命に探している大臣に、リカルドが手を振って座るように示した。

大臣は悔しそうに口を戦慄かせながらも座り、ブランシュも内心でホッとして着席する。

こんな意地悪程度は覚悟していた。それ以上の妨害はなく、その後は驚くほどトントン拍子に進んでいく。

会議の進行役を任されているセシリオが最後に立ち上がり、大臣とのやりとりでブランシュの有能さは証明されたはず……などと、持ち前の口の上手さで話を取りまとめた。

苦い顔をしている者は何人かいたものの、結局、誰一人として強硬に反対を唱えられず、無事にブランシュとリカルドの婚約は可決される。

そのうえ、なんと四ヶ月後に結婚式を行うことまで決まってしまったのだった。


（――こ、こんなにすぐ決まってしまうなんて……）

会議を終えて王妃用の部屋に戻ったブランシュは、グッタリと安楽椅子に座り込んだ。

上手くいくのは喜ばしい。ここまですんなりいったのは、恐らくセシリオのおかげだ。

『王座をお前に押し付ける』は、腹黒な異母弟に対する数少ない切り札なのだとリカルドが言っていた。その切り札を出された王弟殿下が、煩（うるさ）そうな貴族の弱みを調べ上げ、熱心に根回ししてくれているらしい。

どうりで会議中、セシリオの方を見てやけにビクビクしている貴族がいたわけだ。

「失礼します。ブランシュ王女、いらっしゃいますでしょうか？」

不意に扉が叩かれ、澄んだ声がした。

婚約と共にブランシュは女官ではなくなったが、まだ正式に王妃ではない。だから敬称は自然と『王女』になっていた。

「ルナ!?」

相手が名乗る前に、聞きなれた声から誰かを察し、ブランシュは安楽椅子から飛び上がる。

「女官長から聞かされて驚いたわ、ブランシュ……いいえ、ブランシュ王女」

侍女が開いた扉から姿を覗(のぞ)かせたルナが、戸口に立ったまま丁寧にお辞儀をする。

彼女と顔を合わせるのは久しぶりだった。

「ルナ……」

礼儀正しく距離をとる様子に、ブランシュの胸がズキリと痛む。

「私が女官を無事に務められて、こうしてリカルド様の傍(そば)にいられるようになったのも、貴女が親切にしてくれたおかげだわ。これからも、今までのように友人でいてほしいの」

女官は王妃の補佐をするのだから、ルナと顔を合わせる機会はこれからもきっと多い。

毎日の食卓を共にするなどは流石(さすが)にできなくなるけれど、身分や立場が変わってもルナは大切な友人だ。自分を助けてくれた数々の優しさを忘れる気は決してない。

「嬉しいわ。ありがとう、ブランシュ」

懸命に言うと、ルナが安堵(あんど)したように微笑み、ブランシュもホッとする。

侍女が運んできたお茶を飲み、他の女官達がこの件を聞いて大騒ぎだとか、しばし雑談に花を咲かせた後、ルナは立ち上がった。

「……ねぇ、ブランシュ」

ルナが、不意に真剣な顔でブランシュを見つめる。

「忘れないでね。何があっても、私だけが貴女の味方よ」

「え、ええ……」

その声に尋常でない気迫を感じ、ブランシュは戸惑いながら頷く。

そのルナが退室して数秒と経たぬうちに、またもや侍女が扉を叩いた。今度は、クアドラ侯爵家の令嬢が訪ねてきたという。

妃用の応接間は私室の隣にあり、親しい友人のルナならともかく侯爵令嬢はそちらへ通すのが礼儀だ。それなのに、蜂蜜色の巻き毛をした侯爵令嬢は、侍女が止める間もなくズカズカと私室に入ってきた。

「初めまして。ブランシュ王女」

あからさまに棘のある声で侯爵令嬢は言い、値踏みするようにブランシュを眺めた。

一人の侍女が慌ててルナと使っていた茶器を片付け、もう一人が新しいものを用意する。

とんでもなく失礼で非友好的な態度の侯爵令嬢を前に、ブランシュは先ほどのルナの真剣な様子は、もしかしたらこういうことを心配してくれたのかなと考えた。

思った通り、クアドラ侯爵令嬢は「貧しい属国の王女など、イスパニラ国の王妃には相応しくない」と話し始める。

こういう訪問を受けるだろうことは予想済みだから驚かない。

ブランシュはとりあえず彼女に椅子を勧め、まくしたてられる嫌味を右から左に聞き流した。

癇癪を起こした彼女から引っかけられそうになったお茶を上手く避けたりもした。

どう足がいても、自分は貧しい小国の末王女だ。家柄で大国の王の妃に選ばれることはない。

リカルドはそれを承知でブランシュを望んでくれたのだ。自分の身分が相応しくないと嘆いて悲劇に浸り、彼の気持ちを拒絶するのは失礼だろう。

ブランシュだって、好きな相手に自分の気持ちを信じてもらえなかったら悲しくなる。

ならせめて、自分ができうる手段で、リカルドの隣にいられるように努力したい。

そう侯爵令嬢に告げ、さらに一通りの罵詈雑言を聞き流すと、彼女は気が済んだらしく捨て台詞を吐いて帰っていった。ブランシュは息をつく。

多少疲れたが、クアドラ侯爵令嬢はわかりやすく扱いやすい性格の人だった。

こんなことよりもずっとブランシュを悩ませるのは、両親への罪悪感だ。

リカルドのもとに留まる選択を後悔してはいないけれど、両親には申し訳ないと思う。

シャノワール国はとても遠い。イスパニラ国の王妃となれば、祖国の地を踏む機会はもう生涯ないかもしれない。両親が国を留守にして、遠い地から娘に会いにくることもできないだろう。

女官でいる間、いざとなれば帰る場所があるという事実は、とてつもなく大きな安心をくれた。

そうした心の拠り所にしておいて、両親に相談すらせずリカルドとの結婚を決めたのは裏切りも同然だ。酷く親不孝な娘と嘆かれてしまうかもしれない。

それでもブランシュはもう、リカルドの手を離すことができない。生涯にわたってその手を大切に握っていたいのだ。

シャノワール国王夫妻にはリカルドから、王女を娶らせてくれるようにと正式な書簡が届けられる。だが、シャノワール国王夫妻がどう思おうと、イスパニラ国王の頼みは断り辛いだろう。だからブランシュは『国王夫妻』ではなく『両親』に向けて、自分の考えや思いを込めた手紙を送るつもりだ。

（わかってくださると良いけれど……）

両方手には入らないのだと言い聞かせ、ブランシュは溜め息をついて文机に向かった。


新年から一ヶ月近くが経ち、ブランシュは結婚式の準備に王妃としての勉強と、忙しいながらも順調な日々を過ごしていた。

まだ苦い顔を向ける大臣や貴族はいるが、もう決まった婚姻にさしたる妨害はなく、クアドラ侯爵令嬢の後にはお茶を引っかけに来る令嬢もいなかった。

同僚だった女官達も、エルミラ達以外は好意的に接してくれるので心強い。

さらに、リカルドが例の悪夢のことを真剣に考えてくれているらしいことが嬉しかった。

バスコ卿の夢も舞踏会の夢も現実になったというのなら、ブランシュが親友の不吉な悪夢を不安に思うのも当然だと、言ってくれる。

できうる限りの情報を集め、最悪の展開を防げるように備えてくれるそうだ。薔薇と蝶の組み合わせが入っている紋章の見本図を国内貴族のものから他国のものまで集めていた。

見本の紋章はかなりの数があったが、どれもブランシュが夢で見たものとは違う。

やはりあれはただの悪夢だったという思いが断然強くなってきて、ブランシュは心から安堵できたのだった。

そして、よく晴れた冬の日。

「では、留守の間はくれぐれも一人にならないように」

城門まで見送りに出たブランシュを、旅装のリカルドが抱きしめて名残惜（なごりお）しそうに額（ひたい）へ口づけた。

リカルドはごく少数の部下を連れて、今から半月ほど城を留守にする予定だ。行先は極秘らしく、ブランシュも教えてもらっていない。

同行する騎士達が防寒の支度を入念にしていることから寒冷な地域かなと、勝手に想像していた。

リカルド達が騎乗し、その後ろ姿がすっかり見えなくなってから、ブランシュは踵（きびす）を返す。

すると、すぐ背後に控えていた四人の屈強（くっきょう）な近衛騎士がビシッと敬礼した。

「では、ブランシュ王女。ただ今より我々が二人ずつ、交代で付き添わせていただきます」

一人が代表して言うと、残りの三人が一糸乱（いっしみだ）れぬ動きで頭を下げた。

彼らは、リカルドが王太子時代から苦労を共にしてきた側近だという。彼が留守の間、この四人がブランシュを特別に護衛することになっている。

リカルドは、ブランシュを籠（かご）の鳥にするつもりはないものの、城内を歩く時も侍女を一人以上は伴（ともな）い、城の外に出るなら必ず護衛の騎士を同行させるようにと命じていた。

表立って反対しなくても、ブランシュが王妃になるのを内心では面白くないと思う者は多く、事故を装（よそお）った暗殺や襲撃が起きてからでは遅いのだ。

特に今は、セシリオもちょうど用事で僻地（へきち）に出かけており、やはりしばらくは帰らない。

国王と王弟が同時に城を留守にするのは珍しく、普段はこうしたことを避けていた。けれど今回はどうしても重なってしまったそうだ。

それでしばらくの間、ブランシュは侍女ではなくこの屈強な護衛を連れ歩くことになったのだ。

後で交代する近衛兵の二人は敬礼をして立ち去り、残りの二人が生真面目な顔でブランシュの前に一歩踏み出した。

「我々のことは、空気とでも思ってください。他の方とのお話についても、決して他言はしませんので、どうぞお気がねせずに！」

「宜しくお願いいたします」

首が痛くなるほど大柄な彼らを見上げ、ブランシュはニコリと挨拶をした。

そして、本殿に戻ろうと歩き出したのだが……大柄な近衛騎士が二人、半歩と離れず後にくっつくと、正直に言って非常に圧迫感がある。とうてい空気とは思えない。

(う……すごく落ち着かないけれど……きっとじきに慣れるわ)

少々、冷や汗をかきつつ、ブランシュは自分に言い聞かせる。

本殿に向かうには何通りか道があるが、今日はせっかく天気がいいので、少し遠回りして中庭を抜けることにした。

山間部のシャノワール国なら冬は雪が深く積もるそうだが、この暖かな地では真冬でも風が冷たいくらいで、雪が降ることも池に氷が張ることもない。

中庭は春や秋に比べれば少し殺風景とはいえ、形良く刈り込んだ庭木を冬の花が彩り、綺麗だ。

立ち並ぶ庭木の近くを歩くうち、ふと、近くから自分の名前が聞こえたような気がして、ブランシュは足を止めた。

辺りを見渡すと、木や彫像に囲まれた一角に、エルミラとその取り巻きの二人がいる。

彼女達はどうやら、ブランシュとルナのことをヒソヒソと話しているようだ。

盗み聞きなんて良くないが、ブランシュはどうしても気になってしまった。

「――エルミラがブランシュ王女を嫌いなのはわかるけれど、あれは少しやりすぎだったと思うのよ」

「あの方は王妃になるのだし、仲の良いルナさんに嫌がらせをしない方が良いんじゃないかしら」

いつもはエルミラに媚びて追従してばかりいた二人の少女が咎めるような言葉をかけていることに、ブランシュは驚いた。

「貴女達、何が言いたいの？」

両腕を胸の前で組んだエルミラが二人を睨みつけると、彼女達は顔を合わせて頷く。

片方の少女がおずおずと上目遣いでにエルミラを見た。

「今のうちにブランシュ王女に謝ったら？　あの方はお人好しだから、自分から謝れば許してくれると思うの。きっとルナさんにも取り成してくれるわ」

「何の話よ。なぜ私が、あの二人に謝る必要があるの？」

「だから……ブランシュ王女の、猫の首輪のこととか……」

その瞬間、エルミラの顔が茹でたように真っ赤になった。

「貴女達!!　この私がくだらない悪戯どころか、泥棒までしたと言いたいの!?」

「エ、エルミラ！」

「声が大きいわ！」

慌てて二人が諫めようとするが、エルミラは憤然と彼女達を睨みつけ、鋭く怒鳴る。

「私は誇り高いエスパランサ家の娘よ!!　あんなことをするわけがないでしょう!!　酷い侮辱だわ。二度と私に話しかけないで！」

エルミラが素早く踵を返したのを見て、ブランシュは盗み聞きの後ろめたさから一瞬、逃げようと思った。だが思いとどまり、庭木の向こうから出てきたエルミラと正面から対峙する。

「あら？　ごきげんよう、ブランシュ王女」

ブランシュを見た彼女は、眉をひそめて言い放つと、傲慢そうに顎を突き出した。

反して彼女の背後にいる二人の少女は、ブランシュを見てギクリと顔を強張らせる。

「あ、あ……ブランシュ王女！　私達はエルミラとは関係ありませんから！」

「本当です！　私達は何もやっていません！」

口々に叫ぶと、一目散に逆方向へ逃げてしまった。

エルミラはそんな彼女達の背を睨み、フンと鼻を鳴らす。それからブランシュへ向き直り、さらに表情を険しくした。

「言っておくけれど、私は貴女が王妃になっても媚びる気などないわよ」

「……貴女が媚びてきたら、何か企んでいると用心するわね。それに、ティグの首輪を貴女が盗んだとも思っていないわ」

ブランシュが溜め息混じりに言うと、エルミラの表情がさらにきつくなった。

「当然よ。でも、同情のつもりで言っているのなら、余計なお世話だわ」

「違うわ。正直に言えば、一瞬だけ疑ったこともあるけれど……もし貴女が、嫌いな相手の持ち物を壊すなら、こっそり盗むより直接奪い取ると思うの」

エルミラの性格を考慮しての正直な感想を述べると、彼女は盛大に顔を引き攣らせた。

「本っ当に、良い性格だこと！　とにかく、私は盗みもルナさんの張り紙もやっていないわ！」

鼻息も荒く立ち去ろうとしたエルミラに、ブランシュは慌てて声をかける。

「その張り紙って、何のことなの!?」

「呆れたわ、知らないの？　陛下の婚約者になったら、親友なんてどうでも良いのね。薄情だこと！　女官長にでも聞いたらいかが!?」

振り返りもせずにエルミラは怒鳴り、そのまま立ち去っていく。

「……追いかけますか？」

護衛の一人が気遣わし気に言ってくれたが、ブランシュは首を振った。

「彼女の言う通り、女官長にお尋ねするわ。その方が早いし確実よ」

このところ結婚式の準備に忙しくて一緒に過ごす時間は殆どなかったが、それでも日に一度くらいはルナの顔を見かけたものだ。元気そうだったが……

エルミラの言葉から、ルナに何かあったのかと思い、気が気ではなくて冷や汗が背筋を伝う。

ブランシュはまず、女官の控室に行こうとしたのだが、その必要はなかった。

途中の廊下でブランシュを探しに来た侍女に会い、そのまま女官長の部屋に案内されたからだ。

ブランシュが訪れると、女官長はつい今しがたルナが荷物をまとめて城を出たと告げた。城下の知り合いのもとで、しばらく休暇をとるという。

女官の長期休暇や退任には、本来ならばリカルドかセシリオの許可が必要だ。

しかし今は二人共不在だし、ルナは酷く衝撃を受けているようなので自分が許可したと、女官長は言った。

「嘆かわしいことです。先日の事件に引き続き、今度はこのようなものが……」

そう言った女官長から、一枚の紙を見せられてブランシュは蒼白になる。

ごくありふれたその白い紙は、女官控室の壁に、いつの間にかピンで留められていたらしい。

ブランシュは両目に涙が浮かび上がってくるのを堪え切れなかった。

(どうして……誰がこんなことを……)

紙には子どもが乱雑に書きなぐったような字で、大きくこう書かれていたのだ。

『ルナ・セルベラは、家を追い出された泥棒だ』


首輪の時と同じく、張り紙の犯人は不明なまま、十日あまりが過ぎた。

ブランシュは昼食後、自室の窓辺でぼんやりと椅子に腰をかけている。

護衛の近衛兵達は部屋の外で待機してくれているので、一人の部屋は静かだ。暖炉で薪の爆ぜる音だけが時折聞こえた。

近く王妃になる身として非常に忙しかったはずだが、それも全て済んでしまっている。

ルナに会いたくてたまらないのに、それができない苛立ちをまぎらわせようと、一心不乱に打ち込んでいたら、予定よりはるかに早く終わってしまったのだ。

ルナは城を出る際、女官長には滞在先を告げたものの、誰にも――特にブランシュには、絶対に教えないでほしいと懇願したらしい。

『ブランシュ王女は大切な時期なのだから、自分のことで煩わせたくないと、ルナさんは申しておりました。彼女の意を汲んで、そっとしてあげてくださいな』

そう女官長に言われ、ブランシュはルナの連絡先を聞き出すのをしぶしぶ断念した。

（ルナ……）

窓から遠くに広がる城下の街並みを眺め、ブランシュは目尻に涙が浮かんでくるのを感じる。

ティグの首輪をブランシュのもとへ持ってきた時にルナが泣きじゃくっていた気持ちが、今ならよくわかる。

――ひょっとしてルナは、ブランシュがあの紙を書いたと疑い、それで会いたくないのではないだろうか……？

そんな考えが頭にしつこくへばりついて、どうしても消えてくれない。

だって、ルナはブランシュ以外の誰にも実家を出た真相を話していないと言っていたし、秘密にしてくれと重ねて念を押していた。

まさかルナが自分で書くはずもないし、他に事情を知る者がいないならば、あの紙を書いたのはブランシュだと彼女が思い込んだとしても不思議ではない。

（私……ルナに会いたいのは、自分の潔白を訴えたいだけかもしれない……ルナはきっと傷ついているのに……）

自己嫌悪と悲しさに、ブランシュは俯(うつむ)いて唇を噛(か)みしめた。

身に覚えのない罪で大好きな人に疑われて嫌われてしまったかもしれないというのは、こんなに辛い思いだったのか。

リカルドは留守で、もしいたとしても、ルナの家庭事情を打ち明けての相談はできない。一人で悶々(もんもん)と悩み、耐えるしかないのだ。

ブランシュが嗚咽(おえつ)を漏(も)らしかけた時、ノックの音が響いた。

「ブランシュ王女。ルナ殿がお目通りをしたいそうです」

扉の向こうから届いた護衛の声に、ブランシュは驚きのあまり椅子から転げ落ちそうになった。

「すぐに入って！」

上擦(うわず)った声で返答をすると扉が開き、地味な栗色のデイドレスを着たルナが入ってくる。

「ルナ！　心配したのよ！　もう会ってくれないんじゃないかと……」

泣き出しそうな気分でブランシュが飛びつくと、彼女はクスリと小さく微笑んだ。

「何も言わずに出ていってごめんなさいね。ブランシュ。それに……もしかして私が、張り紙を貴女の仕業だと疑っていると思わせてしまったかしら？」

「ええと……」

声を詰まらせるブランシュに、ルナが少し困ったような顔で笑いかけた。

「やっぱりね。家のことを話したのは確かに貴女だけだけれど、断じて疑ってなんかいないわ。だってブランシュは親友だし、あんなことをする必要は全くないじゃない」

そしてルナは、軽く溜め息をついた。

「でも、あんな形でお城を飛び出したら貴女が誤解してしまうかもしれないと、今やっと気がついたの」

「ごめんなさい。私……ルナの心配より、嫌われてしまったんじゃないかと、自分の心配ばかりしていたわ」

気まずい思いでブランシュが白状すると、ルナの笑みはいっそう柔らかくなった。

「それは、ブランシュが私を好いてくれている証拠でしょう？　好きでなければ、嫌われたって平気なはずだもの」

「ええ……そうね」

ブランシュは頷き、目尻に滲んでくる涙をハンカチで拭く。ルナはしばし黙ってそれを眺めていたが、やがてまた口を開いた。

「先ほど女官長に退任を申し出てきたわ。領地も売り払ったの。この国を出て、もう二度と戻らないつもり」

「えっ!?」

青ざめるブランシュに、ルナは淡々と言葉を紡ぐ。

「少し前から考えてはいたのだけれど、遠い地に越すことにしたのよ」

「そんな……ルナ。考え直してくれる気は……？」

ゴクリと唾を呑むブランシュに、ルナは微笑んで首を横に振った。

「もう決めてしまったし、この休暇中にすっかり準備が整ったわ。あとは大切なものをきちんと手に持ったら、陛下かセシリオ殿下に私の退任を認めていただくだけ」

静かながらきっぱり言われ、ブランシュはうなだれた。

「そ、そう……でも、気が変わったらいつでも戻ってきてね！　私に貴女を止める権利はないけれど、ずっと待っているわ！」

本当は泣いて縋ってでも引き止めたいけれど、身勝手はいけないと己に言い聞かせて堪える。

首輪の時といい、この王宮には確かにルナの秘密を知り、その傷を突っつく者がいる。その正体がわからない以上、彼女がここを離れて他に安息の地を求めるのは当然だ。

いずれ犯人が判明し、気持ちに整理がつけば、戻ってくる気になるかもしれない。

「ずっと、ルナを待っているから……」

声を上擦らせてもう一度告げたが、ルナは微笑んだまま肯定も否定もしなかった。

彼女は唇を震わせるブランシュの手をそっと握りしめる。

「ブランシュ……もし良ければ、これから少しだけ私と出かけられないかしら？　初めて二人で外出した時に紹介したあのお菓子屋さんに貴女と行きたいのだけれど……」

「え、ええ……まだ陽は高いし、大丈夫よ。行きましょう」

声が動揺で震えてしまいながらも、ブランシュは何とか微笑み頷いた。

リカルドは自分の留守中にあまり城を出ないでほしそうだったものの、護衛が一緒ならば外出しても良いと言ってくれている。

大切な親友と二人で出かけられる機会は、これを逃せばもうないかもしれないのだ。

ブランシュは急いで支度を整え、馬車を出してもらうことにした。

急な外出となったが、件の菓子店がある横丁は城からそう遠くない。近衛騎士達も特に反対はせず、ブランシュとルナが乗った馬車の後から騎乗で付き添ってくれた。

「──あのお店の焼き菓子、本当に美味しいものね。ちょうど食べたかったの」

ブランシュは馬車の中で、努めて明るくルナに話しかけた。大切な親友と過ごす短い時間を少しでも楽しいものにしたかったのだ。

「良かった。紹介した甲斐があったわ」

ルナも楽しげで、まるでお互い女官だった頃みたいに会話が弾む。

ほどなくしてルナは、自分のバッグから小粒のキャンディーが詰まったガラスの小瓶を取り出した。小指の爪ほどの丸いキャンディーは白と赤の二種類があり、ビンの中で交ざっている色合いが可愛らしい。

「そうそう。今、私が滞在している先に菓子作りが得意な使用人がいるのよ。ブランシュも一つ食べてみない?」

ルナはそう言い、小瓶から白いキャンディーを取り出して自分の口に放り込む。そして赤いキャンディーを摘んで、ブランシュに差し出した。

「どうぞ。確か、檸檬味は苦手でしょう？　こっちは木苺味よ」

「木苺!?　ありがとう！」

毎日一緒にいただけあり、ルナはブランシュの好みをすっかり熟知している。

小さなキャンディーをブランシュが口に入れると、たちまち甘酸っぱい味が広がった。軽く噛むとホロリと崩れ、後には爽やかな甘味が微かに残る。

「美味しい！」

不思議なキャンディーに顔をほころばせると、ルナが嬉しそうに頷く。

「ちょっと面白いでしょう？　特製なの」

勧められるまま、ブランシュがもう一つ赤いキャンディーを食べた時、馬車が目的地についた。

「あら、もう着いたのね」

ルナが小瓶をしまうと同時に、近衛騎士の一人が扉を開けてくれた。

ブランシュはルナと共に馬車を降り、横丁の目立たない小さな菓子店を見上げる。

扉を開けた途端に焼き菓子の良い香りが漂ってくる店は、以前に来た時と変わらなかった。よく掃除されているものの、少し殺風景で狭く、少量の菓子を並べた陳列棚と勘定台がある他は店の奥に続く扉があるだけだ。

今日は他に客はおらず、老店主とその妻も奥に引っ込んでいるのか姿が見えない。

店が混んでいなくて良かったと、ブランシュは密かに安堵した。

本当に小さな店なので、ルナとブランシュだけならともかく、大柄な近衛兵が二人も入れば店は満員になってしまうのだ。

「ただいま」

奥の扉に向けて、ルナがよく通る声で言い、驚くブランシュに振り向く。

「黙っていてごめんなさい。私が滞在していたのは、この店なの」

「おかえりなさいませ、ルナ様」

低いしわがれ声と共に奥の扉が開き、老店主が姿を現した。

彼は、ルナから予めブランシュを連れてくるかもしれないと聞かされていたのだろうか。巨漢の近衛兵二人にも驚かず、黙ってお辞儀だけをする。

その静かな店主の足もとから、ひょこっと黒い毛並みの子犬が顔を出した。

ルナを見てキャンキャンと嬉しそうに鳴き出す。

赤いリボンのついた首輪をしているということは、女の子なのだろう。怪我でもしたのか、尻尾には白い包帯がグルグルと巻かれていた。

「まぁ、可愛い!」

ブランシュが目を輝かせると、子犬はつぶらな瞳をこちらに向け、包帯の巻かれた尻尾をブンブンと振りながら人懐っこく鳴いた。

「私の犬なの。王宮では飼えないから、ここで預かってもらっていたのよ。ステラ、お座り」

ルナが少し身を屈めて笑いかけると、子犬は前足を揃えて行儀良く座った。

「とってもお利口さんなのね。それに、素敵な名前だわ」

ブランシュは感心して言う。

ステラとは確か異国の言葉で『星』の意味だ。小さな星のように輝くつぶらな瞳の子犬にはピッタリだし、飼い主がルナ（月）だから、余計に洒落（しゃれ）ている。

ルナが犬を飼っているというのは初耳だが、ティグを亡くしたブランシュに気を遣って、今まで口にしなかったのかもしれない。

「ありがとう。この子は本当に賢くて、面白い芸もできるのよ。披露するから、少し場所を空けてあげてもいいかしら？」

ルナは言い、左手でブランシュの手を取ると、自分の横に引き寄せた。

（……あら？）

僅（わず）かにクラリと眩暈（めまい）がしたような気がして、ブランシュはよろめきそうになった足を踏みしめる。

その間に、ルナは近衛兵達に話しかけていた。

「申し訳ないのだけれど、狭すぎるから、扉を開けたままポーチの方に下がっていただける？」

「かしこまりました」

近衛兵達は言われた通り、扉を開いたまま狭い戸口をくぐり玄関ポーチへ出た。老店主はブランシュ達の斜め後ろにある勘定台の向こうに、ひっそりとたたずんでいる。

狭い店の中央で全員の注目を浴びているステラは、桃色の舌を出してハッハと可愛く息をしながら、指示を待つようにルナを見上げた。

ルナが近衛兵のいる開いた戸口の方へ片手を示すと、子犬はさっとそちらを向き、四足で立つ。

「じゃあ、これからステラのとっておきの特技を見せるわ。それに、私の才能もね」

「え、ええ……」

ブランシュはコクリと頷いた。

なぜか、すごく眠くてたまらない。ルナの声もぼんやりと遠くに聞こえるような気がする。

ルナが右手をドレスの隠しに差し込み、黒い紐状のものを取り出すのがやけにゆっくりと見えた。

次の瞬間。細く白い手首がしなり、その黒い紐——鞭が、床を叩く乾いた大きな音が炸裂する。

「ステラ!! 発火!!」

ルナが鋭い声で叫ぶのと同時に、子犬の大きく開いた口から凄まじい炎がほとばしった。

「ブランシュ様!!」

異変を感じ取り店に飛び込もうとした近衛兵達を、紅蓮の炎が迎え撃って戸口を塞ぐ。

ピンと尻尾を立てた子犬が吐く炎の勢いは微塵も止まらず、開いた戸口から店の壁へとたちまち広がった。

「ル、ナ……!?」

信じられない光景に、ブランシュは掠れた声を上げることしかできない。

眠気が急激に強まってきてユラユラと視界が揺れる。

足もとがふらつき、床に崩れおちそうになったブランシュの腰をルナがしっかりと支えた。霞む意識の中、ブランシュの耳もとに口を寄せ、楽しそうに囁くのが聞こえる。

「これが私の才能よ。私ね、とびきり悪い子の才能があるの」

——誰かに優しく頬を撫(な)でられている。

やけにだるくて、ブランシュは目を瞑(つむ)ったまま呻(うめ)くような声を漏(も)らした。

とても怖い夢を見た気がする。子犬が炎を吐いて、それが一面に広がって……

「——っ!!」

重い瞼(まぶた)を無理やりこじ開けると、見知らぬ暗い室内が目に飛び込んでくる。ブランシュはいつの間にか寝台に寝かされていた。傍(かたわ)らでルナが椅子に腰をかけている。

「ここは……？」

横たわったまま辺りを見回し、ブランシュはゾッとした。

窓の鎧戸(よろいど)は閉まっており、寝台の横に置かれたランプが荒れ果てた室内をほの暗く照らしている。壊れたシャンデリアやあちこち剥(は)がれている瀟洒(しょうしゃ)なデザインの壁紙が、元は煌(きら)びやかな部屋だったことを物語っていた。

きっちりとしまった扉の上に、壊れて半分しか残っていない紋章がかけられている。そこに残っているモチーフは薔薇(ばら)と蝶(ちょう)……ここはまさしく、あの悪夢の部屋だった。

ブランシュは飛び起きようとしたが、頭が割れそうな痛みが走り、呻(うめ)いてまた敷布に突っ伏してしまう。身じろぎするだけで頭の中に激痛が響き、とても立ち上がれなかった。

「痛……い……」

「ああっ、急に動いては駄目よ。半日近くも眠っていたのだから」

頭を抱えてうずくまるブランシュの背を、ルナが丁寧な手つきでそっと撫でた。

「ごめんなさいね。馬車で貴女に渡した赤いキャンディーは睡眠薬だったのよ。効果を早く出すために二粒も呑ませてしまったから、まだ辛いでしょう？」

とんでもないことを口にしているというのに、その声は本当に優し気で、ブランシュを心底から気遣っているように聞こえる。

「それから、上着とドレスを勝手に替えさせたのも謝るわ。菓子店から貴女を連れてここまで逃げる時、軍用犬を撒くのにどうしても必要だったの」

それを聞いて、ブランシュはようやく自分が見覚えのない簡素なドレスに着替えさせられているのに気づいた。ルナも、いつか見たお仕着せのようなドレスに着替えている。

「じきに頭痛は治まるから、もう少し横になっていてね。お水は飲めそう？」

ルナが水差しからコップに水を汲んで、茫然としているブランシュに差し出す。

その姿はいつもの親切で優しいルナのままだが、それがまた異様な不気味さを感じさせる。

ブランシュが唇を戦慄かせながら首を横に振った時、部屋の扉を叩く音がして、まだ少年のものらしい声が聞こえた。

「失礼します、頭領。報告を宜しいですか？」

(頭領……？)

聞きなれない敬称だが、その少年の声には聞き覚えがある。ブランシュは内心で首を傾げる。すると、ルナはコップを机に置いて落ち着いた声で返事をした。

「入りなさい」

すぐに扉が開き、入ってきた少年を見てブランシュは驚く。部屋は薄暗いが、見間違うわけがない。城の厨房でブランシュにお茶を入れてくれたミゲルだ。

今は厨房用のエプロン姿ではなく、どこにでもいそうな下町の少年の服装をしている。

そして彼の足もとからあの火炎を吐いた子犬——ステラが尻尾をパタパタ振って入室してきた。

「え？　え……？」

どこから驚くべきかもわからず、ルナとミゲルと子犬を、ブランシュは交互に見る。

ステラはもう尻尾に包帯を巻いていなかった。その尾は普通の犬のそれではなく、蛇のような黒い鱗に覆われている。

「ステラはね、北にたくさんある魔獣組織の一つが開発した新型の魔獣なのよ。炎を吐けるだけじゃなく、とてもお利口なのが気に入って買ったの。私が命令しない限り、勝手に炎を吐いたりはしないから安心して」

ブランシュの驚きを悟ったように、ルナがにこやかな口調で説明する。

(魔獣!?)

炎を吐いた時点で、ステラがただの子犬ではないことはわかっていた。だが、まさか魔獣だったなんて。

「いらっしゃい。今日も大活躍だったわね、ステラ」

ルナが手招きすると、ステラはミゲルから離れてトコトコと歩いてくる。ルナの足もとにチョコンとお行儀よく座ってパタパタと尻尾を揺らした。その姿は、ただの可愛く賢い子犬そのものだ。

ルナはニコリとステラに笑いかけて頭を撫(な)でると、表情を引き締め、顔を上げてミゲルを見る。

「ミゲル。首尾はどうなの？」

真剣な声で問うルナに、ミゲル少年はキビキビした動作で片手を掲(かか)げて敬礼をした。

「ご命令通り、直接戦闘は避けたので被害はゼロです。最後の囮役(おとりやく)から連絡が入りました。他の者達も予定通りに分散し、各部隊ごとに北上しています」

「ご苦労。後は私とステラだけで十分だから、貴方もすぐ出立(しゅったつ)なさい。また北で会いましょう」

悠然と頷(うなず)くルナは、ブランシュの全然知らない世界の人のように見える。

「はい！　ご武運をお祈りしております」

そんな彼女に心酔し切った様子でミゲルが頭を下げると、ルナはゆったりと微笑した。

「ありがとう。でもね、私に味方するのは悪運よ」

ミゲルが素早く部屋を出て行くと、室内は一瞬シンと静まりかえった。

「ルナ……なぜ、あの子が？　それに、頭領……？」

激しい頭痛を堪(こら)えつつブランシュが尋ねると、ルナは見慣れた表情に戻り、こちらを向く。

「彼は城の厨房(ちゅうぼう)に勤めているけれど、私の部下でもあるの。あの日、私が話していた荷馬車の御者(ぎょしゃ)もそうよ。《月光団(クラロ・デ・ルナ)》の指示は、休日に街で取っているのだけれど、迅速な情報伝達や有事の際には、彼らが必要なの」

「《月光団(クラロ・デ・ルナ)》を、ルナが……？　なぜ、そんなこと……」

湧いてくる苦い唾(つば)を呑み込みながらブランシュは震える声で尋ねた。

今の言動から答えなんかわかり切っているのに、それでもルナに否定してほしかったのだ。

だが、いつもと変わらぬ優しい笑みを浮かべたルナは、あっさりと言い放った。

「それは勿論(もちろん)、私が《月光団(クラロ・デ・ルナ)》の頭領だからよ。城下で副業をしていると言ったでしょう？　組織も店も同じようなものだわ」

息を呑むブランシュへ、彼女は世間話でもするみたいにニコニコしながら言葉を続けた。

「ここは隠れ家の一つなの。この王都で私に煮え湯を飲まされていた連中は、ブランシュに感謝するべきだと思うわ。何しろ、貴女を攫(さら)って逃げるという大仕事をこなすために、《月光団(クラロ・デ・ルナ)》はここからずっと北の自治都市へと移るのだもの」

「な……っ!?」

「突然で驚かせてしまったわね。でも、陛下も殿下も外出しているのに、あの二人ってば貴女の周りに諜者(ちょうじゃ)と護衛を一杯置いていったのよ。だから城内では迂闊(うかつ)に話せなくて……貴女を救い出すにはこうするしかなかったの」

蒼白になっていたブランシュは、ルナの言葉に一瞬震えも止めて目を見開く。

「私を救い出す？」

「ええ。陛下が貴女を王妃にするなんて、完全に予想外だったの。どうせクアドラ侯爵令嬢あたりと政略結婚して、貴女は手もとで可愛がるために女官にしたのだと思っていたわ。ブランシュは女官生活を楽しんでいたし、私と一緒なら守れるから、たまには会わせてあげても良いと譲歩していたのに……っ」

彼女はそこで言葉を切り、とても苛立たし気に眉をひそめた。

「リカルド陛下は酷すぎるわ。今までずっとブランシュを好きに使ったあげく、今度は一時の気まぐれで王妃にして、また閉じ込めようだなんて……絶・対・に・許・さ・な・い」

最後に一言一言、ゆっくりと言ったルナの声はゾッとするほど低く淀んでいて、ブランシュは声すらかけられずに息を詰める。

ルナは気を取り直したように深く息を吐き、いつもの声音に戻ってブランシュに笑顔を向けた。

「だから私、女官控室に自分を中傷する紙を張ったの。本気で同情してくれた女官長には申し訳なかったけれど、貴女を連れてこの国を出るには、まとまったお休みが必要だったから」

「あ、あれは、ルナが自分でやったの⁉」

ブランシュが思わず声を上げると、ルナは全く悪びれない様子で頷いた。

「そうよ。書いていて不愉快だったけれど、ブランシュにも私があの紙で城を出ただけだと信じ込んでもらう方が良いと思って。もうこれですっかり大丈夫。あとは、私が辞任を申し上げなくても、陛下達が勝手にクビにしてくれるわ」

淀みなくすらすらとされる説明に言いようのない恐怖を覚え、無意識にブランシュは敷布の上で身を捩り、ルナから後ずさっていた。

そんなブランシュに、ルナは気の毒な相手を見るような顔を向ける。

「ねぇ、ブランシュ……利益を与えてそれに見合った尊敬を部下から貰うならまだしも、権力のある男に恵んでもらう寵愛など信用できないものよ。どうせ陛下も、ご自分の父王がしたように数年もすれば次々と側妃を囲い、王妃をゴミみたいに捨てるわ」

何かを思い出すように、ルナは深い溜め息をついた。

「でも、私が貴女をずっと守るから安心して」

「ルナ……」

「北の自治都市に移ったら、今までみたいに犯罪組織を潰して稼ぐつもりなの。あちらに多い魔獣組織だってその一部よ。今まで、この国に出稼ぎしてきた彼らから色々と買ったけれど、取引以上に慣れ合うつもりはないわ。基本的には不愉快な連中だから」

フフッとルナが楽し気な笑い声を上げ、足もとのステラを愛しそうに撫でる。

「ね、ステラ？　貴女を作った組織の魔獣使いも、部下の使い方がなっていなかったわね。ちゃんとこちらの言葉がわかるお利口な貴女を狭い檻に閉じ込め鞭で叩いて、お手軽に服従させようとするなんて。貴女の仲間にも酷いことをしているようだから、まずはそこから潰しましょうか」

その言葉に同意するように、キャンキャンと元気良く鳴くステラをルナは撫で続ける。

「ええ。一緒に頑張りましょうね。ブランシュもきっと貴女を気に入るわ」

「ま、待って！」

思い切り叫んだ拍子に頭痛で眩暈がしたが、ブランシュはよろめきつつも上体を起こし、ルナへ向き直った。

「リカルド様のお母様の記録なら私も読んだわ。ルナも知っていたの？　それで私を心配してくれたのかもしれないけれど……いくら血の繋がりがあるとはいえ、リカルド様は前王のような酷いことは決してなさらないわ」

熱心に言ったが、ルナは柔らかな微笑のまま首を横に振った。

「ディエゴ王なんて関係ないわ。権力のある男なら、どこの国のどんな身分でも同じよ。認めたくないのはわかるけれど、貴女はリカルド陛下の甘言に騙されているの」

「私はリカルド様を信じるわ！　ルナこそ、なぜ一方的にそんなことを言い出すの!?」

流石にブランシュの声に怒りが籠ると、ルナは驚いたように何度か目を瞬かせ、それから深い溜め息をついた。

「あまり気は進まないけれど白状するわ。私はね、私とお兄様のことで、まだ嘘をついていたの」

ルナは自分の襟もとに手を添え、プチン、プチンとボタンを一つずつ外し始める。前ボタンを腰の辺りまで外すと、椅子から立ち上がってスルリと衣服を肩から落とし、身を傾けた。

「ひ……っ!!」

彼女の背を目にし、ブランシュの喉から悲鳴が上がる。

ルナの背中は酷い傷痕で一杯だった。焼け火箸でも押し当てられたような火傷や、大小の切り傷が無数に刻まれている。

「全部、私のお兄様がつけたのよ。何年もかけてね」

事もな気にルナは言い、素早くまた衣服を直して椅子に座った。

「お兄様は、お義姉様がずっと私に嫌がらせをしていたのをご承知だったわ。今までご実家で一番美しいと称賛されていたお義姉様は、私の容姿を嫉んでいる可哀想な人なのだから許してあげなさいと言ってね。だから私も、お義姉様に何をされても黙って許したの」

　でも……と、ルナが呟いた。

「ブローチの盗難もお義姉様が仕組んだこと、私が何も盗ってないの知っていると、お兄様はおっしゃっていたのよ。けれどお義姉様が、人格者と評判のお兄様が私にしていた躾を皆に言いふらすと脅したら……慌ててお義姉様の味方になったの。それで私は初めて、あれは私のためではなく、お兄様がご趣味でやっていた悪事なのだと知ったわ」

　ルナの口調は冷静で淡々としていたが、あまりに凄惨な彼女の背中が目の奥から消えず、ブランシュは口もとを手で覆ってガクガクと震えた。

「ねぇ、ブランシュ……私は昔、本当にお兄様が大好きだったわ」

　ルナは首を横に振る。そして、少し遠い昔を懐かしむような目になった。

「お兄様は私を世界で一番愛していると毎日言ってくださったもの。私が大切だからもっと良い子になれるよう、しっかりとお仕置きをするのだと、私もそれを信じていたわ……馬鹿みたいにね」

　ククッと、ルナは俯いて笑い声を漏らす。

　壮絶な話をしているというのに、彼女の口調はどこか楽し気な調子でさえあった。

「家を出される晩に、お兄様は、結婚しないで済むように領地をやるからこの傷を生涯誰にも見せず、自分にも二度とかかわるなと言ったわ。世間体のために結婚をしても愛しているのは私だけだとおっしゃって玩具にしていたくせに、自分の身が危うくなったらポイと捨てた。お前より家の名誉の方が大事だとね。男の語る愛なんてそんなものだと私が言う理由がわかるでしょう？」

「で、でも、それは……っ！」

ブランシュは狼狽しつつ、彼女にかける言葉を探そうとした。

けれど再び語り始めたルナの声がそれを遮る。

「家を出て王都の女学院に入ってから、毎日が虚しくてたまらなかったわ。いっそ死んでしまいたいと思ってぼんやり歩いていたある日、いつの間にかスラム街にいて、柄の悪い男に絡まれていたの。目の前にナイフを突きつけられて……」

不意に、彼女の形の良い口の端がニヤリと歪んだ。

「全然、怖くなかった。この男は私を無傷で捕まえたいのだとすぐにわかったわ。本当に切る時と脅すだけの時の違いは、お兄様でよく知っていたもの。だからナイフを奪い取って、こう使うのだと教えてあげた。悪い子の私には、とても簡単だったわ」

ルナがしなやかな指を喉に当て、鋭い刃のようにひゅっと横に動かす。

「それでね。私はお兄様のために良い子になろうとずっと努力していたけれど、生まれ持った才能や性質を無理に変えようとしても、弱くなるだけで上手くいかないと気づいたの。だって私は良い子になるどころか、お兄様が小悪党だと陰で馬鹿にしていたお義姉様に負けて追い出されてしまったんだもの」

「ルナ、それは……」

違う。間違った、歪んだ考えだと言いたいのに、ブランシュの喉はひりついて、乾いた呻き声になってしまう。

「私がスラムで会った男に勝てたのは、自由になったからなのよ。私に首輪をつけて支配していた飼い主(お兄様)はもういないのだから何でもできる。それなら、どこまで悪く強くなれるか試してみたくなったの」

そうしたら面白いほど何もかも上手くいったのだと、ルナは輝くような笑みを浮かべた。

一年も経たずに部下を集めて《月光団(クラロ・デ・ルナ)》をつくり上げ、瞬(またた)く間にスラム街で頭角を現し、他の犯罪組織を潰していったのだという。

「ちょうどいい時期に、北の魔獣組織が新開発されたこの子を売りつけにきてくれたり、今回のように陛下とセシリオ殿下が偶然に二人共留守にしてくれたりしたわ。悪運はいつも私の味方なの。これはもう、悪の才能と言うしかないでしょう？」

「じゃあ……孤児院の時の、あの薬も……」

牛を凶暴化させた薬をルナがリカルドに投げた事件――それを思い出してブランシュが声を上擦(うわず)らせると、彼女が肩をすくめた。

「女官の時には派手に動きづらいから、あの薬を護身用に持っていたの。何かあったら相手に降りかけて野犬でも仕向けられるようにね。牛は偶然だし、ブランシュを助けるには誰か生贄(いけにえ)が必要だったから迷わずリカルド陛下を狙ったけれど、まさか無傷なんて驚いた」

そしてふと、ルナが気まずそうに眉を下げてステラの首輪を指す。

「ついでにこれも白状するわ。私が風邪をひいたと言った日、本当は《月光団(クラロ・デ・ルナ)》に急なトラブルが起きて城を抜け出していたの。貴女に見られたのは、荷馬車に隠れて城に戻ったところだったのよ」

「そ、そうだったの……」

仮病だというのが最後にルナの告白したかった嘘だったのか。相槌を打ちながらも、ブランシュはなぜか嫌な予感が収まらず、汗の滲む手で敷布を握りしめた。

「ちょうとミゲルが近くにいるし、部下に鍵開けのコツを習ったから部屋はすぐに開けられる。ブランシュの興味を引かなければと、魔が差してしまったわ。……ティグの首輪を盗んで傷つけたのは、私よ」

「――っ!!」

ルナのこの告白は、ブランシュをさらに驚かせ、深く傷つけた。

「な……ど、して……そんな……」

ハクハクと口を開け閉めするブランシュに、ルナは悲しそうな目を向ける。

「ごめんなさい、私の嫉みよ。ブランシュはティグを一番最初の友人と言っていたわね。もう死んでいる彼は貴女を絶対に裏切れないから、貴女の中で永遠に一番でいる。それが悔しくて……これについては、好きなだけ私を罵倒して。ぶっても良いわ」

ヒクヒクと痙攣する喉から、ブランシュは呻き声を絞り出した。

これは流石に許せないと思う。これだけでなく、他のことだって。ルナを信じていたのに、騙されて裏切られたと、怒りと悔しさと悲しさでいっぱいだ。

けれど……ルナを糾弾することは、どうしてもできなかった。

（ここまで聞けば、あからさますぎるもの。ルナがこんなことをした本当の理由は……）

ルナは類稀なほど頭が良く才能に恵まれた娘なのだろう。そうでなければ、十代の後ろ盾もない世間知らずな貴族の娘が、スラム街に組織を作るなどできるはずもない。

ルナを歪ませてしまったのは兄の暴挙で、今回の凶行に走らせたきっかけは……

ブランシュは敷布を握りしめ、ルナをまっすぐに見て訴える。

「ルナ……貴女は、私を自分と重ねて見ているのね。貴女が救いたいのは、貴女自身なのだわ」

「ブランシュ、何を言っているの？　私はもう、こんな悪い自分を救いたいなんて、欠片も思わないわ。それに、とっても可愛らしくて良い子の貴女を自分と重ねるはずがないじゃない」

キョトンと目を丸くしたルナを前に、初めて会った日の彼女を思い出し、ブランシュはどうしようもなく胸が痛くなった。

ルナから見れば、離宮にずっと幽閉されていたブランシュは自分と瓜二つの境遇に思えたのだろう。また、ブランシュがリカルドを慕っていたのが、決定打となったはずだ。

エルミラとブランシュの諍いを最初は無視していたルナが、急に口を挟んでブランシュを庇い興味を示し始めたのは、それがきっかけだった。

ルナは歪んだ環境下で自分を虐げる兄を純粋に慕っていたから……同じように制限された空間で育ち、閉じ込める側の立場であった年上の男性を慕い、彼女と同じ年頃で籠から出されたブランシュを、もう一人の自分に見立ててしまった。

だから彼女はブランシュに『私だけが貴女の味方』と言い、あれほど優しくしてくれたのだ。いつも傍にいて、困った時には手助けをし、何かにつけ褒めてくれた。楽しく日々を共に過ごし、家族になって、ずっと一緒に仲良く暮らそうと言った。

きっと、ルナがブランシュにしてくれたことは全部、彼女自身が奥底で渇望していたことだ。

「ルナ。貴女が私と自身を重ねている証拠は、ティグの首輪を盗んだことと、貴女の書いた張り紙の文章よ。特に首輪のことは……貴女の嫉妬だなんて、どう考えてもおかしいの」

ブランシュは唖然としているルナに、自分の考えを話した。

ルナ自身は、単に魔が差しての行為だと思い込んでいるだろうが、本当にティグに嫉妬していただけなら、もっと早くにやっていたはず。同じ城に住んでいるのだから機会はいくらでもあるうえに、わざわざブランシュへ首輪を見せる意味もない。どこかに捨ててしまうか、目につくところに放置すればいいだけだ。

彼女がティグの首輪を盗んだのは、ブランシュが祖国に帰ろうかと悩んでいるのを打ち明けた直後だった。

思わぬ事態に焦ったルナは、自分の分身を何とかして引き留めなくてはと思ったのだろう。

愛猫の遺品を傷つければ、ブランシュは犯人を突き止めようとして王宮に残るかもしれない。また、自身の過去に嘘を少しだけ交ぜて語り、大いに傷ついた素振りをすることで、ブランシュの同情を引いたら、見捨てられなくなるかも、と。

どちらにしてもブランシュが残る可能性はかなり高いはずだと考えたに違いない。

しかし、ブランシュを守りたいというルナの想いと、ブランシュ自身が望んでリカルドから離れて祖国へ帰るのを邪魔するという行為は矛盾する。

だからルナは、ティグへの嫉妬だという言い訳をつくり上げた。

結局ブランシュが王妃になるという事態が起こり、これからブランシュと常に一緒にいるのが自分ではなく、彼女が害悪だと信じているリカルドになってしまった。

ルナは、恐ろしいほどの危機感を抱いたのだろう。

張り紙の中傷文だって、誰にでも書ける罵詈雑言の方が犯人不明にできて良かったはずだ。

しかし、ブランシュを子どもの頃の自分に同化させていたからこそ、発作的に『家を追い出された当時の自分が見て一番傷つく言葉』を選んでしまった。

ブランシュはルナが自分で書くはずもないと思ったが、自作自演を疑われる可能性はあるのだ。

他に書ける人はいないのだから。

ルナのように用心深ければ、当然それを避けるはずなのに。

「――ルナは私に、本当に優しくしてくれたわ。でも、私を分身として見ているからこそ、私のためだろうとそうでなかろうと、貴女は私を手放せないのよ」

そう結論付けたブランシュを、ルナはポカンとした顔で眺めていたが、困惑気味に眉を寄せて首を横に振った。

「そんなことはないわ。私はブランシュが大切だから、幸せになってほしいだけよ」

認める気はないらしいルナに、どうしたらわかってもらえるかとブランシュは悩んだ。

できることなら彼女を何とかして説得し、仲良く城に帰って全てなかったことにしてしまいたい。そうできたらどんなに良いだろうか。

けれど、もうここまで来たら無理だ。ルナを説得できたとしても、彼女が菓子店でしたことを考えれば、今までのように過ごせることはもう二度とないのだ。

でも、せめて……と、まだ頭痛に苛まれつつ、ブランシュは必死に思考を巡らせる。

「ルナが私を大切な友人と言うのなら、正直に答えてほしいの。……菓子店で、ステラの火炎を向けられた近衛兵さん達は、どうなったの？」

唐突に変わった話題に、ルナは驚いた顔で小首を傾げたものの、すぐに答えてくれた。

「軽い火傷くらいで済んでるはずよ。普通なら避けきれずに即死していたでしょうけれど、流石は陛下の選んだ精鋭というところね。しつこく追ってきたから、逃げるのが予想よりはるかに大変だったわ」

「大怪我もしなかったのね。良かったわ……」

ブランシュはひとまず胸を撫で下ろし、次の質問をする。

「じゃあ、他に誰かを巻き込んでしまった？」

「いいえ。私はこれでも部下を大切にしているの。各自の能力を重視して役割を決め、裏町に関係ない者は巻き込まないよう気をつけているわ。いつかの新聞には、私達が善良な店を潰したと書かれていたけれど、あの店は麻薬組織の隠れ蓑だったのよ？　《月光団》を叩く記事を書けば売れるって、新聞記者がそういうことにしたみたいね」

「そうだったの……」

「まぁ、それはともかく、さっきミゲルが言ったように今回の戦闘はゼロよ。武装した兵が大勢差し向けられるはずだから、部下達には逃げと撹乱に徹するよう命じているの」

ブランシュの質問に、ルナは訝し気な顔をしつつも、すらすらと答えてくれる。

「囮役には、私が貴女を連れてお兄様のもとへ逃げていると見せかけるよう命じたわ。兵達がセルベラ家を取り囲むけれど、お兄様達は私と無関係ではないものね」

「……そうね」

ブランシュが頷くと、ルナは口もとに手を当ててクスリと笑った。

「私は指輪も髪飾りも盗んでいないから、お兄様とお義姉様に要求されても返すことができない。だから代わりに、お二人が私にくださったのと同じものをお返しすることにしたの」

無邪気ささえ感じさせるルナの表情に、ブランシュは彼女が復讐を完成させたのだと悟った。

彼女が二人に返したものは、盗んだ覚えのないものを返せと言われた、冤罪だ。

セルベラ家の家名は地に落ちるだろうし、厳しい捜索と尋問で、兄がルナを追い出した真相が漏れたら……いや、そうなるように、ルナは仕組んでいるような気がする。

しかし、あの背中を見た後では、ブランシュはルナの兄に同情する気になれなかった。

「じゃあ……最後にもう一つだけ答えて。ルナは女官になってから、ティグの首輪を盗んだ以外に、誰かを害したり盗みをしたことはある？」

祈るような気持ちで、ブランシュはドクドクと胸を不安で鳴らす。

「ないわ」

ありがたいことに、ルナは首を横に振ってくれた。ほぅっと安堵（あんど）するブランシュに、彼女はちょっと言い訳をするような調子で肩をすくめて見せる。

「女官をしていたのは、城に出入りする貴族を観察して情報を集めるためだもの。リカルド陛下が城内の汚職は取り払ったけれど、まだ地方まで完全には行き届いてないし、スラムで流通するお金は、そういう場所から流れ込んでくるのよ。だからブランシュと会うまでは、できるだけ目立たないようにしていたの」

ブランシュの脳裏に、初めて女官になった日が蘇（よみがえ）る。俯（うつむ）いてボソボソと小声で自己紹介をしていたルナは確かに、存在感を極力殺そうとしているような感じだった。

彼女と過ごした日々が、目まぐるしく頭の中を駆けていく。

ルナがブランシュだけではなく、スラムで傷ついた孤児院の子ども達へも優しく接していた姿や、彼女に心酔し切っていたミゲル少年の様子も。

《月光団（クラロ・デ・ルナ）》の頭領としてルナが何をしてきたのだとしても、弱者を虐（しいた）げることだけは決してしなかっただろう。

ブランシュは深く息を吸い、再び口を開いた。

「わかったわ……ルナ。貴女は今すぐ、一人で北に逃げて」

「え……？」

「スラム街での組織同士の争いに、警備兵は関与しないと聞いているわ。それに孤児院の慰問の時、リカルド様は貴女を許すとおっしゃった。だったら、貴女が犯した罪はティグの首輪と私を攫ったことだけ……貴女がティグの形見を傷つけたのを忘れはしないけれど、私に優しくしてくれたことも決して忘れられないから、許すわ」

　嗚咽が零れそうになるのを堪え、驚愕の表情を浮かべているルナに告げる。

「もう一緒に並んで歩けはしないけれど、ルナはずっと大切な友人よ。だから逃げ切ってほしいの。貴女を必要としている部下達の所へ行ってちょうだい」

「ブランシュ!?　一人でなんて……絶対に嫌よ！　貴女を置いて逃げるなんてできるわけないわ！」

　ルナが大きく顔を歪め、引き攣ったような悲鳴を上げた。

「いいえ、できるわ」

　ブランシュは手を伸ばし、よくルナがやってくれたように、彼女の両手を握りしめる。

　やり場のない憤りと悲しみが込み上げ、握った手の上にポタポタとブランシュの涙が落ちた。

「お願いだから気がついて。私は貴女ではないの。この先にどんな苦労があろうと、私はリカルド様の傍にいると決めたのよ。だから……貴女の望む道にはいけない」

「そ、そんな……」

「貴女は部下を大切にするのでしょう!?　彼らは北の見知らぬ地でルナを頼りに待っているのよ!?　私よりもずっと、ルナを必要としているの！　だから逃げて……リカルド様がここへ私を取り返しに来て、貴女を追い詰めてしまう前に!!」

　思い切り叫ぶと、ブランシュの握ったルナの手がブルブルと震え出した。彼女の顔が見る見るうちに蒼白になる。

「どうして、私を拒否するの……ありえない、ありえない……あ！　もしかして足手まといにならないか心配しているのね⁉　大丈夫よ。ステラもいるし、私は貴女を守るためなら何だってやるわ！」

額に汗を滲ませて狼狽しつつ、ルナは早口にまくし立て始めた。

「違う！　違うのよ、ルナ！　落ち着いて！」

「それに、部下から入った報告では、陛下は夕方、予定よりも早く城に帰ってきてすぐにセルベラ領に向かったというもの！　ここには来ないわ、絶対にね！」

引き攣った笑顔でルナが叫んだ時、床に伏せていたステラが唐突に立ち上がった。

忠実なルナの愛犬は、扉に向けて激しく吠え始める。

「誰かいるのね⁉」

ルナがブランシュの手を振り解き、ドレスの隠しから鞭を取り出して身構える。ステラもその足もとで身を低くし、いつでも火炎を吐いてやるとばかりに、鼻に皺を寄せて唸った。

緊迫した空気の中、軋んだ蝶番の音を立てながら扉がゆっくりと開く。

「リカルド様……」

そこに立つ人の名を、無意識にブランシュは呟いていた。

ランプの灯が僅かに届くだけの暗がりにいても、間違えようがない。

平民のような簡素な衣服とマントを身に着けたリカルドが、険しい表情で抜き身の剣を手に立っていた。

「このようなことになって非常に残念だが、ブランシュの信頼を裏切り、かどわかした罪は償ってもらう」

リカルドがルナを睨む。それに対抗するようにステラが歯を剥いて唸り、ルナも青ざめたまま国王を睨み返した。

「リカルド様！　ルナは……」

待ってくれと、ブランシュはとっさに叫びかけたが、すでに遅かった。

リカルドが部屋に飛び込むと同時に、ルナが鋭い声を上げて鞭を鳴らす。

「ステラ！　発火！」

こんな子犬からどうしてと思うほどの猛火が、たちまちステラの口から噴射される。

しかし、リカルドが素早く身をかわしたので、紅蓮の炎は宙を舐めただけに終わった。

「誰かに雇われたのか？　要求を言え。ブランシュを攫ったのは、何が望みだ？」

怒りの籠る声でリカルドが唸ると、ルナが血走った目で叫んだ。

「雇い主？　要求？　馬鹿馬鹿しい！　私はブランシュを貴方から助けるのよ！」

甲高い笑い声を交じらせ、彼女は怒鳴った。

「王妃だなんて、よくもブランシュをまた閉じ込めて玩具にしようとしたわね！　いくらこの子を手懐けても、私は騙されないわ！　ブランシュの味方は私だけよ！」

ルナの言葉に、リカルドが呆気にとられた表情となる。

当然だ。リカルドはルナの育った境遇も真意も聞いておらず、ただ魔獣を使ってブランシュを攫ったことしか知らないのだから。

唖然としているリカルドへ、ルナが嘲るような声を上げた。

「淑女の部屋に無断で入ろうとする男など、いくら陛下でもお仕置きが必要ですわ」

その途端、リカルドのすぐそばにある壁の一部が、グニャリと歪んだ。

汚れた壁紙の一部が腕ほどの太さで長く伸び、リカルドに襲いかかる。

鞭のようにリカルドの腕を叩いて剣を落とさせ、身体に巻き付こうとするそれが、長い巨大な蛇だとようやくブランシュはわかった。

蛇の表面に浮かんでいる模様が壁紙にそっくりだったので、まるで気づかなかったのだ。

蛇が完全に絡みつく前に、リカルドが拳をふるって蛇の頭を殴る。ひるんだ蛇は彼の身体から離れたが、くねった身体が運悪く床に落ちた剣へ当たり、それを部屋の隅に弾き飛ばしてしまった。

素早く後退した蛇の身体の模様が、今度は瞬く間に床板そっくりに変わっていく。まるで床に溶け込んでしまったようで、いくらブランシュが目を凝らしても、どこにいるのか全くわからない。

「あ、あの蛇は……？」

「あれも新種の魔獣で、ステラと一緒に買った、擬態蛇のピネーよ。この部屋の番蛇なの」

油断なく鞭を構えつつ、ルナが答えた。

「あの子はステラと違って、誰にでも襲いかかる困った子だけれど、心配しなくて良いわ。私が馬車で食べさせたキャンディーは、ピネーの嫌うにおいを出す忌避剤も兼ねているの。私もステラも、この部屋に来る前に忌避剤入りのキャンディーを食べているわ」

　ニヤリとルナが凄惨な笑みをリカルドに向けた。

「だから、お腹が空いたかわいそうなピネーが狙うのは、招かれざるお客だけ。陛下は牡牛に囲まれても無事だったけれど、牡牛を絞め殺す擬態蛇が相手ではどうかしら!?」

　言い放つと同時に、ルナが鞭をしならせて床を叩く。

「発火！」

　剣を拾いに行こうとしたリカルドの先回りをするように、ステラが絶妙な方向へ炎を吐き出しては、その行く手を阻んだ。

「っ……!?」

　リカルドは息を呑む。

「や……やめ、て……」

　恐ろしさで、ブランシュの全身はすっかり強張る。抜けきれない薬のせいか足腰に上手く力が入らず、寝台の上にペタリと座り込んだまま動けなかった。ひゅうひゅうと喉が鳴る。

　火炎犬と擬態蛇を同時に相手しなくてはならないリカルドは、非常に不利だ。

落ちた剣を拾おうにも、部屋の中に溶け込んだ蛇は思わぬ場所から姿を現して不意打ちをかけてきた。何とかそれを回避すると、途端にステラの火炎が襲いかかってくる。

　ルナが僅かに位置を変えながら床を打つことで、ステラは主人の望む方向を正確に理解して火炎を吐いているようだ。部屋は広く天井も高かったが、これだけの猛火を立て続けに噴射されれば、無事で済むはずがない。壁紙へ引火し、きな臭い煙が立ち始めた。

あの夢の中と同じ、木の焦げるにおいがブランシュの鼻をつく。

そしてついに、壁際に追い詰められたリカルドへ、ステラの炎が襲いかかった。

リカルドは無理に避けようとはせず、素早く脱いだマントを大きく振って炎を振り払いながら、正面に飛び込んで猛火を抜ける。

そのまま燃え上がったマントを足もとの床に放ると、床板の一部が大きく跳ね上がったように見えた。燃えたマントをかけられた擬態蛇が驚いて身を跳ねたのだ。

おそらく、何回か不意打ちをくらったことで、リカルドは蛇のいる方向を悟ったのだろう。

燃えたマントを張りつけた擬態蛇が長い身体をくねらせてのたうち回り、ステラに当たりそうになる。

「後退！」

ルナが叫び、ステラが飛びのくのと、リカルドが拾い上げた剣を翻すのが、ほぼ同時だった。

するどい斬撃が太い蛇を一閃する。噴き出した血が擬態した蛇の身体を赤く染めて、周囲から浮き上がらせていった。

（い、今……逃げなきゃ……ルナはまだ……ナイフを持っていない……）

擬態蛇が死に、ステラも後ろに下がった今が好機だ。リカルドの所まで、たった数歩。

悪夢を最後まで完成させまいと、ブランシュは必死に寝台から飛び出したが……

鋭く吠えたステラが、唐突にブランシュの足もとに走ってきた。小さな子犬でも、ふらつく足に体当たりされればたまらない。

「きゃあ！」

「ブランシュ！」

ブランシュとリカルドが同時に叫び声を上げる。

大きくバランスを崩したブランシュの背後へ、ルナがスルリと滑るように回り込んで抱きかかえた。水が流れるみたいに滑らかな動作だ。ルナは右手に持っていた鞭を落とすと、衣服の袖口から細身のナイフを抜き取り、刃の平面をブランシュの喉に押し当てる。

「ステラ！　待機！」

ルナが叫ぶと、ステラは唸り声を上げてリカルドを威嚇しながらも、その場にさっと伏せた。

「陛下も剣を床に落としてから、動かないでくださいませ」

ブランシュに押し当てたナイフを見せ付けられ、リカルドは剣を床に落とす。

「ひ……」

冷たい金属の感触が、ブランシュの背中に冷や汗を流し、声を上擦らせた。当たっているのは平面でも、ルナが手首を返せば一瞬で切り裂かれる。

廃墟。火事。ナイフをブランシュの首に押し当てるルナ。剣を持って対峙するリカルド……

これを必死に回避しようと散々に悩み、できることは全てしようとしたはずなのに。

「陛下は流石、赤い悪鬼とまで呼ばれた方ね。とってもお強いわ。ここがなぜバレたのかもわからない。完全にやられたわ」

ルナの手が僅(わず)かに動き、ブランシュの喉(のど)に触れる刃が炎を反射して光った。色あせた壁紙を炎が舐(な)め、古い木の柱にも移って着実に燃え広がっていく。

「貴方に引く気がないのなら、この場で一思(ひとおも)いに彼女を殺して私も死ぬわ。私達は、もう二度と閉じ込められてなんかやらない!!」

ルナの頬に幾筋(いくすじ)もの涙が流れる。痛烈な叫びがブランシュの耳をつんざき、心に深く突き刺さった。

「ルナ……やめて、お願い……ここにいるのはリカルド様よ。一度だって私を傷つけたことなんかないわ……貴方のお兄様とは違うの」

押さえ込まれたまま、ブランシュは細い声でそう訴えるしかできなかった。

ルナに、受けた苦痛や絶望を乗り越えろとか、諦めろとか、そんな偉そうなことを言えるはずがない。それを言えるのはルナ自身だけで、ブランシュは彼女じゃない。

「私は、ルナが好きよ……でも、貴女と同じ人間じゃないの……同じ道は歩けない。私はリカルド様の手を取って生きたいの……おねがい、ル……ケホッ！」

私を信じてと、夢の中でも叫びたかったことを口にしている途中で、喉(のど)に入り込んだ煙に、ブランシュは咽(む)せ込んだ。

「ルナ。そなたに何があったのか詳しく聞いている暇はないな。だがとにかく、ブランシュを傷つけたくないのは私も同じだ」

激しく燃え始めた室内にチラリと視線を向け、リカルドが溜め息をつく。自分の背後にある扉へ促(うなが)すように、僅(わず)かに身体を傾けた。

「早くここを出ろ。この建物へ、他に兵は連れてきていない」

「……信用できませんわ。陛下が先に部屋を出てください。その後も、安全な場所までは私の指示に従っていただきます」

用心深そうに唸(うな)るルナに、リカルドが頷(うなず)いた。

「賢明な判断だな、私がそなたの立場でもそうする」

そして、彼の鷹(たか)のように鋭い目がルナを見据(みす)え、静かな声で言った。

「私を信じないのは賢い判断だが、本当に想う相手の言うことくらいは信じてやるべきではないか？」

「……っ!!　黙って、すぐに部屋を出て！」

大きく顔を歪(ゆが)めたルナが怒鳴った時だった。ブランシュとルナの頭上で、ミシリと不穏な音が響く。同時に、ボロボロの古い梁(はり)が大きくたわみ、天井に無数の亀裂が入った。

「きゃあああっ！」

見えない手で突き崩されたように落ちてくる天井に、ブランシュは悲鳴を上げる。

「ブランシュ!!」

リカルドが叫ぶのとほぼ同時に、ブランシュを捕えていたルナの両手が外れた。

「大好きよ」

掠(かす)れた声が微(かす)かに聞こえた気がした。その瞬間に背中を強く押され、ブランシュはリカルドの腕の中に飛び込む。そのまま抱き寄せられた直後、すぐ背後で大音響と共に瓦礫が降り注いできた。

床に激突した太い梁を、リカルドがブランシュを抱えたまま転がり、すんでのところで避ける。

「怪我はないか⁉」

あちこち穴の開いた廊下に出ると、リカルドは抱きかかえたブランシュを見て無事を確認した。

「はっ……はぁ……っ、はい……でも……」

ガチガチと歯を鳴らし、ブランシュはさっきまでいた室内に目を向ける。

もうもうと立つ木屑と埃、それに焦げ臭い煙が立ち込め、中は全く見えない。

「ルナ‼」

大声で呼んだが、返事もステラの鳴き声もなく、代わりに激しい落下音が聞こえ、廊下の床が大きく揺れた。

完全に腰の抜けてしまったブランシュをリカルドが抱え上げ走り出した——までは覚えている。

気づいたらブランシュは、王宮の寝室に寝かされていた。

傍には城医師が控えていて、あの廃屋の事件が夢ではなかったと知らされる。

今は、あれから一日経った昼だという。

ブランシュは小さな擦り傷を負った程度で、薬の頭痛も抜けており、少し休めば寝台を出て良いと医師に許可された。リカルドも、軽い火傷とかすり傷程度だったそうだ。

兵達が廃屋の瓦礫を片付けているが、ルナとステラはまだ見つからない。城医師がブランシュへ教えてくれたのはそれだけだった……

8　世界で一番幸せな王妃

誘拐事件から一ヶ月半あまりが経った、ある日の午後。

今日は良い日和で、大きな窓から春の陽射しが明るく室内を照らしていた。

「――セシリオ様はご無事でしたか」

ブランシュは私室で、見舞いから帰ったリカルドに聞き、ホッと安堵の息を吐く。

できれば自分で見舞いに行きたかったが、リカルドから止められてしまったのだ。

「ああ。精神的な疲労からの発熱だそうだ……まぁ、たまには自分より上手の相手にプライドをへし折られるのも、セシリオには良い薬だろう」

ブランシュの向かいで長椅子にかけたリカルドが、茶をすすりながら苦笑した。

床で唸っているだろうセシリオに申し訳ないと思いつつ、ブランシュもつい苦笑してしまう。

あの誘拐事件の後日。ブランシュはリカルドに、ルナが事件を起こした真相を伝え、彼からもまた、数々のことを教えてもらった。

ブランシュの居場所を突き止められたのは、先視の夢のおかげだったという。

ルナの部下達は非常に上手く近衛兵達を誘導した。城へ戻った途端に誘拐事件を知ったリカルドも、ブランシュの夢を聞いていなければ、セルベラ家の屋敷に向かっていたそうだ。

『この紋章で、そなたがどこにいるのかがわかった』

そう言って示された紋章図に、ブランシュは目を見張った。紋章に記されていたのは薔薇と蝶のような羽根を広げた横向きの妖精だ。

妖精の身体部分が削れていたので、残り部分だけを見たブランシュは、薔薇と蝶の紋章だと思い込んでいた。

あの廃屋は『薔薇の妖精亭』という潰れた高級娼館で、紋章は店の印だったというわけだ。

店は中心街から離れた王都の端にあり、知的で気が利く美女が揃っていると人気の店だったらしい。

リカルドも以前、部下達からその店の評判は聞いていたが、実際に訪れたことも看板を見たこともなく、ブランシュの夢とは全く結びつかなかった。

しかし、出先から城に帰る途中、手に怪我をした部下が止血に使っていた古いハンカチに、ブランシュから聞かされていた紋章そっくりの刺繍がされているのに気づいたそうだ。布が折れて図が欠けていなかったら、きっと同じだとは思わなかっただろうと彼は言う。

リカルドの部下は、それを昔贔屓にしていた娼婦から貰ったものだと語り、店の場所と代替わりした経営者が無能すぎて六年も前に潰れ、廃虚となっていることを教えてくれた。

だから、ルナがブランシュを攫ったと聞き、そこにいると思ったのだそうだ。だが、ルナの部下達がどこに潜んでいるかわからない。ルナに居場所を替えられないための用心に、セルベラ領に行ったと見せかけ、信頼できる部下の一人と入れ替わったという。

――こうした一連の説明を聞かされ、ブランシュは驚くと共に、目頭が熱くなった。

くだらないと一言で片付けても無理はない夢の話をリカルドが信じてくれたからこそ、ブランシュを見つけられたのだ。

それにもう一人。ブランシュを信じてくれた大切な人のおかげで、こうして生きている。

頑なに、ブランシュを殺してでも渡さないと、ルナは言っていたのに……

最後に背を押してリカルドへ渡してくれたのは、最終的に自分の受けた傷よりもブランシュの言葉を信じてくれたからだろう。

（ルナ……貴女が今、どこにいるのかはわからないけれど、ありがとう……）

窓から見える遠くの空を眺め、ブランシュは目を細める。

廃屋の瓦礫から彼女とステラの遺体が見つからなくても、生きている可能性は限りなく低いと思っていた。

けれど半月前、突然マルタが一通の手紙を持って、ブランシュを訊ねてきたのだ。

マルタ宛てにブランシュの名前で分厚い封筒が届いたのだが、中には知らない人の名前が記された封筒が入っていた。貴女ならブランシュ王女の味方と信頼できるので、これを必ず王女に渡してほしいという紙が同封されている。

マルタは怪しいと悩んだものの、ブランシュへ見せに来た。

封筒に記された差出人の名前を一目見て、ブランシュはこれがルナからの手紙だとわかった。

その名前はルナから以前にお気に入りだと貸してもらった、古い小説の主人公と同じだったのだ。

その小説は身内の酷い裏切りで家督を奪われた主人公が投獄された末に脱獄し、復讐を果たすという内容だった。

封書の中身は折りたたまれた何枚かの分厚い紙で、『私を過去の呪縛から解いてくれたお礼と、貴女の宝物を傷つけたお詫びに』という一文を記した細い紙で束ねられている。

折りたたまれていた紙は、例のクアドラ侯爵家が開墾の邪魔をしたり、失業兵を唆して盗賊をさせていたりした証拠となる、他の貴族とのやりとりを記した秘密文書だった。

すぐにブランシュは手紙をリカルドに見せ、セシリオが迅速かつ狡猾に動いた結果、クアドラ家を政略結婚よりもはるかに都合よく黙らせることができたらしい。

セシリオはにこやかにブランシュへ礼を述べたものの、その笑みはどこか浮かなかった。

――そして、今朝から急に熱を出し、すっかり寝込んでしまったというわけだ。

「枕を被って、見事なまでにしょげ返っていたから、ブランシュは見舞いに行かないでやってくれ。男の見栄というものだ」

軽く肩をすくめて、リカルドが言う。

「そういうものですか……」

今ひとつ理解できなかったが、ブランシュはとりあえず頷き、この件には今後もできるだけ触れないようにしようと誓う。

セシリオはルナに完敗したショックで寝込んでいるのだと、リカルドがこっそりと教えてくれた。

地味で目立たずろくにやる気のなかったルナが、ブランシュが来た途端にめきめきと頭角を現したことで、セシリオは彼女に不気味さを感じたという。

　しかし、どうにもルナの狙いがよくわからない。

　そこで、リカルドのもとへブランシュ達が手伝いに行ったあの日、ルナを一人で連れ出してチェスで実力を試したり何かと引っかける質問をしたのだが、用心深い彼女は決して尻尾を出さなかった。

　それでようやく、ルナがただブランシュに好意的で、やる気を出したのかと思い始めたのだ。それもまた一つの真実だったのだから、こちらはまだ良い。

　しかし、まさか彼女が世間を騒がせる《月光団（クラロ・デ・ルナ）》の頭領だとは夢にも思わず、一度は怪しいと疑いながら気づけなかったのが悔しくてたまらないらしい。

　そのうえクアドラ家の妨害工作は、セシリオも前から調査をしていたものの、なかなか証拠を掴（つか）めなかったのだ。

　その証拠を盗み出してこちらに寄越したのがルナだと聞いた時の、セシリオの硬直し切った表情は、きっと生涯忘れられない。

　ブランシュがそんなことを思い出していると、不意にリカルドがまた口を開いた。

「……そうそう。先ほど、北の方へ情報収集に行っていた者が帰ってきたのだが、自治都市群は全く物騒だな。最近などは、女頭領の率（ひき）いる新しい盗賊の一団が現れ、いくつかの魔獣組織をたちまち潰したそうだぞ」

「え!?」

「顔の半分に大火傷(おおやけど)がある、その女頭領はとてつもなく狡猾(こうかつ)なうえに、火炎を吐く犬を自在に操(あやつ)るらしい。部下達はすっかり彼女に心酔して、軍隊並みに統率がとれているとも聞いたな」

リカルドは相変わらず窓の外を見たまま、まるで他人事だとばかりに呟(つぶや)いていたが、ブランシュに視線を戻すと、少し困ったように微笑んだ。

「遠い地の、知らない女の話だ」


せわしなく時間は流れていく。

大国であるイスパニラ国王の結婚式は、当然ながらとんでもなく大掛かりな国事だ。

日中に教会での誓約や民へ披露するためのパレードを済ませた後、賓客(ひんきゃく)を招いて大食堂での晩餐(ばんさん)。

それから大広間での舞踏会だ。各場面で着る衣装も異なっている。

ブランシュもリカルドも、それぞれの支度に追われていたが、時には息抜きも必要だ。

よく晴れた日の午後。二人は中庭の隅にある例の東屋(あずまや)で、一息をついていた。

春風がオレンジの葉を揺らし、ブランシュは幸せ一杯で隣に座るリカルドに身を寄せる。

ここなら、少しくらいくっついていても誰かに見られる心配もない。日中にこうして二人きりで過ごせるのはなかなか貴重で、たまにはいいじゃないかと甘えたくなる。

リカルドの方でも同じ考えでいてくれたのか、身を寄せたブランシュをさらに抱き寄せた。

「式の練習でも、ブランシュは堂々として見事なものだと、女官長が上機嫌だ」

嬉しそうな声で耳もとに囁(ささや)かれ、ブランシュは照れくささとくすぐったさに首をすくめた。

「緊張はしています。当日はバルバラ様とソフィア様にも初めてお会いしますし……」

遠方に嫁（とつ）いだリカルドの異母妹達は、肖像画と噂でしか知らない。二人は兄達と容姿こそ似ていないが、どちらも迫力ある美人で、非常に気が強いと有名だ。

小国の姫で、しかも年下のブランシュが兄嫁になるのを、彼女達がどう思うかはわからない。できれば良い関係を築きたいものだとドキドキする。

「心配ない。バルバラとソフィアは、見た目は似ていなくても好みはそっくりだ。二人とも、このオレンジで作るマーマレードが大好物で……」

リカルドは傍（かたわ）らのオレンジを指し、それから不意にブランシュをぎゅっと抱きしめた。

「可愛いものに目がない。間違いなく二人共ブランシュを気に入るはずだ。そして、滞在中は女同士で親睦を深めるなどと言って私から獲（と）ろうとするに決まっている」

拗（す）ねた口調で言うリカルドに、ブランシュが思わず噴き出すと、彼の手が顎（あご）にかかった。

「だから今のうちに独占させてくれ。ブランシュ……愛している」

初めて口づけたこの場所で、愛しい彼は今度こそきちんとブランシュを呼んでくれた。

そしてついに結婚式も三日後に迫った。下働きから大臣まで、城中の人間は準備に大忙しだ。

「素敵！」

昼食後、婚礼祝い用に飾りつけられた大広間を見たブランシュは、短い感嘆の声を上げた。あまりの素晴らしさに、それしか声が出なかったのだ。

「本当に素晴らしいですわね」

ブランシュの右隣で、女官のロレッタも惜しみない感嘆の声を上げる。

生花はまだないが、白絹を基調にして赤と金のリボンで彩った飾りつけは基本的な形に斬新なアレンジを加えており、提案されたいくつかのデザイン図からブランシュが選んだものよりもはるかに素晴らしくなっていた。これだけでも十分に優雅で美しいが、生花が加わればいっそう華やかになるだろう。

「当然です。この私が指揮をとったのですからね。あんな古臭い飾りつけ案をそのまま使おうなどという方に、文句をつけられてはたまりませんわ」

左隣にいたエルミラが、腰に手を当てて傲然と言い放った。

ブランシュは彼女を横目で見て、小さく溜め息をつく。

「貴女って、相変わらず一言多いわね。でもこの飾りつけは確かに素晴らしいいし、私には思いつけなかったわ。ありがとう」

「……私はもう戻りますわ。女官が減って忙しいので！」

エルミラはフンとそっぽを向き、そのまま足早に立ち去ってしまった。

相変わらずだと、ブランシュはロレッタと顔を見合わせて苦笑する。

ブランシュが女官から王妃となり、ルナが思わぬ形で王宮を去ったうえ、先月にはエルミラの取り巻きだった二人も辞任してしまったのだ。

残ったエルミラは、一緒にさぼる取り巻きがいなくなったのとブランシュへの対抗心から真面目に仕事をするようになった。彼女を煙たがっていた他の女官からも、随分見直されたようだ。

彼女は変わらず意地悪だけど、嫌がらせするより飾りつけをもっと素敵にしてこちらの鼻をあかそうとしてきた。こういうところは素直に尊敬できるとブランシュは思う。

大広間を後にしてからロレッタと別れ、ブランシュは私室に戻る。

結婚祝いの目録や挨拶文などにもう一度目を通していると、扉が叩かれて侍女の声がした。

「失礼します。シャノワール国王ご夫妻がお見えになったと、陛下がお呼びです」

一瞬、ブランシュは自分が何か聞き間違いをしたのかと思った。

「……シャノワール国王夫妻が？」

「はい。残りの支度を全て置き、大至急いらっしゃるようにとのことです」

扉を開けた侍女に急(せ)かされても、まだ信じられない。

だって、シャノワール国はこの王都から本当に遠い。険(けわ)しい山岳地帯を越えて直線距離を進めば十日くらいの距離だが、よほど熟練の旅人か訓練された騎馬隊でもなければ容易には通れないのだ。

馬車で安全に旅をするなら、かなりの遠回りをしなければいけない。

ブランシュがここに寄越された時には、赤子を気遣って十分な休息をとりつつゆっくりと旅をしたので、なんと片道で一ヶ月以上もかかったそうだ。

それは極端な例にしても、国王夫妻が気軽に来られる距離では決してないはず。

ブランシュは震える足取りで応接間に向かう。

「……失礼します」

声が上擦りそうなのを堪えつつ、今までの人生で一番緊張して扉を開けると、応接間にいた三人が同時にブランシュの方を見た。

リカルドと、向かいの長椅子にかけている年配の男女だ。

彼らの着ている毛織物の衣装は、イスパニラ国のものとは随分と違う装いで、シャノワール王族の夫妻である証拠に、二人の手首には上下半分に切られた腕輪がついていた。

離宮で習ったのはシャノワール国の言葉のみでも、家族から届く手紙で、祖国の慣習はたくさん教えてもらったのだ。

「ブランシュね……？」

「大きくなったな……」

長椅子から声を震わせて立ち上がった二人に、ブランシュは何度も唾を呑んだ後、ようやく頷いた。

「はい。お父様……お母様……」

七番目の姉は絵が得意で、いつも手紙に自分で描いた絵を添えて送ってくれたから、ブランシュは両親と会ったことがなくとも、その姿はだいたい知っていた。

小柄で細身の母はもう五十歳をとうに超えて、栗色の髪には白いものがかなり交じっている。けれど綺麗な黒い瞳をした、可愛らしい印象を受ける人だった。

父も、やはり男性にしては小柄だったが、こちらは少しふくよかで黒かったという髪はもう真っ白になっている。姉の絵に描かれていた通り、いかにも優しく大らかそうな顔立ちをしていた。

「あ、あの……リカルド様……？」

父母に抱きつきたいけれど、あまりの驚愕にブランシュは狼狽え、リカルドへ視線を向ける。

リカルドは椅子に座ったまま気まずそうな顔をしていたが、ブランシュの視線を避けるようにしてボソボソと低い声で話し出した。

「三ヶ月前にシャノワール国を非公式で訪問し、ご両親に結婚の許可を願うと共に、こちらへ来てくださるようご無理を申し上げた。それで遠路をはるばるいらしてくださったのだ」

そして彼は立ち上がると、ブランシュと両親に素早く一礼をした。

「私は席を外すので、気兼ねなくお過ごしください。……貴方達から奪った時の償いにはとうてい足りないが、滞在中はできる限りのことをさせていただく」

そのまま踵を返し部屋を出て行こうとしたリカルドの背に、ブランシュは思わず飛びついていた。

「リカルド様！　馬鹿なことをおっしゃらないで!!」

「ブランシュ!?」

驚愕の声を上げるリカルドに、力一杯抱きつく。涙が勝手に溢れて止まらない。

「どうしてリカルド様は、いつも自分を悪者にするのですか！　貴方自身は、私から何も奪っていない！　貴方はいつも、与えてくれるばかり……」

三ヶ月前といえば、ちょうどルナの事件があった時になる。しばらく城を留守にしたリカルドが秘密にしていた行先とは、シャノワール国だったのだ。

彼が留守にした期間の短さや、入念な防寒の準備に少数精鋭の部下などから、間違いなく冬の山岳を越えていったのだろう。ブランシュの両親に、直接結婚を許してもらうために。

ブランシュは馬に一人で乗ったことはないが、ただでさえ厳しい山岳の道を雪の積もる冬に越えるのが、想像を絶するほど危険で過酷な行為だということくらいはわかる。

「優しいリカルド様を大好きになったから、私は貴方のもとに残りたいと望んだのです！　少なくとも私に対しては、もう引け目を感じないでください!!」

俯いて、涙が流れ続ける目を瞑ったまま叫ぶと、後ろから遠慮がちな母の声がした。

「リカルド陛下。娘の言う通りですわ。わたくし反省しておりますの。ブランシュから、こちらで良くしていただいていると手紙で知らされても信じず、とにかくこの子を手もとに戻し、嫁いだ後も目の届く所へ置きたいと……自分勝手なことしか考えておりませんでした」

「お……母様……？」

ブランシュが首だけ振り向いて目を開けると、ハンカチを顔に押し当てて泣く母を父がそっと抱いている。不意に、ブランシュの肩にも陽にやけた大きな手が乗せられた。上を向くと、泣き出しそうなリカルドの顔が見える。

「こんな幸せが私に許されるとは思いもしなかった。ありがとう……ブランシュ」

かつて戦場の赤い悪鬼と呼ばれた、とても優しく強い男の人は、少し掠れた声と共に微笑んだ。

それからブランシュは婚礼の日まで、両親とたっぷり時を楽しんだ。

婚礼の残り支度やその他の公務も、ブランシュ自身がどうしてもやらねばいけないことは残っていなかったので、女官達が全て取り仕切ってくれているそうだ。

両親の滞在する部屋にブランシュも泊まるようリカルドが勧めてくれたので、夜も一緒に過ごせる。

ブランシュは両親と、たくさん話をした。

シャノワール国の王座は終身制だが、もう父も年なので、次期女王の長姉とその夫に随分と政務を任せており、それで気兼ねなく長旅ができたこと。長姉夫妻は民からの人望が厚いことや、羊の病に治療薬ができたことなど、話題は尽きることがなかった。

ルナのこともずっと手紙に書いていたので、両親は当然ながらブランシュの親友に会いたがったが、流石(さすが)にそれは叶わない。

彼女は自分のやりたい道を決め、遠い場所に旅立ったと説明した。

しかし、第二の母ともいうべきマルタには会わせることができ、両親はブランシュを大切に育ててくれた感謝を彼女に告げたのだ。

――楽しい三日間が飛ぶように過ぎ、婚礼の日。

ブランシュは王妃の冠と純白のドレスを身に着け、正装のリカルドと祭壇の前に立ち、夫婦の署名をした。

繊細なレースをふんだんにあしらった、長くトレーンを引く豪華なドレスも、大国イスパニラの王妃の冠も、大変に高価な品だ。とてつもない宝だろう。

けれど、ブランシュにとって一番の宝物は、隣で少々照れくさそうに立っている、無骨で強面(こわもて)の

国王だ。

二人は婚礼祝いの舞踏会場に移る。生花を足されてますます見事なものになった飾りにエルミラが大層得意な顔をしているのをブランシュは見た。両親と共に帰国したバスコ卿とマルタも来賓席にいた。

一番初めに国王夫妻が踊ることになっているので、音楽が鳴ると共にブランシュとリカルドはホールの中央に出て踊り始める。

最初のステップを踏む寸前「……足を踏んだら済まない」と、リカルドに小声でボソリと言われ、ブランシュは噴き出すのを堪えるのに苦労した。

非常に運動神経の良いリカルドなのに、意外にもダンスが大の苦手で、いつもセシリオに押し付けていたらしい。

ブランシュとて習ってはいたものの、人前で正式に踊るのはこの日が初めてで、とても緊張した。だが、事前によく教わっておいたし、リカルドも密かに特訓してくれたようで、足を踏まれることもなく無事に踊り終え、二人でホッと笑い合ったのだ。

そんな風に忙しく賑やかな祝宴を終え、湯浴みをしたブランシュは、久しぶりに自分の寝所に入った。

薄く手触りの良い寝衣に着替え、ドキドキしながら寝台の端に座っていると、扉が開く。湯浴みを終え部屋に入ったリカルドが、ブランシュを見るなり呆気に取られた表情になった。

「どうしてここにいる?」

目を丸くするリカルドに、ちょっとだけ意地悪をしたくなって、尋ね返した。

「いてはいけませんか？」

「い、いや！　そんなことはないが……明日の朝には、ご両親が帰ってしまうのだし……」

まだ湿っている短い髪をガシガシとかきながら、しどろもどろで言うリカルドに、ブランシュは笑いかける。

「私も最初はお父様とお母様の所に行ったのですが、二人に追い出されました」

「……は？」

「もう私はシャノワールの王女ではなく、イスパニラの王妃なのだから、いるべき場所にいなさいと……初めて、両親に叱ってもらいました」

ブランシュは笑いながら、目端に滲んだ涙を擦る。

人質にした末娘へいつも手紙で謝ってばかりだった両親から初めて、心の籠ったお説教をされた。

「だから、私はリカルド様の所へ……っ⁉」

最後まで言わぬうちに、ブランシュは唐突に敷布へ押し倒された。

リカルドが大きな片手をブランシュの手と合わせて指を絡め、もう片手で、絶対に振りほどけないくらい強く抱きしめる。

「愛している。ブランシュ……私が、どれほど我慢していたと思う。同じ部屋にいないだけで、辛くてたまらなかった……」

リカルドがブランシュの首筋に顔を埋めて呻く。胸の内から温かなものが込み上げてきて、ブランシュは顔をほころばせた。

「私も、お父様達と一緒に過ごせて嬉しかったですが、それでも……」

リカルドと離れているのは寂しかったと、そう告げようとしたのだが、途中で唇を塞がれる。

「んんっ⁉」

そのまま、息もつけぬほど深くて激しい口づけをされた。

散々に口腔を嬲られ、しまいに酸欠で頭がぼうっとした頃、ようやく唇を解放される。

「寝台の上で、他の男を呼ぶのは禁止だと、言っただろう？」

荒い呼吸を吐くブランシュの視界で、リカルドがペロリと唇の端を舐め、獰猛な笑顔になった。

「え……？」

ブランシュは、さぁっと顔から血の気が引くのを感じた。

――お父様もだめですか⁉　本当に心が狭すぎる‼

「あ、あの……私、明日は早起きをして、おと……お母様達のお見送りをしなければならないので、体力を温存し……」

遠回しに足腰立たなくしないでほしいと伝えるブランシュに、リカルドがにこやかに告げた。

「保証はできないが、なるべく前向きに善処する」

やはり遠回しに、抱き潰すから覚悟しろと告げられて、ブランシュは硬直した。

「リカルド様っ！　待……っ！」

「すまないな、それは聞けない」

ジタバタもがくブランシュをリカルドはやすやすと押さえ込むと、耳もとに口を寄せて囁いた。

「心から愛している。色鮮やかなお姫様……我が妃」

「あ……」

とても幸せそうなその声音に、ブランシュの身体からへにゃりと力が抜けてしまった。

憧れの王子様だったリカルドと、これからもずっと一緒にいたいし、一杯触るのも触られるのも嬉しい。

ちょっとだけ困る部分もあるけれど、それさえも幸せに感じてしまう。

だから、間違いなく自分は世界で一番幸せな王妃だ。

愛する人の腕に抱かれ、うっとりとブランシュは目を閉じた。

エピローグ

その後。多産なシャノワール王家の家系らしく、ブランシュは一人の王子と七人の王女を産み、夫のリカルドとも仲睦まじく幸せに暮らした。

一歳で小国から人質に出され、その先で、生涯を国に尽くした名君リカルド王の妃となった彼女に興味を示す歴史家は多い。

その調べによれば、晩年ブランシュ王妃は祖国シャノワールに伝わる先視の王が書いた手記の一文を持ち歩いていたらしい。

『先視の夢で見た未来を変えることは不可能だ。なぜなら、見たからこそ変えようとするのであり、それもまた未来の一部だから。しかし……どのような悪夢であれ、さらにその先に何があるかはわからない。不幸が希望のきっかけになることもある』

その文は、ブランシュが人質になった先で愛する夫と結ばれたことを示しているのだと、歴史家達は解釈した。彼らがそう思うのは無理もない。

ブランシュが生涯でたったの三度だけ先視の夢を見て、伝説にまでなった北方の女盗賊と親友であったことは、彼女と夫だけの秘密であり、公式記録には残っていないのだから。

待望のコミカライズ!

訳あって十八年間幽閉されていた伯爵令嬢シルヴィア。そんな彼女に結婚を申し込んだのは、北国の勇猛果敢な軍人ハロルドだった。強面(こわもて)でつっけんどんなハロルドだが、実は花嫁にぞっこん一目惚れ。最初はビクビクしていたシルヴィアも、不器用な優しさに少しずつ惹かれていく。けれど彼女の手には、絶対に知られてはいけない“秘密”があって——?

私の“秘密”は知られてはいけない——

アルファポリス 漫画 検索

＊B6判 ＊定価：本体680円＋税 ＊ISBN 978-4-434-22395-2

甘く淫らな　恋物語

定価：本体1200円＋税

紳士な蛇王さまが淫らに豹変――!?

蛇王さまは休暇中

著 小桜(こざくら)けい　イラスト 瀧順子(たきじゅんこ)

薬草園を営むメリッサのもとに、隣国の蛇王さまが休暇にやってきた！　見目麗しく紳士的、なのにちょっぴりお茶目な彼と、たちまち恋に落ちるメリッサ。だけど魔物の彼と結ばれるためには、一週間、身体を愛撫で慣らさなければならず――？　伝説の王と初心者妻の、とびきり甘～い新婚生活！

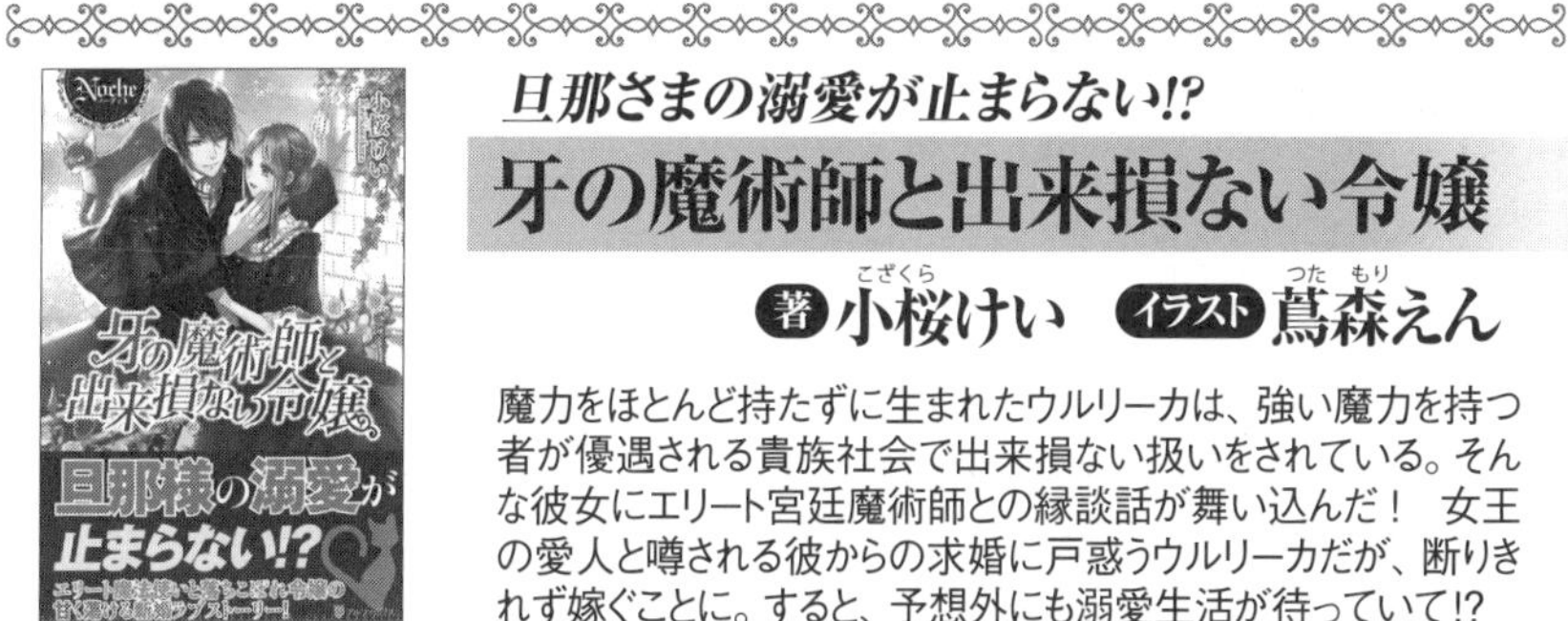

定価：本体1200円＋税

旦那さまの溺愛が止まらない!?

牙の魔術師と出来損ない令嬢

著 小桜(こざくら)けい　イラスト 蔦森(つたもり)えん

魔力をほとんど持たずに生まれたウルリーカは、強い魔力を持つ者が優遇される貴族社会で出来損ない扱いをされている。そんな彼女にエリート宮廷魔術師との縁談話が舞い込んだ！　女王の愛人と噂される彼からの求婚に戸惑うウルリーカだが、断りきれず嫁ぐことに。すると、予想外にも溺愛生活が待っていて!?

定価：本体1200円＋税

夜の作法は大胆淫ら!?

星灯りの魔術師と猫かぶり女王

著 小桜(こざくら)けい　イラスト den

女王として世継ぎを生まなければならないアナスタシア。けれど彼女は、身震いするほど男が嫌い！　日々言い寄ってくる男たちにうんざりしていた。そんなある日、男よけのために偽の愛人をつくったのだが……。ひょんなことから、彼と甘くて淫らな雰囲気に!?　そのまま、息つく間もなく快楽を与えられてしまい――

詳しくは公式サイトにてご確認ください。

http://www.noche-books.com/

掲載サイトはこちらから！

小桜けい（こざくらけい）
静岡在住。ファンタジー好きが高じて小説を書き始め、2014年連載開始した「鋼将軍の銀色花嫁」で出版デビューに至る。その他の著書に「牙の魔術師と出来損ない令嬢」などがある。

イラスト：三浦ひらく

本書は、「ムーンライトノベルズ」（http://mnlt.syosetu.com/）に掲載されていたものを、改稿、加筆のうえ、書籍化したものです。

人質王女は居残り希望

小桜けい（こざくらけい）

2016年12月5日初版発行

編集－黒倉あゆ子・羽藤瞳
編集長－塙綾子
発行者－梶本雄介
発行所－株式会社アルファポリス
〒150-6005 東京都渋谷区恵比寿4-20-3 恵比寿ｶﾞｰﾃﾞﾝﾌﾟﾚｲｽﾀﾜｰ5F
TEL 03-6277-1601（営業） 03-6277-1602（編集）
URL http://www.alphapolis.co.jp/
発売元－株式会社星雲社
〒112-0005東京都文京区水道1-3-30
TEL 03-3868-3275
装丁・本文イラスト－三浦ひらく
装丁デザイン－ansyyqdesign
印刷－大日本印刷株式会社

価格はカバーに表示されてあります。
落丁乱丁の場合はアルファポリスまでご連絡ください。
送料は小社負担でお取り替えします。

ISBN978-4-434-22706-6 C0093